禾艺

尹桂宁◎著

天津出版传媒集团
百花文艺出版社

图书在版编目（CIP）数据

禾芗 / 尹桂宁著. -- 天津 : 百花文艺出版社，2022.12
ISBN 978-7-5306-8354-5

Ⅰ. ①禾… Ⅱ. ①尹… Ⅲ. ①散文集－中国－当代
Ⅳ. ① I267

中国版本图书馆 CIP 数据核字（2022）第 163779 号

禾芗
HE XIANG
尹桂宁 著

出 版 人： 薛印胜
责任编辑： 张　雪　**装帧设计：** 谢蔓玉
出版发行： 百花文艺出版社
地址： 天津市和平区西康路 35 号　**邮编：** 300051
电话传真： +86-22-23332651（发行部）
+86-22-23332656（总编室）
+86-22-23332478（邮购部）
网址： http://www.baihuawenyi.com
印刷： 三河市元兴印务有限公司
开本： 660×960 毫米　1/16
字数： 260 千字
印张： 18.5
版次： 2022 年 12 月第 1 版
印次： 2022 年 12 月第 1 次印刷
定价： 59.80 元

如有印装质量问题，请与三河市元兴印务有限公司联系调换
地址：河北省廊坊市三河市黄土庄镇尚庄子村
电话：0316-3180002
邮编：065200

我相信，一切都是冥冥注定，也相信，即使是素未谋面的你，与我也是莫大的缘分，谢谢阅读，这是世界上最美好的相遇。

尹桂宁

序：听从春天的号令

张望细雨袅娜的窗外，远处是隐隐约约的惊雷，一直蔓延的踯躅与浮躁终于停止了发酵。我知道，春天正气势昂扬地朝我奔来，带着一个冬天的陈酿和向往，款款而来。

作家苇岸说：“到了惊蛰，春天总算坐稳了它的江山。”当第一声响彻长空的惊雷乍起，沉睡一冬的春天醒了。

在这样的时刻，沏一杯清茶，读读尹桂宁的散文，是一种适宜的享受。

广饶，史称乐安，风水宝地，人杰地灵，风流辈出。一代又一代繁衍生息，一辈又一辈敦厚朴实。

尹桂宁，生活在这片土地上的女儿，把人生记忆的每一个符号，把无数的苦与乐灌注在笔尖，歌颂她，赞美她，书写她。

尹桂宁是广饶一中的老师，桃李不言，下自成蹊。

对文学的挚爱，让她毫不犹豫地承担起更多的文学责任，成为文学公众号“孙武湖畔”的执行主编，让广饶的广大文学爱好者有了一方诱人的芳草地。

尹桂宁是位淡雅的女子，言语不多，总是那样的谦卑温和。但是她对文学的爱是炙热的。

很少有人能想到，她用赤诚的、纯正的、无限的爱汇聚成了她的散文集《禾芗》。这是一本散发着浓烈的乡土味道的散文集，折射出尹桂宁丰富的内心世界。

一花一世界，一木一浮生。

麦花，豆苗，禾芗，谷穗，尹桂宁把记忆中的母亲、奶奶和姥姥，用情感的丝线串连起来，小角度大切口，为我们展现出一幅如此青绿的时代画卷。

散文的灵魂是情，读着尹桂宁的散文，仿佛在和一位朋友走在路上，随意地、毫不设防地聊天，那是用真情写意人生。其实，我更想说的是，那一篇篇墨香的文字，并不是灯火，而是微弱的萤火虫举着的一盏心灯，虽然并不光亮，但不管潮起潮落，人生冷暖，她都在哪儿亮着，让你似乎能明白什么。

她用细腻的笔触描绘那素色的人间烟火。春天里，下场雪便能催发出《青黄覆雪》，吃个鸡蛋也能生出《两个鸡蛋》中的腥气与矜持，随着嗅觉奇敏、忠于主人的狗狗进入了《我家小灰》，《病房里的春天》通过母亲同几位病友闲话唠嗑来赞美生活，《修鞋记》里则表现对修鞋匠的抱怨不屑终又宽容释怀的情感变化。一次晨练、一次遛弯、一次聚餐、甚至一句交谈，都会让她有感而发，落笔成文。

写不尽的家乡，念不够的亲人，走不完的山和水！她在《夜行》里说：不逼自己一把，永远不知道自己潜力有多大。所以她踏上了远行的征程，从广饶的《秋天的孙武湖》到利津的《绿毯绕佟家》，从《黄河日出》到《秋虫唧唧龙居夜》，尹桂宁在用情感和汗水浇灌着她的文学之梦。

很早以前，读过李跃的一首诗：立春已过 / 这个货真价实的春天里 / 土地发出了第一号令 / 命令种籽，做好拱出土层的准备 / 命令昆虫，吟唱赞美的诗句 / 命令河流，为水面下乃至每一块鹅卵石下的骚动，建立起监测报告 / 命令植物，抓紧排练那绿色的舞蹈，等待正式演出 / 我们也要命令自己的灵魂，在这个万物苏醒的季节里，让希望提前受孕。

是啊！“春雷响，万物长。”一切的蛰伏，就在等这一声春雷的发令枪响，万物在刹那间醒来，成就了这仲春三月的万紫千红。

让我们和尹桂宁一起去倾听这春天的号令吧！

不再蛰伏，永不踯躅！

陈谨之

2022 年 3 月

（陈谨之：中国作家协会会员，山东省东营市作家协会主席）

•目录•

◎第一辑

麦花

◎第二辑

豆苗

第三辑 禾乡

◎第四辑

谷穗

◎ 第一辑

麦花

那些埋在记忆深处的丝丝缕缕
时常会跟串门一样，
温暖着我的内心，
随着岁月的流逝更显得弥足珍贵，
那就让文字把我的小城留住吧。

家住淄河沿儿

中国幅员辽阔，形成了两百三十六万两千多个自然村，这些村庄有的高居山间，有的低处山脚，有的坐落于盆地，我的家乡则横卧平原。

每个村庄都有自己的记忆，在一马平川的大平原上，村庄星罗棋布。两村之间，百米之隔的有之，三五里的有之，多是鸡犬相闻，阡陌纵横，杨柳成荫，田野之上青苗葱绿，夏割小麦秋收玉米。

在广袤的鲁北平原上流淌着一条河，名曰淄河，它流经山东省东营市广饶县境内，后汇流小清河入海，位于淄河北岸的南高村，便是生我养我的地方。

村子不大，六十多户人家，一家一户挨着，说不尽的亲密，邻里共用的一堵墙把两个院子分开来，组成一个个不规则的正方体。

这里没有山清，却不缺水秀。万物在广阔富饶的土地上孕育生长，果真是种瓜得瓜，种豆得豆。

明洪武二年(1369)，高姓由山西省洪洞县迁此立村，取名高庄村，后来村子分为南北两部分，靠南的取名小高家庄，靠北的依旧称高家庄。1950 年，按照方位小高家庄定名南高村，高家庄也就称北高村了。

起初，高家庄派生出来的南高村与北高村如双胞胎般亲密无间，孩子上学下学、村民上坡下坡无不从村里穿行，彼此间也像没有隔墙的邻居，家长里短互相传送，逢过年过节互打问候。只是，后来北高村迁移到潍高路南侧，庭院整齐划一不说，交通也更加便利，几年后，举村搬进了锦湖社区，一院换得两套楼房，自然是幸福得像城里人一样，留下南高村有点找不到北。

如今，南高村仅有人口二百五十一人，村子虽小，却是个人杰地灵的风水宝地。村里有退休的工人，有替班的年轻人，有考学出去的学生，也有在城里打工做生意的，总之，越来越多的人走出去，留下的大多是老弱病残。随着城乡一体化的发展，南高村也将面临着搬迁的趋势，想到此，不免对即将消亡的村庄平添了几分惆怅。

自改革开放以来，村里人凭借着吃苦耐劳的品质，又沾了县城周边的光，日子过得也算殷实，除了在外的上班族，还有不少人进城买了楼房，成为名正言顺的城里人。

桥上桥下

村西有座桥，名曰南高桥。

桥是跨在西里沟上的，遇到雨水充足的季节，淄河开闸，水便泄到西里沟。

河沟两旁的沟沿儿上错落有致地生长着杨树、榆树和槐树，在青黄不接的年月里，榆树和槐树可是救命的树，曾填饱过无数人的肚皮，甚至救活过不少人的性命；靠近桥头，依水而生的便是生命力旺盛的芦苇，一到夏天，它们便窜过桥栏，晃动着毛茸茸的穗头和长披针形的苇叶，热情地和人打着招呼。贪玩的小孩子是比较识趣的，趴在桥栏上掐上几根，举过头顶四下招摇，引来小伙伴的争抢，瞬间桥头上就热闹起来；低处的沟沿儿上爬满了各种野菜，散了学的娃们，就跑到这里，挥舞镰刀，捡拾猪草，红扑扑的小脸蛋上挂满密麻麻的汗珠，衣衫被打湿了一大块，贴在脊背上。

出了村，一眼就能看到在晨光云影中静卧的石桥，记不清多少次梦到站在石桥上。在我心里，这座石桥，宛如小家碧玉般，成为家乡四周景物画中最美的一帧。

听母亲说，石桥修建于 1971 年春。这座桥是青石条栏，东西走向，长约十米。从建成之日起它就一如既往地以拙朴又平静的心境，横卧在村头的西里沟上，承载村里人上坡下地，外出打工，忙收忙种，歇脚聊天，还有南来北往从此经过的外乡人，不管是尘土飞扬或风吹雨淋，它都以淡定的心弦，连通人情的血脉，流动生命的元气。如今，历经四十多年风雨的南高桥完成了使命，向时代交出了满意的答卷。

回忆童年，大部分都是在桥上桥下度过的。春天，在沟沿儿上采摘榆钱和槐花，和小伙伴们在桥上追逐；夏天，从田间归来，跑到桥下，在水里玩耍嬉戏；秋天，繁星点点，明月朗照的夜晚，坐在桥栏上听大人讲古说今；初冬，南高桥下的芦苇，还顽强地抖擞出一分绿意，向即将来临的严冬释放出最后的活力，不久，迎来入冬后的第一场雪，被雪覆盖的桥安静了下来，静默地卧在那里，就像一位睡熟的老人。

随着农闲的到来，桥上出现了许多外乡人，继而，村子里便热闹起来。货郎挑着担子来了，一进村就晃动起拨浪鼓招揽生意；爆棒子（玉米）花的来了，一声惊天动地的轰鸣招来了端着棒子粒的长龙；唱京韵大鼓的来了，村民们耳朵闲下来太久了，安静地附耳倾听，饱饱耳福；连戴墨镜的瞎子也来了，让他掐掐手指算上一卦，以求心安……

在来来往往的擦肩中，不知发生过多少个镌刻在时光里的故事。有亲人的远别，陌生人的初识，男子的娶亲，女子的出嫁，老幼的扶持，故去者的送离……小小的一座石桥，能使遥远变得亲近，陌生变得熟悉，让生活中的一切，都染上了温馨的底色。

夜间，石桥也像疲惫了一般进入梦乡。

也曾走过不少长桥、大桥，但家乡的这座石桥，却像脐带般连通我的血脉，教我时不时地怀念，时不时地回想，让自己像一滴淡墨，永远地浸润在石桥那一块块的青石中。

2007 年，因修建孙武湖，淄河河道得以加宽，两岸拓出大片土地，绿化林带向两侧纵深绵延近几公里，这里风光旖旎，四季如画，花草树木在这片沃土上铆足了劲地向上生长。因了孙武湖，众多的鸟类在此栖息繁殖，叫得上名字的和叫不上名字的，在树林和水面上空穿梭盘旋。湖光秀色中鱼潜鸟翔，风吹涟漪里菽麦飘香，构成了一幅景色迷人的美丽画卷。

在时代的变迁里，我的家乡成为全国生态宜居的文明城。西里沟包括南高桥都被绿化带覆盖，原来的无名公路与长安路相接，变成了宽阔的柏油路，一直延伸到淄河岸边，现代的老百姓也有了休闲娱乐的时间，他们在淄河桥周围跳舞唱歌，下棋扭秧歌，还有甩鞭子唱戏的，有人用手机通过网络平台将现场的火爆情景传到网上，一时“网红”崛起，淄河桥竟也由此成了“网红桥”。

南高桥不见了，也许未来几年内，连南高村也将不复存在，但留在记忆里的往事却越来越清晰地浮现在眼前，挥之不去！

进城记

南高村位于县城东南的城郊，与城边上的很多单位很是亲近，像童装厂、生产资料公司、拖拉机配件公司等。小时候的城里（指北到迎宾路，南至花苑路，东起孙武路，西达月河路的区域）是个四四方方的小城，可对我来说却是个梦，想抓抓不住，抓到了，又确确实实地给了我大大的惊喜。

虽然鲜有进城，但蹭城（在县城边上逛）的确是家常便饭，比如跑到三里面粉厂看电视，到外贸、酿造厂等单位卖玉米，去石油公司讨水，还有到烈士陵园扫墓……上高中前，几次进城的经历给我留下了深刻的印象。

赶年集

说起过年的事，谁都能说上一箩筐，不得不佩服我们的老祖宗，把“讲究”二字演绎得那叫一个淋漓尽致，以至于给自己和后人带来了诸多的“麻烦”，但中国人祖祖辈辈依旧是眉眼含笑地为这份“讲究”忙碌着，似乎忙完年前的事，过了年日子就有了转变。于是，一年又一年，日子却也真的有了盼头。

逢农历的“三”“八”是广饶赶集的日子，临近春节，置办年货成了重头戏。于是，腊月二十三、二十八，便约定俗成地被称为年集了。

我第一次赶集是跟着爸妈赶广饶年集，记得那时我才四五岁。二十世纪七十年代末，家里有自行车的人家不多，幸好我家有一辆。

因家里有幼小的孩子，于是，父亲在自行车大梁上绑上一个小座位，这样，前面就可以带一个小的，后面坐一个大的。那会儿二姐跟着姥姥生活，弟弟太小不懂事，留大姐在家看孩子，所以我成了最幸运的那个。

一听说能进城，还是赶年集，我乐得鼻涕泡都出来了。一晚上连做梦都是去赶集，羡慕得大姐直翻我白眼，可我管不住自己，兴奋得一会儿跑到院子里，一会儿又在屋里转圈。

第二天，早早地起了床，母亲特意给我编了好看的小辫儿，帮我穿戴整齐。父亲也全副武装，戴上棉帽子，手上戴着母亲新做的棉手套。再看看母亲，收拾得干净利落，边走边围上浅色方巾，只漏出鼻梁和双眼皮的大眼睛，像漂亮的蒙面女侠。看来，对于进城赶年集，不仅对孩子来说很新奇，就是大人也是郑重其事的。

那时候的冬天真冷，又值腊月，数九寒天的，西北风像饿极了的狼，一个劲地吼，吼得树摇地裂。

刚出家门，母亲好像突然想起了啥，又折回去，拿了条厚围巾把我的整张脸给包裹起来，这下好了，两眼一抹黑，像瞎子一样啥也看不见了，我不安分地用手把围巾压到脖子上，母亲手疾眼快，把围巾摘下来重新把我的脑袋裹了，还从后面系了扣，告诉我：路上冷，你在前面风大，容易感冒。看风景的念头被压了下去，只有呼呼的西北风透过围巾在耳边肆虐。即使这样，也丝毫没有影响我进城的心情。

不知不觉间听父亲说："快进城了！前面就是商业街。"母亲应了一声。我再也受不了脸上的包裹，用手将围巾撕扯下来。眼前一片光明，阳光晃得眼睛有点花，赶紧闭上，再睁开，过了一会儿才恢复视力。不大一会儿，我们便驶进了商贸街，两旁都是店铺，店铺门口摆放着各种商品，我叫不上名字，也不感兴趣，但眼睛没闲着。前面行人很多，往后看，却被父亲宽阔的胸膛挡了回来。

车子一路向前行进，一座高大的建筑慢慢地进入我的视野，越来越大。父亲用手指着前面高大的建筑物说："那就是电影院，两层的，这叫楼，高吧？"这还是我第一次见到高楼，眼睛不住地瞧着，好像要把它录制下来。父亲又说："看到电影院前面的那个广场了吗？开批斗大会，枪毙人就在那里。"父亲好像是说给母亲听的，又像是说给我听的，因为对"枪毙"二字感到困惑，我问道："啥是枪毙啊？""就是用真枪加上子弹指着被判死刑人的脑袋，嘭嘭两下，人就死了。"我的心被揪了起来，人就死了，那不就是死人嘛，我不再说话，任人声喧闹，陷在嘭嘭的枪声里许久拔不出来。

到了电影院，父亲两腿撑地把车子停下，母亲从后面跳下车，来到车前面，把我从车上连提带拽地抱下来。我的腿脚好像不是自己的了，一时没站稳，便扶住母亲。"脚麻了吧？"母亲问，我不知道什么叫"麻"，只觉得它像极了我的症状，犹如有千颗万颗的针尖刺着我的脚底，还一路往上钻。由于我还没从"嘭嘭"声里走出来，情绪不高，只恹恹地点头，没说话。母亲责怪父亲，不应该在小孩子面前说死人的事，父亲却不以为然。

"宁哎，快看，那边橱窗里有好东西！"母亲为了调动我的情绪，说话声音有点高。我这才顺着母亲的手指看向对面的商店。那不是楼，而是带台阶的平屋，一大间一大间地紧挨着，好长的一溜儿。透过大大的玻璃窗，看到琳琅满目的商品被整齐地摆放在玻璃橱柜里。我被母亲拉着向其中一个走去。

我们小心翼翼地进到里面，左瞧瞧，右看看，就像刘姥姥进了大观园，眼睛不够使。我伸手要那个布娃娃，粉红色的，毛茸茸的，既漂亮又可爱。母亲让售货员把布娃娃拿过来，让我抱抱，布娃娃软软的，舒服极了，我刚要把小脸贴上去，却被一个声音吓得一哆嗦，"别弄脏了，很贵的！"仰头看去，柜台后面站着一位阿姨，穿戴很时髦，也很漂亮，正盯着我看呢，目光有些吓人。售货员想从我怀里把娃娃抽走，我紧紧抱着，舍不得松开，我不敢看那个漂亮女人，就躲到母亲的身后。母亲与售货员说了几句话，然后把娃娃从我怀里抽出，交给售货员，拽着我头也不回地走出商店。

商店前面不远处便是集市了，没走多远就听到集市上的喧闹声。西关集位于西关桥及西关大街和月河路附近，市面很大，吃的，穿的，用的，比比皆是；叫买的，叫卖的，声声不息。父亲推着车子实在难行，又不愿花那五分钱存车，就想把车子存放到熟人那里。爸妈商量着做好分工，定好集合地点，父亲才把我再次抱下车，自己推着车子走远了。

母亲生怕我走丢似的，紧紧地牵着我的手，我跟在后面脚步踉跄地进入集市。

大集上熙熙攘攘，人头攒动，好不热闹。买的卖的都和气得很，开口就笑；人挨着人，人挤着人，也有不小心踩到别人的，大家心照不宣，也不责怪；买的都想在过年前购置家里需要的东西，卖的想赶紧把家里的老底货卖出去，换成钱，再卖不出去可又得等一年，穿的用的还好说，吃的可就放不住了；叫卖声，询价声，此起彼伏，所以说赶年集赶得是浓浓的年味。

一开始，道路两边全是吃的，旁边搭着临时的窝棚，棚口支着一口大锅，热气升腾，伴着香气氤氲在空气里。提提鼻子，一股肉香直钻鼻孔。主人家一边忙活，一边不住地吆喝，声音洪亮，还拉着长音“羊肉汤咧，陕西羊肉汤，泡馍香啊——”此声未落，彼声又起，“拉面咧，老王正宗刀削面、肉丝面、鸡子面、油泼面、臊子面、炒面，想啥来啥，过了这村儿没这店儿喽——”耳朵里被灌得满满当当。

母亲说去扯布，牵着我穿过菜市，花市，还有鸟市。我人小个矮，只有仰头看人的背或者是凸显的鼻孔，平视前面人的屁股，扭头就是后面人的肚子，偶尔遇上能面对面的小孩，心想，终于看到正常的人了，互相望望，龇牙一笑以示友好，随后各自被大人拉进另一群人中不见了。

终于到了布摊前，布摊架一米多高，我站在前面刚好能露出头顶。

母亲挑选布料，在我身上不住地比量着，最后扯了一块蓝地带小黄点的布料（大年初一我穿的褂子就是用这块布料做成的）。随后，母亲又扯了几块布，方才带我离开。

返回的路上，遇上一个推着自行车卖玉米糖的姑娘，母亲询了价，称了两块装进袋子，我馋得口水都要流出来了，拽了拽母亲的衣襟，母亲深知我意，低头跟我说："回家跟姐姐弟弟一块吃！"

回到跟父亲分开的地方，这里竟然有卖炮仗的。母亲上前搭讪，那人说："自家做的炮仗，便宜，没有哑巴，响声清脆。过年了，炮仗多备点，赶走一年的晦气，来年交大运啊。"母亲笑眯眯地听着，说："她爸去买了，一会儿看看再说。"

老远看到父亲提着一大兜东西走过来，母亲给父亲丢了一个眼神，两人凑到一起私语了一阵子，而后，父亲就与卖炮仗的交涉起来。为了印证炮仗的好赖，卖炮仗的撕开一挂鞭，从中间扯开，放了一半。真的，他的炮仗响得清脆，震得我的耳朵嗡嗡作响，有好一阵听不见事。于是，父亲买了几挂鞭，还捎带买了些滴滴金儿和摔鞭，说是给我和弟弟买的。看吧，跟着赶集就是好，啥都有我的份，嘿嘿。

随着时光飞逝，曾经的小女孩如今也已奔五，四十多年后的今天，生活条件是"俏媳妇戴凤冠——好上加好"，对过年的期望却大不如前，也许是年龄大了，竟然惧怕起"过一年长一岁"的现实，即使如此，每年却依旧保持原来的习俗：赶年集备年货。

二丫进城

第二次进城是好几年后了，那时我刚上一年级。记得那是一个初春的周末。下午，放学很早，就和要好的同学荣荣说："今天放学好早，咱们去沟边找谷荻吧？"

"在哪儿有，远吗？"荣荣问。

"不远，就在那边。"我用手指着某处，说实话，我也不知道那边有没有谷荻。

“那好吧，现在就走。”两人一拍即合，手牵手出发了。谷荻没找到，离家却越来越远，离城里越来越近了。

荣荣说：“咱还是回去吧，我有点害怕。”我说：“怕啥，大白天的，这就快到城边了，咱去城里看看呗。”荣荣嘟起嘴不理我了，我说：“你看，前面好热闹。”荣荣最终还是禁不住诱惑，跟在我身后继续往城里走了。

我们从城东的大门楼进到菜市场，菜市场好大。正是买菜的时候，人也多，有讨价还价的，有挑选菜品的，有付钱找钱的，还有边支车子边跟菜农打招呼的，细碎的说话声让消停了一天的市场热闹起来。买菜的有男有女，有老人也有年轻人，都在踅摸适合自己口味的菜，买上回家做一桌好吃的饭菜给家人；卖菜的多是菜贩子，也有很多附近的农民，带着自家种的菜来卖。城里人就喜欢买当地老百姓自己种的菜，喜欢那种本地菜的味道。看着那些城里人，穿着清爽，白衬衣洗得干干净净，就像天上的白云，心想：如果长大了能成为城里人，我也要穿白色的衣衫。

此时的天幕现出晚霞，太阳刚刚钻进红彤彤的锦被里，露着半边脸，正拧着眉头，巴巴地望着我们。

两个小女孩感觉身上有些凉，真该早回去的。心里有些惴惴不安，回家肯定会被爸妈训斥，对路上的风景也失去了兴趣。可是咋回去呢，我是一点办法也没有了。就问荣荣，荣荣想了一会儿说：“去俺姥姥家吧，让俺姥爷送咱回去。”好在，她记着路，我们就又走了好长时间，在天擦黑的时候，到了十一村她姥姥家。

“哎呀，荣啊，你咋来了？”这是荣荣姥爷姥姥异口同声问出的第一句话。不等荣荣回答，姥爷就往外跑，荣荣正回答姥姥的问话，姥爷又跑进来，不管三七二十一打断荣荣的话道：“你妈呢？咋没来？”荣荣姥姥说：“哎呀，孩子这不是正说嘛，俩孩子是走着来的。”姥爷听说两个小屁孩竟然是走那么远路过来的，惊到了，一边埋怨一边想办法。

后来，姥爷出去买了点吃的，看着我们俩吃完，又叫上荣荣的大舅，一人载着一个小丫头，送我们回家。

看电影

第三次进城便是我自己去电影院看了半部电影，也是印象最深刻的一次。

那是二年级时，恰逢槐花开放的时节。周六上午，老师说周日电影院上演《垂帘听政》，有想买票的可以报名，票价五分，回家和大人商量一下，下午交钱领票。

我想去，真想去，并不是因为了解电影的内容，直白点说，我根本不知道“垂帘听政”是啥意思，就是对电影有种向往。附近村里有时也放电影，我是逢演必去，什么电影我都看，看里面的人物和故事，学里面的语言等，简直就是个电影迷。这次是去电影院看电影，跟露天电影可不一样，电影院里面会是个什么样子呢？我一直想知道。只记得小时候见过电影院的大楼，至于里面是什么样子，我一直困惑：能和我们在村里看的电影一个样吗？也搬着板凳占地方？又觉得应该不像，我们看露天电影都不花钱的，去电影院要五分钱呢，五分钱，不大的数目，可也得跟母亲开口啊。不知道母亲会不会让我去，一旦不让去，钱要不到，电影就没影儿了。脑子里叽里咕噜地快速运转着，连老师对电影的简介都给略掉了。

放了学，我怀里揣着电影梦回到家，母亲正在做午饭，烙的是我最爱吃的槐花素。我高兴了，“哎呀，妈，好香啊！”母亲忙活着往锅里夹面，没抬头。我蹲下身子，开始往炉鏊底下添柴火。火苗舔舐着炉鏊底部，将热量传递给油，油温提升，炙烤着槐花素，发出“嗞嗞”的声音。槐花素的香味直钻进鼻孔，我提着鼻子，贪婪地吮吸着。母亲偷眼看我，嘴角漾起微笑。见母亲高兴，我试探性地问：“妈，明天学校去看电影，我能去吗？”

“去吧。”母亲出奇的爽快，她竟然同意了，我有点不敢相信。怕母亲反悔，赶紧报价：“一张票五分钱。”

“吃了饭给你。”如此痛快，太出乎意料了，我差点跳起来，添了一把柴火，起身跑到屋里，屋里没人，又跳了两下，在屋里转了个圈又故作矜持地回到饭棚，帮母亲添柴。

下午，我拿到票，看了又看，班里买票的同学不多，老师说最好结伴同行，进城容易迷路，别落单。我找不到伴，整个班里我们村就我一个，其他同学也都约好了。我心里一阵发凉，拿着票的手插进口袋，倒有点后悔起来。我没去过电影院，又不知道路，这可咋办？

晚上，我躺在床上，像烙饼一样翻腾着，大姐问：“老三，你干啥呢，不睡觉？”

“老大，明天老师说结伴去看电影，别人都约好了，咱村里就我一个人，小时候赶集从那里经过，是爸带着去的，我也不知道路啊，你说咋办？”我干脆爬起来，跟大姐讨主意。

“你鼻子下边是啥？”大姐说。

我摸着鼻子往下滑，“嘴啊，咋了？”一个此生最愚蠢的问题被我问了出来。

大姐不屑地从鼻子里发出吭气，“潮老三，你那嘴能干啥，不会问嘛！”我这才傻傻地缩进被窝，好在夜黑遮了我有点发烧的脸。

“那是不是还要拿着板凳去占地方啊？”我又问出了第二个愚蠢的问题。

“哼，那里有的是座位，你不是有票嘛，票上有座位号，几排几座，进了影院，对号入座就行。我去过两次，你顺着村西的路往北走，再往西拐弯，就是咱们去看《霍元甲》的地方再往北，其他的你就打听着走吧，不难找。”大姐总算是给我指出了大致方向。

第二天，吃过早饭，口袋里装上电影票，跟爸妈打过招呼，既兴奋又忐忑地出了家门。

出了村，往西走，沿着现在的长安路走到潍高路，往西到现在的立交桥处，开始打听电影院的位置，还真不难找，唯一遗憾的是因步行把时间给耽误了。

第二次见到电影院，感觉并不陌生，电影院前面的小广场还在，那里稀稀拉拉地站着几个人，也有从影院里进出的学生。一眼看到我们村上五年级的红梅，她和同伴站在影院门口，边说边笑。我走上台阶，里面传来电影里人物的对话声。

检票人员在电影票上打了一个孔，让我进去。沿着其中一条通道往里走，心里囧囧的。视线暗了下去，一会儿便黑成一片。不小心撞到一个人身上，忙不迭地说着对不起。

好不容易掀开厚厚的门帘，进到里面，声音更响了，但也能听到观众席间的窃窃私语。电影正在放映，里面的人物比真人还大哩，电影屏幕紧贴着墙壁，所以，不会出现在村里看电影时因为人多，有人会去看背面的情况。影院更大，几条通道纵横着把它划成整齐的“井”字形，东西两边各有侧门。

抬眸处，发现二楼竟也坐着好多人，偌大的影院可以容纳一千多人。黑暗中只见逐渐低下去的人头，两边还有穿梭的人影。我的座位在哪里？这时我才意识到竟然忘记看几排几座。

站在原地待了一会儿，等视线适应场景，便借助出入者拽开门帘透过的那缕稍纵即逝的微光，快速看了一眼电影票，熟记座位号，开始在黑暗里，猫着腰，搜索座位。我犹如排雷的战士，过了好久，才找到座位，却发现座位上已经有人了，不好意思打扰他看电影的兴致，就站到走道东边看起来。边上有人捅了我一下，俯身告诉我里面有个空座。我顺着他手指的方向进到里面，坐下来，心中充满感激，可回头想说声谢谢，人家已经投入观影状态，在黑暗里笑了笑，转身看起电影来。

到现在为止，那部电影留给我的印象就只剩下被卸去四肢装在坛子里的女人了。我想不通的是那么大的活人，四肢都没了，只剩上体和脑袋，竟然还能说话，唉，想想就觉得脊梁骨发寒。心里对封建社会的酷刑产生了厌恶，对工于心计、心狠手辣的慈禧太后更是没有好印象。清朝在这样一个女人的掌控下不腐败才怪。

电影很快就结束了，在人群的涌动下，我被挤着出了东侧门，无意间我发现真的有人带着板凳呢。

时至中午，外面的强光照得人睁不开眼，真像张爱玲说的“一出玻璃门，马上像是世界大乱，人心惶惶……”我找不到来时的方向，跟着人流，竟又回到小广场，我又看到了红梅。于是，我上前打招呼，想跟她搭伴一块回家，她说与我不同路，于是，我又顺理成章地变成形单影只的一个人。

顺着来时的路往回走，有点累。踢踢踏踏地走到现在的立交桥处，那时这里是一个很大的十字路口，也是广饶的一条交通要道，南北贯通，东西纵横。不过，那时的机动车少，多是自行车，交通也就没那么拥堵。我从路西穿过马路到了对面，拐弯顺着潍高路的北边往东走。对面像是出了事故，围着好多人，好奇心驱使我穿过马路到了路南边。我不敢靠近，站在不远处观望。路边堆着很多白石灰，一辆拖拉机停在那里，地上躺着一个人，背对着我，纹丝不动，听旁边的人说是个姑娘，裹一身的石灰，也不知道是死是活。

肚子抗议了，不住地敲鼓，驱使我离开，我对着姑娘看了最后一眼，祈祷她能醒过来，早日恢复健康。

沿途，一溜厂房列立在公路两旁，正游逛呢，后面有人喊我：“老三，上车。”是大姐的声音，回头见她骑着自行车正朝我笑呢。我跳上车后座，两只脚交替地摆动着，心想，大姐来得真是时候，省了我不少力气呢。

到家正赶上开饭，父亲见我平安回来，紧皱的眉宇舒展开了，说了一句：“寻思着你被城里人留下了。”搞得我有点像丈二和尚，我边吃边给家人讲坛子里的女人和路上看到的车祸，母亲听到最后叹息着说："以后出门可得小心。"

往事如过眼烟云，不知什么时候就会跳将出来，一句话或一个场景都会在平静的湖面上荡起层层涟漪。总之，那些埋在记忆深处的丝丝缕缕时常会跟串门一样，温暖着我的内心，随着岁月的流逝更显得弥足珍贵，那就让文字把我的小城留住吧。

摇啊摇，摇到外婆桥

误入藕花深处

小雨淅淅沥沥地下着，树叶被冲刷得一尘不染，水珠垂在叶尖上，欲滴未滴地闪着亮光，花草含着雨珠，娇羞地垂首，菜菜们擎不住沉重的分量，不住地点着头，像长了眼睛似的仰天探地。

我和二姐置身在孙武湖畔弯曲的小径上，闲情逸致地欣赏着初春的美景，清新静谧，恍如隔世。

一条如肠般的小路把我们带到一处小树林前，树木高大葱茏，叽叽喳喳的鸟鸣声此起彼伏。鸟雀们呼朋引伴地唱着，跳着，欢腾着，似是迎接多年未归的故人。

“对面是什么村？”我问。

“不知道呢，穿过去看看。”二姐道。

踩过泥泞，穿过树林，一条连接两个村庄的百米公路横亘在眼前，犹如一条扁担挑起了两个村庄，熟悉的距离，陌生的房舍，眼前升起一层薄雾，模糊了树，模糊了田野，模糊了村庄……

好多年没回来了，不知道当下的东马村是个什么样子，外婆家的旧址如今也该是高屋矗立了吧，想故地重温的念头牵绊着我们的脚步，两人不约而同地往东走去。

不过几十步，东马村的村牌便呈现在眼前。往北就是曾经走过无数次的路，它还是那么窄，依旧那么长，不同的是曾经坑坑洼洼的土路已变成平坦的公路，两旁的树木更加粗大，郁郁葱葱，形成了一条二百多米的林荫道。

两人开始在寂静无声的村子里游走。

一条东西大街像一把利刃，将拥有五六十户人家的村子划分成南北两部分，一溜的红色砖瓦房错落有致地分布着，组成一个还算规则的正方体。

记忆像被打翻的颜料盘，红的白的绿的黑的一股脑地冲出来，可任凭我如何努力，都无法复原那时场景，无奈，继续前行，就让这些记忆的碎片暂且搁置吧。

从大街西头沿着第一条胡同往南走，边走边凭着记忆猜测着所经宅院的主人名字。

再次回到大街上，我们已赫然站在了村子东头。

我们用眼睛丈量着脚下的地段，是这里，就是这里。我仰着头，在原地兜着圈，搜罗记忆里的往事，让曾经坐落在此处的旧宅院恢复如初，恢复那个曾多次走进梦中的院落，那个大大的院落……

红色的油漆大门紧闭着，却丝毫没有阻挡住我的视线，冲破红砖大院，脑海里的碎片竟渐渐地整合成清晰的记忆。

三间土坯房坐落在院子北边的中央部位，西边有一间房的空地，东边的半间搭了一个小饭棚。

主屋里站着一个小老太太，外婆正对着镜子准备梳头。她将发髻打开，卷曲的长发在她的肩上、背后宛如弹簧般地弹跳起来。手执木梳的外婆将银白色的头发梳顺，像变魔术一样绾成一个纂儿拢到脑后，然后用一个齿状的黑色发卡从前压到耳际，站到梳妆镜前照着，发现有几根发丝像漏网之鱼般孤傲地翘着，于是，将发卡轻轻取下，往手心里吐两口唾沫，两手对搓，在头顶上抿压，再将发卡带上，直到将几根不服帖的头发压齐才罢休。

我喜欢外婆干净整洁的样子。

主屋陈设简朴，冲门是一张八仙桌，两把老式座椅分列两厢，八仙桌后面是条山几，中间放着一个四角饰花的梳妆镜，梳妆镜两边摆放着两个花瓶，花样古朴淡雅，里面插着被外婆清洗得一尘不染的塑料花，因时间久了有点发白，不过还算漂亮。这些陈设一直活在我的记忆里，从来没有改变过，即使在梦里也是如此。

屋子东边靠南墙的是炕，那里曾经睡着外婆、妈、姨和二姐，还有我。

炕头连着灶台，做饭取暖是那时农村人过冬的一种方式。冬天的热炕头，也是我放了假就往外婆家跑的原因之一。炕中央靠南墙处有一个不算大的窗户，窗户上糊着白色的毛头纸，将外面的光亮引进房间，驱走半壁黑暗。

每天天一亮，拉开窗帘，炕上睡着的小鬼便会被调皮的光照得揉搓起惺忪的睡眼。

惊起一滩鸥鹭

靠北墙是外婆自己设的小厨房，用布帘隔开，里面放着沼气炉灶、锅碗瓢盆及油盐酱醋，外婆把它们整齐地码好，锅上盖着盖子，碗盆则睡在笼布下面，安静又整洁。

两间房屋中间有一道房梁，梁上因多年的烟熏和灰尘已经发黑发黄，靠里远离灶台的一端还干净些，上面悬着一个铁钩，钩子上垂着一个竹篮，这个篮子可是个宝贝，里面有一家人填饱肚皮的食粮，窝头、白面馒、油条、包子、油饼，有时候还有鱼肉丸子之类的年货，只是我们小孩够不着，大人说是防老鼠才挂得那么高，我看分明是防小孩的。小孩活动多，消耗能量就快，饿鬼也就常常上门，可又不是饭点，不好开口，于是我和二姐就趁外婆不在家，合谋偷吃篮子里面的东西。

那时人小个子矮，够不着，咋办？我俩把旁边的大椅子挪到篮子底下，二姐爬到椅子上，还是够不着，于是又加了一个小凳子在椅子上，二姐试探着踩到凳子上，终于能够到篮子了，二姐很麻利地摘下篮子，刚要从凳子上下来，听到有人搬移栅栏门的响声，随即传来丫丫哼哼唧唧的咕噜声，赶紧提醒二姐，外婆回来了。

二姐的手停在半空。一切都静下来，我想如果此时有根针掉到地上，我也能听到它的响声。

须臾，传来外婆对着丫丫说话的声音。二姐被吓到了，脚下有点发软，再加上篮子里的东西很沉，手一抖，篮子一歪，东西倾泻而出，看着地上的干粮，我也吓得脸色大变。

二姐赶紧将篮子扶正，在把篮子挂上去还是先放下来上犹豫不决，我则捡拾地上的食物。外婆似乎听到了动静，迈着解放脚，急急地走进屋，看到眼前的场景，双手拍着大腿，说："哎呀！小祖宗啊，阔了不地了，看把你俩给能的，伤着没有啊？"一边念叨，一边把二姐从椅子上抱下来，又去捡拾地上的干粮，把沾了土的干粮去皮后重新放回篮子。

等外婆把干粮收拾完，再抬起头时，拿眼捉住两个小贼，正巧捕到从里间屋里探出来的小脑袋，外婆没说话，笑了，我俩也笑了，笑得不好意思起来。

沉醉不知归路

西墙将主屋和里间隔开，里间屋是母亲和姨出嫁前的闺阁，屋里有一桌一床一柜，桌子是一般的三抽桌，看着也有年岁了，床是张单人床，我的记忆不在这些物件上，而是在一件小事里。

这件事真的很小，小到不值一提，可在我的记忆里却是难得的清晰，因为那是此生仅有的从床上滚下来的记忆。

那时的我十岁左右，借着周末又跑到外婆家，小孩子的心再明显不过了，说是看望外婆，不过是借机逃避家里的劳动罢了，却给我留下了美好的童年记忆。

到外婆家的路不算很远，可也不近，好在有自行车。

周六下午放了学，回家跟母亲打了招呼，母亲话音未落，我已推着车子出了家门。

一路上，我像出了笼的小鸟，心里甭提有多舒畅了，脚下用劲，不一会儿就把村子甩出半里地。

骑在大梁上左右晃着到了外婆家。

外婆正忙着做饭，见我一身臭汗，忙让我洗洗。我用眼神巡视着，外婆说，你二姐出去玩了。于是，我就坐在饭棚的小板凳上帮外婆烧火。

这是一个极小且极简单的靠屋山搭建而成的斜面建筑，宽不过一米，高在一米五左右，以外婆的身高刚刚擦着头皮，我需弯腰低头才不会被碰到。饭棚的最外面盘着炉灶，挨着墙根放着个小板凳，坐在上面加柴，便再也容不下其他。炉灶连着一个土暖气包，放着油盐酱醋和暖壶。往里同主屋一般深，放置干柴。深秋时节，外婆会到处捡拾树叶，多是用箩筐倒进小饭棚，盛不下了，便会穿针引线地将叶子们穿成串子，等到冬天没有柴火烧的时候，就把叶串子拆开烧。

一次，我跟母亲说，外婆家没有柴火烧，便经常捡树叶烧。家有棒子骨头，还有棉花柴，给外婆送些去吧。母亲竟用异样的眼神看我，然后嘴角向上弯起。从此，每到秋天，母亲都让我拉着一地排车的棒子骨头送到外婆家。

我跟外婆一边说话一边做饭，正忙着呢，姨回娘家来了，脸色不好看，像是受了什么气，跟外婆说晚上不回去了，于是炕不够大成了我晚上滚下床的主要原因。

睡觉之前，外婆把里间不经常睡人的床收拾出来，姨好像有话要跟外婆说，于是让我去里间睡。

二姐吓唬我说："老三，你要小心点，别从床上滚下来，晚上这屋里可有老鼠，会咬你噢。"

我害怕极了，我不怕蛇，不怕刺猬，却唯独怕老鼠，我不好说啥，于是委屈地说，我想回家。外婆看我可怜，就把目光投给姨。姨有点娇嗔地说，我就睡炕，屋里哪来的老鼠，不就将就一晚上嘛。外婆说，这么晚了，一个女孩家的不安全，把请求的目光又投给了姨，姨咕嘟着嘴直接爬到炕上去了。外婆叹了口气，难为地看着我，看看外面漆黑的夜，我也只能无奈地走进里屋。

外婆倒了些热水，喊我喝，她点起煤油灯，灯光如豆，昏暗的墙壁上映着几个晃动的人影。

喝了水，心情依然被刚才的气氛压抑着，于是，早早地上床睡觉。

大概是白天有点累，又或许是二姐的话在我心里产生了效应，睡梦里我竟然被老鼠包围了，它们爬到我身上，向我袭击，撕扯、啃咬，我吓得四处乱抓，身体不由得往一边滚，迷糊中好似听到“扑通”一声。

等外婆和姨喊我，把我从懵懵懂懂的睡梦里叫醒，我才意识到自己是从床上滚到地上了。

重新爬回床上，好一会儿才沉沉睡去。

第二天起来，我感觉大腿和屁股疼，瘸着出门时，二姐才知道我晚上从床上滚下来的事，她捧着肚子，弯着腰，笑得眼泪都要出来了，我一副窘态，嘟囔了一句，有啥好笑的。外婆剜了二姐两眼，二姐才把笑憋了回去。

兴尽晚回舟

外婆家的院子很大，很长，院子南边有两棵树，一棵是枣树，另一棵也是枣树，院墙外面还有两棵枣树。

每年秋天，枣子熟透的时候，我和姐姐弟弟就成了树下最忙的人。用竿子打，连叶带枣一块往下抡，打得枣子连蹦带跳地满地跑，叶子落一地，不过，簸箕里的枣也是越来越多。

外婆将枣清洗干净，上笼屉蒸枣给我们吃。外婆说生枣吃多了容易胀肚子，蒸枣不仅不会胀肚子，还会把枣里面多余的水分蒸出来，糖分一点都不会流失，吃着更香甜。

夏天，知了猴不请自来，在院子里钻出很多小洞，树上、菜架子上就会留下蝉蜕的壳，外婆就把这些空壳用线穿起来，挂到窗户边上，她说，这是一种药材，存着好，说不定有人来收呢。那时候的我，毕竟不常跟外婆住在一起，也就无从知晓是否真有人收这东西。

外婆是个勤快人，她在院子东墙边翻了地，调了垄，种上时令蔬菜，豆角、黄瓜、西红柿、韭菜便有幸落户到外婆家。

外婆在靠近主屋门口的地方搭了一个很大的架，一边种了两棵葡萄树，另一边种菜葫芦，又在靠西墙的空地上种上丝瓜，既满足了日常所需，又可以把吃不了的分给村里的老姐妹。

为了浇水，外婆要到村子最南边的水井里去打水，脚虽然是解放了，但提着一桶水走路还是很费劲。姨出嫁后，外婆便和二姐用木棍抬水，后来二姐大了，便学着挑水，外婆就跟在后面，小跑着，指挥着。

二十世纪八十年代初，家家户户打了压水井，吃水用水的问题在自家院子里就可以解决。外婆看到我家的压水井，艳羡极了，说，这是个好物件，啥时候俺的院子里也能打一个就好了。

第二年的春天的一个早晨，父亲便张罗着把新买的压水井设备搬到地派车上，他在前面拉，我在后面推。

爷俩到了外婆家门口，因为院门窄，地派车进不去，于是，我和父亲只得往里搬。说话声惊动了外婆，她从屋里走出来，一见院子里的家什，惊呼，阔了不地了，这是要干啥？

父亲说，你不是想要个压水井嘛，以后用水就方便了。

放下压水井的设备，父亲就去找人帮忙。外婆围着设备边看，边赞叹，嘴角洋溢着喜悦，自言自语道，哎呀，这个岁数了，还能用上新玩意儿。

父亲带人回来后，按照外婆的要求，找好打井的位置，然后开挖。神奇的是，没挖多深就见有水渗出，可见那时候的水位线有多高。

大人们打井也是蛮兴奋的，特别是没挖多深就有了水，更是让人觉得舒畅。

见了水，就可以插管了，然后将压水设备装上，试压数下，只听皮筏下面呼呼的响声，片刻，有水上涌，顺着水管往外淌黄泥汤，外婆怕浪费了水，赶紧拿桶接住。父亲说，不用这么节约，出了清水管你用。

黄泥汤渐渐地变清澈了，父亲先给外婆浇了菜地，将水瓮注满，才开始填坑砌台。

水井台砌好后，父亲嘱咐外婆，几天后，等水泥凝固了再用水。

自从有了压水井，外婆就不再愁没水喝、没水浇菜地了。

立秋前后，外婆在院子里种上白菜、萝卜，到了冬天就在主屋西边的空地上挖上地窝子，把白菜、萝卜储藏起来，地窝子里的菜品就是整个冬天乃至初春饭桌上炒菜的主要来源。

争渡，争渡

无疑，二姐是最受外婆疼爱的，无论是吃，还是穿，都没亏过二姐，然而，二姐被人欺负却也是不争的事实。

打小就住外婆家的二姐，引来村里几个坏孩子的污言秽语。自从二姐上了学，他们就专瞅上学放学的空当，围着二姐恶言相向，有时候专门等候在百米土路上欺负她，甚至在村子里碰上，见四下没人也会大老远地喊上几句“外户子”，好像只有如此他们心里才会舒坦一样。然而，在二姐幼小的心灵里它却像梦魇一般怎么也驱不散。

那年冬天，一大早，二姐吃过早饭，在外婆的催促下，磨磨蹭蹭地走出家门。她知道快迟到了，但心底的那份恐惧让她踯躅不前。

此时，西北风打着响鼻儿，裹挟着沙粒吹得她睁不开眼。

真是怕啥来啥，刚出村子，远远地就看到最让二姐望而生畏的三个坏小子，小恼、老随和怀义，有叉腿掐腰的，有叉腿抱臂的，腿还一个劲地抖个不停，凶神恶煞般地立在路中央。二姐想转身，可是，往哪去？回家？刚被外婆的目光送出来，回去咋说？走麦地？看看脚上外婆刚做的新棉鞋，舍不得啊。最后把心一横，不就是嬉皮笑脸地奚落辱骂嘛，又不疼不痒的，随他们去吧，他们还不至于动手吧。

打定主意，二姐迈着坚定地步伐往前走，三个坏小子拉起手像拦路虎似的排成一排。二姐想：好鞋不踩臭狗屎，我从边上绕过去。

可当她跑到北边，他们就逛到北边，二姐迅速跑到南边，他们也迅速逛到南边，嘴里还不住地喊着："就不让你过去，外户子，外户子！"就这样，一跑一逛，再一跑一逛，二姐不动了，拿眼睛狠狠地盯着他们。二姐闭上眼猛地冲向他们，想用力气将他们拉在一起的手撞开。当二姐睁开眼的时候，发现眼前不见了三坏，拔腿就跑，跑出没多远，就听到身后有嘲笑声响起，不禁回头看，原来是书包落下了，正在小恼手上举着。那可是外婆给她缝制的新书包啊，她太喜欢这个书包了，漂亮的蓝地小白碎花上，是外婆缝制的密密针脚，更重要的是书包里的书本，她都舍不得在上面划一下，那里面不仅有好听的故事，还有让她甘之如饴的文化知识。二姐只好无奈地走回去。

二姐上前讨要书包，小恼笑着将手一松，书包落到地上，老随和怀义抬脚踏在书包上，碾压……

一脚一脚好像踏在了二姐的心上，心疼和恼怒让她不顾一切地冲上去，犹如抢救一个生命般俯身去抢夺书包。脚落下来，落到她的身上，头上和手上。她全然不顾，眼里全是书包，她只要书包。

终于，二姐抢过书包，仓皇之间，书包口开了，语文课本探了出来，正巧让小恼看到，他一把将课本夺了过去。二姐急眼了，把书包斜背到肩上，再次冲向三坏。

一阵狠命的抓打啃咬脚踢后，三坏逃之夭夭。地上被撕毁的课本已经惨不忍睹了，低头看鞋子，鞋面上也净是泥土，此时的二姐哭了。她哭的不是身上的伤，哭的是书、书包和鞋子。

二姐站在原地待了好久，别说迟到了，一节课都快上完了，她不想回家，这个样子，外婆看了会难过的，可去学校又怕遭老师训斥，还要罚站。

于是，她逃学了，成了游走在几个村子里的小可怜，引来几个大人的回望。二姐感觉如芒在背，就躲到离学校不远的麻湾丛里。

放学的钟声终于敲响了，二姐急急地蹿出麻湾地，带着一身的杂草跑到放学队伍的最前面。

后来，二姐就让外婆早做饭，早去学校，一放学就往外冲，不给三坏欺负她的机会。

两年后，父亲给二姐办了转学手续，二姐回到父母身边，彻底摆脱了三坏。

时光荏苒，岁月如梭，人已中年的二姐回忆起往事，依然心有戚戚。

如梦令

“外婆，外婆！”我呼喊着。

外婆扭头静静地看着我，一语不发，我伸开双手想要抱住她，手臂碰到墙壁上，一阵疼痛让我睁开了眼睛，原来是个梦。

我被刚才的梦境困扰着，回想着梦里正对着镜子梳理头发的外婆，眼里蒙上一层水雾。

外婆如果还活着该是一百零二岁了，可如今她已长眠在地下三十多年。

听母亲说，外婆是个苦命人。

二十世纪二十年代初，饥荒遍野，民不聊生。外婆当时只是一个瘦弱的三岁女娃娃，因家里无吃少穿，被后娘用一个窝头换给人贩子，随后，与村里的另一个一般大的女娃娃一起被绑缚在一辆平板车上推出村子。

历经数天辗转，两个女娃娃被推到广饶。后来外婆被卖到殷家村一家姓高的财主家里，取名高冬花，另一个女娃去向何处，不得而知。

高家老爷虽年过四旬，膝下却无子嗣，见冬花年幼，长相可人，就和太太商量收冬花做女儿。因此，在冬花进入高家的前两年里，日子过得还算殷实。

转过年，高家太太怀孕了，老两口从心里感激冬花的到来。后生下一女，高家上下喜气洋洋。可惜好景不长，在高家姑姑的挑唆下，冬花被冷眼相看，身价大跌，由小姐转瞬成小姐的贴身丫头，生活条件急转直下，但无论如何，当初的女娃活了下来。

个头矮小的冬花在十几岁时，扛着比自己高大的高家小姐到处跑，直到高家小姐出嫁后，她才跟大她七岁丧妻不久的外公结了婚，那年她二十五岁，婚后自己取名高秀云。

终于有了自己的家，可以自己说了算了，外婆开始寻找那个跟自己一样大，一块被推出来卖到广饶的陈家姐妹。功夫不负有心人，经多方打听，还真找到了。两个苦命人见面后，抱头痛哭，哭诉这些年的遭遇。谈话中，外婆这才得知，对方也一直在找寻她，她们相互承诺，从此结为干姐妹，有生之年，就当亲姐妹一样走动。就这样，外婆有了知心人，母亲有了姨，我也有了一个姨姥。自打记事起，逢年过节，母亲都会去看望一个被我称作姨姥的老太太，当时不知道缘由，也不知道外婆竟有这般离奇的身世。

婚后的外婆本该过过安生日子了，偏偏遇上坏脾气的外公，对外婆非打即骂，甚至会随手抄起插在窗户棂子上的镰刀朝外婆扔过去。

外公重男轻女的思想特别严重，母亲上学他就说：女孩子家的上学有啥用，费钱，到最后还不是围着锅台转。对幼年时的母亲，外公也是时常无缘由地劈脸就打。

外婆婚后生过五个孩子，母亲是老大，姨是老幺，姐俩相差十一岁，中间有过三个孩子，第二个是个舅舅，生下来六天就没了，后又生了两个女儿，却都在活到四岁时得了麻疹而夭折。

母亲对小二姨的记忆很深，她叫秀，头脑聪明，能说会道，人长得也漂亮，是母亲一手看大的。一天晚上，吃过饭，秀突发高烧，折腾了一宿，天不亮就没了气息，身上起了一片暗黑色的痘痘，母亲说那时候管这种病叫黑痧子。清早，小二姨被外婆外公用油筐抬出了家门。

母亲目送着油筐里的妹妹，心里难受极了，无处发泄，就在大街上游逛，泪水像断了线的珠子不自觉地往下掉。

外婆回到家，坐着发呆，眼泪噼里啪啦地打湿了衣襟。好一会儿，起身拉着母亲出了门，她有一肚子的苦水想找人倾诉。

娘俩走的是小路，距离乱葬岗不远，一眼便看到那里的景象。只见小二姨穿着的棉衣已经被撕得粉碎，尸体早已不见了踪迹，远处几只野狗正在撕咬着什么。外婆扑倒在地，痛哭失声，嘴里不住地念叨：我的孩子啊——母亲搀扶起外婆，亦是满脸泪痕。

自从分家后，外公的脾气倒是有所改善，可丝毫无法减轻外婆先后失去几个孩子后心灵上遭受的打击。

1964 年，姨姥的弟弟带着孩子从聊城赶来找姐姐，姨姥也算是与失散多年的亲人有了联系，一家人还到外婆家住了几天。谈及往事，外婆才知道了自己是谁，来自哪里，聊城东昌府闫寺乡秦庄村，娘家姓李。临行前，对方许诺，回去后定会让那边外婆同父异母的弟弟来寻。

母亲说，有好长一段时间，外婆常常跑到村头瞭望，每次都会一脸苦闷而归，最终也没盼到个人影。

几年后，村里有了工作组，了解到外婆的情况后，到家里做工作，打算帮着再联系联系那边，被外婆拒绝了，她说，俺这命都这样了，还有啥想头啊。

1965年外公因得了黄疸去世，外婆从此孑然一身，直到二十五年后病逝。

诚然，外婆是有私心的，她对二姐跟对我是不一样的，就像她对姨和对母亲也不相同。不过，失去几个儿女后自然会对最小的一个倍加珍爱，这是人之常情，姨出嫁后，二姐又很自然地弥补了外婆的孤寂。如此，外婆是无可挑剔的。

外婆曾几次住在我家，可不知怎的，即使大家对外婆甚是关爱，她却总觉得不自在，最后还是回到属于她的老院。

1989年的深秋，田野里的小麦都已破土，外婆突然对母亲提出了一个特殊的要求，想吃鲜棒子了。

三十年前，过了季如何能讨到鲜棒子啊，母亲犯愁了，对外婆说，婶子，现在上哪儿去找鲜棒子啊，咱还是明年再吃吧。

外婆说，明年怕是吃不上喽。母亲一惊说，咋就吃不上了呢？外婆说，我最近感觉胸口左边喘气不痛快，怕是熬不过明年，想想就是稀罕吃那口煮棒子。

母亲流着泪回到家，开始四处寻找鲜棒子。

说来还真巧，邻村的地里竟还站着一小片棒子，棒子叶依旧鲜活。一打听还是一个亲戚家的，因棒子种得晚，一直没砍。母亲像抓到了救命稻草一样跑到亲戚家说明情况，才又跑到地里寻了几个比较嫩的棒子，给外婆煮了送去。

外婆用仅剩的几个门牙嗑着棒子粒，边吃边说，嗯！真鲜啊，好吃，这下就没念想了。

转过年的仲春时节，外婆就病倒了，检查结果是肺癌，从不能自理到去世仅一个多月的时间。外婆卧病期间住在了寄子——三舅家。那段时间我们见不到母亲，很是想念，更加记挂外婆。

趁着中午放学的时间，我骑着车子去看望外婆和母亲。

一进门，就被母亲的样子吓了一跳。只几天的工夫，她全然换了一个人，形容憔悴，一脸倦容，一双充满红血丝的眼睛陷进坑里。我的心被什么东西揪揪着，久久不能释怀。

外婆更是瘦得皮包骨头，她不住地咳嗽，喉咙里似有无穷的痰液撕咬着她，让她不得不一吐为快，咳好半天才用尽全身的气力将其纠结到一起，吐到一个罐头瓶子里，须臾，痰又来了，就又咳，我的心被咳嗽声揪起来，又落下，再揪起，最后被红血丝吓到了。

母亲不断地拿手绢给外婆擦拭嘴角，因为老擦，嘴唇变得干涩起来，母亲就时不时地用手绢蘸点温水，敷在外婆嘴唇上。

看着亲亲的老娘被痛苦折磨，母亲的泪水涌出眼眶，打到手背上，打湿了衣衫，我赶紧用衣袖帮她擦拭，自己的眼泪也滑落下来……

1990 年 5 月，生于 1919 年 3 月的外婆摆脱了病痛，走了，享年七十一岁。

外婆去世后，我除了跟母亲去外婆家收拾过东西外，就再也没回过那个家，因为人已去，院亦空，去了只是徒增伤感。

说来奇怪，母亲和二姐却从来没有梦到过外婆，反而是我在梦里见到了外婆和外婆的那个宅院。

当我把梦境告诉给母亲时，母亲说：她是在那边缺钱了，马上到你外婆的祭日了，多给她烧些钱粮过去。

如今，外婆离开我们已经三十多年了，可在我心里她却未曾离开过，可以说她在我们的生命中是永生的，永远停留在我们心中。我想如果将外婆多舛的命运记录下来，让后人缅怀，也算是另一种活着吧。

父亲

勤俭持家是个老传统，一代一代传承着。勤俭持家是个家常话，一家一家唠叨着。勤俭持家是个大学问，一日一日研究着。

——题记

父亲的记性是越来越差了，唯一记得清楚的便是他的生日。

我恨自己没在父亲记性好的时候提笔，给他留下些文字，现在想问他的人生经历，确乎迟了。有时耐心询问，又被他的两句反问给噎了回来：想那些干啥？有啥用？没办法，我只能采取曲线方式，从母亲的只言片语中走近父亲。

母亲眼里的父亲除了能干之外就是自私与无趣。

不管饭桌上有啥好吃的，父亲总是自顾自地吃得最多，从来不会给谁夹个菜，就连母亲也没有过这样的礼遇。

年轻时，家务活都是母亲操持，父亲一窍不通，年纪大了，会做的饭就是下面条，如今是连面条也不能做了。

在我们姐弟眼里，父亲的古板是能拒人千里之外的，他不苟言笑，也不会哄母亲开心，至于我们，还能指望什么呢。可他凭着一身的力气走南闯北，推着成车的货物到平度、诸城，挣点血汗钱贴补家用。

自从土地被征用，父亲就在自家院子西边开了一块地，种些果蔬，他说，农民没有地，心里慌啊。

上了年纪的父亲，是母亲的专职司机，挖野菜，到湖边散心，抑或赶集买菜，父亲只管骑车，从不操心家里缺啥，也从不下车去买啥，有时候竟把下车买菜的母亲甩下，自顾自地往前去，走出去老远，回头一看，才发现老伴儿不在，这才折返寻人，气得母亲站在原地瞅着他原路回来，随后，赢得一通数落。

说来有趣，古稀之年的母亲曾多次考验父亲，结果屡屡惨败，让本还平静的心掀起波澜，对着我们轮番控诉。我的一句话把母亲说得哑然失笑：妈呀，这种习惯是谁给你老伴儿养成的呢？

除了种地，父亲还学会了多种技能，如侍弄牲口、赶马车、开机磨、制瓦、木工等。起初他在小建筑队上干小工、匠人，后到城里建筑队干了多年木工，年纪大了上不了工地，就开始收购废品。无论做什么，他都不会错过农忙时节，等家里过了大忙再出门。

父亲靠着勤俭持家把一个六口之家带上了致富的路，不只是我家，村里的家家户户，无论是在旧的传统观念里，还是在改革开放的道路上，哪家又能离得开“勤俭持家”这个四个字呢？因为勤俭持家，是我们中华民族的传统美德，是与时俱进的传家宝。

下面我就先从“勤”字上讲讲发生在父亲身上的故事。

勤

母亲是家里的贤内助，父亲则是家里的顶梁柱。

受姥姥的影响，母亲男尊女卑的思想观念比较重。不知从何时起，在我们养成了一个不成文的约定，只要父亲不回家，就不能锨锅吃饭。记得那时候的天很短，无论是春夏秋冬，天总是不等我们吃完晚饭就黑了。艳羡同伴回家不久就吃完饭，跑到大街上玩耍，可此时的父亲还没下坡，早已饥肠辘辘的我们眼巴巴地看着桌上的饭锅、碗筷，盼着那个人影快点出现。偶尔也有日头从西边出来的时候，那就是父亲出远门了。

父亲是个急性子，眼里全是活，干活也急，但在吃饭上却经常让我们等得眼光发绿。终于等到父亲回来了，姐弟四个赶紧搬着各自的板凳围坐桌前，可父亲在院子里依旧迟迟不进屋。有沉不住气的，起身望向院子，果然见父亲又忙活开来，自叹一口气，重重地坐回去，其他几个则在屋地上转圈。

直到我们的耐性被消磨殆尽之时，父亲走进屋来。母亲赶紧掀锅盛饭，拿了家里最大的碗，舀了满满一碗手擀面，放到刚要落座的父亲面前，父亲抄起筷子，端起碗，呼啦呼啦地吃起来，原来他也饿了。

父亲的能干在村里是出了名的。

父亲只要在家，临出工前，都会把家里的事务安排一番，尤其是在假期里。有时候我们也想偷懒，便跟母亲请假，说要做作业，母亲小声道：甭管他，你们写你们的。

等父亲走了，便由着我们写作业了，全然一副老虎不在家，山里全放假的样子。等父亲回来后，见他安排的事纹丝未动，又叨叨起来，我们像耗子见了猫般不敢出去，母亲挺身而出，跟父亲理论，父亲见母亲少有的咄咄逼人，也就不再言语，自顾自地忙活去了。

父亲干活从不惜力，既有力量也有速度。上初中时，村里重新划分土地，我家抽的那块地中间夹着一条沟，沟沿儿上丛生着一墩墩的紫穗槐，一片片茅草直愣愣地钻出地面，破出一道道裂痕向两边延伸。沟底灌木杂草丛生，也有很多不成材的杨树，就在去年的秋天，一个女人就曾吊死在这条沟里，因此，谁家都不愿分到这块地，晦气！我不知道父亲当时是怎么想的，打心底里，他应该也不愿要这块地吧。但他什么也没说，好像从这条沟里看到了生机，对全家人道：“别人都看不上，我却不这么想，这条沟除了浇地麻烦些，其他都好说，我要把荒沟变成良田，让别人眼馋去。”

说干就干，父亲采取的是先上后下的策略，首先是对付沟沿儿上的紫穗槐。父亲命我们用镰刀从根部将紫穗槐的枝条割下来，将叶子削掉后拉回家，晚上，父亲在灯下，用枝条开始编筐编篓，后拿到集市上去卖。最难对付的是紫穗槐的根系，紫穗槐生长多年，根系发达，挖起来特别费劲。

周末，全家出动，一起啃硬骨头。父亲开始派兵遣将，他和大姐挖根，母亲与二姐倒土，我和弟弟往外拖。一棵紫穗槐的根系比一般的树根还庞大，搬是搬不动的，只能拖，但它又不够高，我们只得弯腰去拖，这样就有些费劲，时间不长，小腰就酸疼起来。从地里拖到地头，有近的，也有远的，最后却都被我们通通扔进了地头的深沟里。

第二步就是清理树了，父亲找来帮手，跟他挖土刨树，好点的树可以做偏房的檩条，不成用的就劈成了烧柴。

最后一步就简单了，放火烧杂草。

等一切做完后，恰好秋种开始了。

那是一个寒冷的冬天，这个冬天父亲哪也没去，开启了独自一人的整沟模式。每天天一亮，他便扛着铁锨、镬头出门，到了饭点回来，稍作休息，又走了，直到天黑才返回。他把沟沿儿高出地面的那部分土一锨一锨扔进沟底，开春后，请人开着推土机把沟推平，又自己用铁锨找平，在套种玉米的时节，沟底也种上了三畦玉米，沟沿儿上还种了地瓜和绿豆。这一举措，让村里人无不刮目相看。

沟底是平了，但与地面还是有近一米的深度，给以后二十多年的收割和浇地增加了繁重的劳动，尤其是浇地，东边先浇一点，再浇西边，最后浇沟底，呢绒管先是下到沟底，穿过三米多的庄稼，再爬上沟沿儿，虽说比别人家多种了那一亩多地，但却付出了比别人多出三倍的艰辛。一到播种、收割、浇地，全家人都一脸的苦相。

终于盼来了土地征用，结束了面朝黄土背朝天的岁月，顿觉肩上轻松下来。现在再想想，那些年累是累了些，家道却是渐渐殷实起来。

二十世纪八九十年代，我们家虽然不富裕，但姐弟几个从来没有因为缺钱而辍学。靠父亲的辛勤劳作，供出了两个大学生，在当时的村子里算是很光彩的事了，但这背后，又凝结了多少父亲付出的血汗呢？

俭

因为历经世事，父亲深知钱财来之不易，自幼便养成了节俭的习惯，并没有因为生活条件的好转而有所改变。

那年夏天，母亲打扫完卫生，接到老街坊的约牌电话，便顺手将父亲的那双露了脚趾的胶鞋扔进了垃圾车，回来后，却发现胶鞋又穿在了父亲的脚上，就有点生气，自言自语道："孩子们刚买的鞋你不穿，又把这双烂鞋穿上了。"父亲拾起话头，大声道："这鞋烂吗，穿着正舒服哩，凉快！"

还有一次，母亲将父亲的一件破了好几个窟窿的旧 T 恤塞进垃圾袋，放到垃圾车，第二天就见父亲穿在身上，母亲纳闷，就问父亲："你怎么又穿上这件破衣服了，我不是扔到垃圾车里了吗？"

父亲一脸不高兴地道："我的衣服，你怎么能随便扔呢，又不是不能穿。"

母亲拽着父亲的衣服说："你看看，变形变得像个口袋，还烂了好几个窟窿，又不是没有新的，穿着出去也不嫌丢人！"

"我愿意！我穿自己的衣服，丢谁的人了？"父亲的声音更高了。

父亲因为节俭，从不会主动给家里带像水果零食一类的吃食，有一次是个例外。那年秋天，父亲跟村里人到外地帮工，回来时，从自行车挂兜里掏出很多菱角，兴奋地跟母亲说，快给孩子们煮煮吃。母亲问他怎么舍得买菱角吃了，他说不是买的，是干活的主家给的，没花钱。

自从七年前家里的土地被征用后，古稀之年父亲便真的如退休般享起了清闲，经常骑着三轮车带着母亲出去转悠，但依旧是车子往前骑，两眼往前看，从不操心家里缺啥，也不主动停下转转看看，生活中的一切似乎跟他扯不上边。

义

父亲虽脾气有些暴躁，却是个很仁义的庄户人。

父亲兄弟三人，他排行老三。大伯为人忠厚，也是老实巴交的农民，膝下一子，与父亲同年，却先于大伯三年病逝，大伯走时享年九十三岁，他与父亲虽同父异母，兄弟之间的关系却远比同父同母的二伯更为亲近。

父亲有一把子力气，十几岁便开始跟着成年男人出伕拉土挖渠，干完一期，还替身体较弱的二伯去。人家看父亲一身稚气，便让他帮着做饭的师傅挖野菜。

今年春天，同学捎来一大袋子黄西菜，我拿了一些送回家，没想到，竟唤起了父亲以前挖野菜的记忆，他一个劲地说："年少时，黄西菜就是最好的菜，没有邪味，还能填饱肚子，软乎乎的，适合牙口不好的吃哩。我挖野菜时，在小清河北岸，一大片一大片的黄西菜，真是喜人啊，肚子饿极了，对着菜捎抓一把，填嘴里就吃，啥挑挑拣拣，洗洗涮涮啊，肚子是等不及的。"

父亲成年后，经人介绍，认识了母亲，为了拥有一个自己的家，他跟生产队申请了一块宅基地，白天上工，晚上拉土打土坯，一个人一双手，在短短的几个月里盖起了三间土坯房（上梁除外）。

成家后的父亲，靠着一身的力气，积攒了一点钱，买了一辆二手自行车，自己舍不得骑，推去给在城里打工每天让人捎带的二伯骑，自己却依旧靠脚步丈量走过的路。

一年后，父亲找了份到城里干活的机会，苦于没有交通工具，母亲说："咱家的自行车，你二哥骑了一年了，跟他家的一样，见了面连招呼都不打，你图个啥呢？还不借此机会把车子骑回来！"于是，父亲便开启了骑自行车到城里打工的日子。

父亲的仁义我是看在眼里，听在心里的。二十世纪七十年代，村里建了一个制瓦厂，父亲在厂里当了制瓦工，跟着大他几岁的赵师傅学制瓦。

父亲不忘师恩，逢年过节，都会带上礼品去看望赵师傅。几年后，赵师傅也有了回应，一来二去，师徒竟成了好兄弟。

三年前的春节期间，因父亲生病住院，家中无人。赵大爷没见父亲去拜年，耐不住了，跑到父亲门前，才见大门上着锁。父亲虽然在医院里，却也记挂着兄弟，又苦于没有联系方式，出院后的第二天，便让我拉着他提了礼品登门看望，老兄弟见了面，竟也老泪纵横。

记不得那是哪一年的事了，一辆拖斗车在调头时不慎压了父母家地头的庄稼。正值中午，恰有两个村民看到，上前理论，交涉后，一个在地头等待，一个跑到家里给父亲报信。父亲赶到后，得了八百块钱的赔偿。为了感谢两个村民，父亲抽出一半平分给他们，母亲却因此事跟父亲吵了多次，每次，父亲都硬生生地回道："人家不来跟咱说，你一分钱也赔不着。"

酒

父亲也曾嗜酒如命，"酒鬼"二字用在那时的他身上倒是蛮合适的。

逢村里谁家盖房，有喜事了，不管家里有多忙，热心的父亲都会撇下自己的活计，跑去帮忙，遇上这样的大事主家也都会设宴款待。父亲因贪杯，每次都很晚回家，有时还会被人搀回来。遇到父亲醉酒，母亲好几天都吊着脸，不跟父亲搭腔。我们也都如临大敌般不敢大声说话。

女人们对男人的这个嗜好总是有满肚子的牢骚，母亲也不例外。遇到有这样的场合，母亲不愿在人前晃悠，觉得丢人，便命我们去喊父亲回家，然而，父亲的大男子主义观念很强，岂会因为小孩子的几句话就离开酒桌，尤其是禁不住几个嗜酒村民的挑唆，更是死扛，我们便成了父亲逞能的对象，受到父亲不耐烦地呵斥。

几次之后，母亲再差我去叫酒兴正浓的父亲，我便面有难色，于是，母亲的话语也如父亲般严厉起来，终是拗不过母亲，脚步踟蹰地到了主家门里，在人空子里现个身，便有人提醒父亲，不等父亲说话我便知趣地跑出去，和几个伙伴玩耍起来，等时间差不多了再回家去。

有时母亲实在耐不住了，便自己去，后来，她自己也觉无趣，便由着父亲。无论怎样，父亲依旧经常被人拖回家来，裹挟着酒味的污秽之物便经常被沙土覆盖在屋地上。

印象中，几乎每年的大年初二，父亲都会被舅舅们灌得酩酊大醉。记不清是哪一年了，父亲醉得特别厉害。

起初，几个老爷们儿押指儿或猜火柴秆，喝高兴了，便开始猜拳，“哥俩好啊，五魁首啊，六六六啊！”一通吆喝，把满屋子里的女人都吆喝得高兴起来，只有母亲无奈地苦笑摇头，轻声道：“又喝潮了！”说完起身自顾自地回了姥姥家。

我们在姥姥家等父亲回来，准备一起走。左等不来，右等还不来。母亲一气之下带我们步行回了家。

晚上十点，父亲依旧没回来。母亲急了，可那会儿没有电话，只得让我跟她去寻。娘俩边走边听动静，一直走到舅舅家，敲开大门，才知道父亲已经走了。二话没说，母亲扭头就走，三舅不放心，拿上手电筒，喊上四舅，一块儿追了上来。

我们沿路寻找，仔细听路边沟底的动静。突然，我对母亲说：“妈，好像有动静。”就在东马村不远的沟里，我们找到了父亲。车子斜卧在不远处的大树旁，我去搀扶他的时候，手不小心碰到父亲的脸，父亲“哎哟”一声，我的手好像触到黏糊糊的东西。

第二天，等我起床，父亲已经出门了，只听母亲说，父亲碰掉了两颗牙。直到晚上，父亲才回家，见他脸上确有几处伤痕。

后来，父亲因病戒掉了“不离手”的烟，至于“不离口”的酒嘛，依旧你侬我侬地伴随他到了古稀之年。自从胸闷呼吸困难后，他不得不跟酒诀别，由此，父母因酒结下的“梁子”便不解自开。

前年春节，父亲病重住院，为了更好地照顾父亲，家里人一致同意，父亲出院后暂住二姐家。

父亲出院了，可没多久又被送回医院，他的病床还没来得及收拾，就又躺了上去。原因是他偷喝了一杯二姐夫自己泡制的枸杞酒，幸运的是，出院那天挂的点滴里没有头孢类的药。

父亲的“二进宫”，让医生护士忙得不可开交，在得知父亲返回的原因后，她们也都乐了。事后姐妹几个没少数落父亲，他老人家也不好意思起来，弱弱地道：“我觉着出院了，不就好了嘛，看着枸杞酒那么好看，就倒了一点，尝了尝。”

爱

父亲虽性情粗犷，但对儿女的疼爱却毫不含糊。

记得那年春天，我上一年级，放学回到家，家里没人，一下午感觉头不舒服的我，还是坚持着刷锅添水烧火做饭，把几个暖壶装满热水，又热馒头，做面汤，一切都做好了，父母还没回来。头热得愈加厉害，浑身乏力，便把门一锁，到田里找父母。

艰难地走到地头，父母却都在地中间，想喊又没力气，只得跋涉着走过去，无力地说了一声“妈，俺难受！”便两腿一软，坐到地上。父亲赶紧上前摸我的头，说：“宁发烧了，头很烫。”又问我哪不舒服，我竟也说不清楚，只含糊地说难受。父亲不再问啥，背起我就走。

到了邻村卫生室，量体温，看舌苔，啊啊地喊了两声，才诊断为感冒发烧。拿了药片，父亲想背我回家，我感觉比之前好些，便坚持自己走回去。

还有一次，我不知道吃了啥东西，肚子难受得厉害。躺在床上哼哟哼哟地呻吟，母亲问了情况，正着急呢，父亲回来了。母亲像看到救星一样对父亲说：“快看看咱宁吧，吆喝肚子疼呢。”父亲闻言，急急地走到床边，摸头，不热，问我哪疼，就给我揉搓肚子，还吩咐母亲给我倒碗热水，慢慢地喝下去后，竟也好起来。

那年我出嫁，不知道什么讲究，新娘下床不能脚着地，于是在一阵忙乱中，父亲拿出他的新鞋，俯身给我穿，拿着我的脚连鞋一起套了进去。看着笨拙的父亲，脑子里竟浮现出高一入学父亲送我上学离开时的背影。那时，他腰板挺直，浑身的力气，再低头看看，八年的光景，父亲业已头发花白，腰背也不再挺直，不禁心里发酸，眼泪落下来。

父亲帮我穿好鞋，起身，恰巧看到我眼中噙泪，问道：“咋了？今天大喜的日子，高兴点！”说完急急转身，可转身之际，我分明看到他的眼角也有泪水滑出。

病

父亲说话有声，声若洪钟，落地砸坑。只要他在家，满院子都是他的声音，好像在跟谁吵架。母亲是很少与父亲吵架的，她的最大优点是能忍，却也害苦了自己。

年近八旬的老父亲，说话依然掷地有声，然而，自从患了慢阻肺后，他想要保持抬腿就走、走势如风的气魄却再也不能够了。走不多远，就会被病拿捏得上气不接下气，喉间携带着粗重的哨音，连带着身边的人都会感受到莫名的胸闷。父亲只得坐在胡同口或者家门口摇扇望远，抑或歪在沙发上鸡打盹般地呼噜一阵。

曾多次带父亲就医，几个医生的话如出一辙：老百姓舍不得花钱治病，有病就扛，拖久了先伤肺，年纪大了，肺功能逐渐衰退，吃药只能缓解，回家注意点，不要劳累。

父亲的病来势汹汹，天还没亮，二姐打来电话，让我去医院给父亲陪床。

我二话没说，驱车往医院就走。路上到一家包子铺买了父亲喜欢吃的肉包子和粥。平素里，父母勤俭惯了，饭食里很少见荤腥，母亲做啥父亲吃啥，从不挑剔，但我知道，父亲是很喜欢吃肉的。记得那次，女儿做了排骨，我拿回家跟父母一块儿吃，父亲自顾自地吃着，吃得津津有味，嘴上手上沾满油渍。我无意中看向母亲，她手里正捏着一块排骨看着父亲，微笑不语。

推门走进病房，房里还亮着灯，一眼就看到陪护的二姐在病床前给父亲擦洗双手。父亲躺在病床上，闭着眼睛，脸被呼吸机的罩子扣住，整个人也像被固定在床上一样一动不动。床的上方悬挂着四个药瓶，两个空的，一个半瓶，还有一个满瓶，药液通过输液管一滴一滴地流进父亲体内。

推门声惊动了病房里的所有人，父亲睁开眼睛，见我来了，目光里闪现出一抹惊喜，从呼吸罩里发出闷闷的声音："哟，你咋来了？"

"你住院，我不得来陪陪你啊。"我一边说，一边往里走，用眼光扫了一下另一个病人及其家属，礼貌性地向对方点了点头。

二姐给父亲擦洗完，开始跟我交代注意事项。

看着二姐离开，我坐到床边，拉着父亲的手问："爸，你饿吗？"

"嗯——折腾了一宿，还真有点饿了。"父亲看着我，眼睛里充满了疲惫和些许的柔情。父亲在我的印象里一直是坚毅挺拔的，慢阻肺一下子把他拿倒，竟让他生出孩子般的依赖。

"不过，你得听话，我扶你起来，手不能乱动，鼓了针可就麻烦了。"我提醒父亲道。

父亲一个劲地点头示意，呼吸罩随着上下晃动。我按响呼叫器，请护士帮忙给父亲取下呼吸机。

把父亲扶起，坐在病床上，将包子递给他，看着他吃。我端着粥碗，喂他喝粥。起初，父亲有点局促，非得自己喝，在我的坚持下，他也就享受起我的伺候来。

因为戴着呼吸机，父亲的大、小便基本上是躺在床上完成，然而，带呼吸机的麻烦丝毫不亚于排泄大小便。因为父亲记性差，呼吸机经常被他的一个动作给整歪了，我赶紧用手扶住他的头，叹着气说："爸，你别动啊，这样动来动去的就漏气了。"父亲果然就乖乖地不动了。但每次吃饭，又不得不摘下来，吃完饭再戴上，一次两次的，有时候，呼吸罩戴偏了，或是带子松了，都会出现漏气的现象，着实恼人。

几天后，终于摘掉了呼吸机，父亲感觉身体舒服了，开始下床活动，甚至到楼道里上厕所。

父亲的病使他的记性越来越差，真有点转身就忘的架势，好在还认人，但在上厕所的问题上一直是件令人头疼的事。父亲干啥总是急火火的，身上有力气，四肢也敏捷，说干啥，抬腿就走，丝毫不考虑自己身体的承受能力，上厕所自然也不例外。感觉憋得慌了，脚一抬，起身就走，哪还想着手上的针管，吓得我赶紧吆喝，起身按住他，迅速摘下药瓶举着扶他进厕所。

每次上完厕所，父亲都会呼吸急促，好长时间缓不过来，把陪床的我们搞得一阵手忙脚乱。我们的话父亲是听不进去的，但有人能治他。我把医生请来，命令父亲不能下床，小便必须在床上完成。

一天，母亲陪床。输完液，见父亲睡着了，母亲到洗手间洗父亲的衣物。父亲要小解，竟忘记病房里有厕所，径直出了病房去楼头上找公厕，在出厕所的时候不慎摔倒，等母亲找到他的时候，父亲躺在冰凉的地上已经气息微弱，母亲一人难以扶持，便大声喊大夫。

几个人忙活了一阵，把父亲抬到移动病床上，拉到病房里。

父亲的这一摔，可谓是后患无穷。先是神情恍惚，眼前出现各种幻象，一会儿蹒跚着来了一群鸭，一会儿又飘来几只羊，一会儿又不知和谁对起话来，有时候两只手伸展着往空中一阵乱抓，看得我毛骨悚然。后来父亲开始不眠不休，且浑身是劲，好似被什么东西控制着一般。输液的那只手因为他的突然抓空，按压不及时，几度出血，我便眼睛不眨地看着、按着，心里更是急躁，这何时是个头啊？

从晚上九点，父亲开始念念叨叨，一会儿是他自己，一会儿又变成另一个人，我们姐弟四个望着父亲，莫不摇头扶额。

父亲突然从病床上跳将下来，把输液管扯下来扔到一边，鲜血从他的血管里滋出来，他却浑然不知，对着我们横眉冷对，控诉起来："你们哪一个不是我抱着看你们长大的，小的时候舍不得打，舍不得骂，现在，你们一个个都成人了，看着我这么难受，你们都围在这里，也不管，你们的心咋就这么狠啊？"我的眼泪再也抑制不住地流了下来。

父亲怒目而视，全然不像一个连续几天不得休息的病人，竟连气喘吁吁也消失不见。他猛地拽起床上的床单，拧成麻花，向我们横扫过来，用极其恶劣的语言和行径对待他疼着爱着的儿女……

护士站离得很近，值班大夫也过来看了几次，了解情况后也都摇头离开。整个楼道里被父亲的大吵大闹声充斥着，搞得门口聚集了好多人向里面窥探，父亲发现后，更是变本加厉地大声呵斥。

吆喝声一直持续到凌晨一两点，还是二姐聪明，跟凶巴巴的父亲开玩笑似的说："爸，你这也敢，那也敢，既然这么厉害，你敢不敢上床睡觉？"

"对啊，爸肯定不敢！"我也随声附和。

父亲竟然渐渐地没了脾气，嘴里还不住地道："谁说我不敢，我躺给你们看。"他躺到床上，二姐想上前给他盖被子，他却警觉地猛地坐起，做防备状，弄得我们哭笑不得。

父亲终于打起了呼噜，我们商量着让大夫给父亲打一针安定，让他好好休息，睡一觉。大夫说，父亲肺不好，打上安定，怕醒不过来。一听这话，我们也只能顺其自然了。

可能是折腾累了，父亲竟一觉睡到天亮。

睁开眼睛，父亲的眼里充满疲惫，昨夜的坏脾气已消失殆尽。

我和二姐赶紧端来温水，给父亲擦拭手上的污秽。边擦边描述昨夜的情景，当父亲听到他昨晚出手打我们的事时，眼皮眨动了数下，最终眼角还是流下泪来。

也不知是不是这次发泄起了作用，父亲开始长时间地睡觉，后慢慢好起来。

父亲出院后两个月，迎来了他的生日。

生日是在饭店过的，一家人围坐在圆桌前，给父亲戴上寿星帽，点上蜡烛，父亲笑容满面，脸上的褶皱更多更深了，不禁想起父亲住院时的情景，心里一阵酸涩。我站起来道："家虽小，但也需要仪式感，咱妈咱爸都年事已高，经过咱爸住院，我感触很多，不过最想说的是，不管你多忙，身在何处，二老的生日，我们做儿女的都不要缺席！"

父亲的伟大在于他的深沉，他总是默默无闻为家里付出，虽有固执的一面，但丝毫不影响他在家里举足轻重的地位。

父亲肩上扛着两岁弟弟的高大身影，依然模糊在我的视线里……

纺车嗡嗡转人生

古稀之年的母亲从墙上取下挂了好些年的纺车，用鸡毛掸子掸了掸纺车上的灰尘，开始给十几岁的小侄女演示如何纺线。

母亲摇动手柄，被尘封许久的纺车发出两阵刺耳的“咯吱咯吱”声，随后才转为正常的嗡嗡声。摇着听着，母亲脸上洋溢起笑容，我不自觉地跟小侄女聊起了母亲曾经的往事。

母亲从十五岁开始学纺线。冬闲时节，她跟着姥姥白天搓棉条，晚上纺线，逢集再背着线穗子走很远的路去集市上换点零花钱，贴补家用。

工分是人民公社时期独特的计工方式，社员干活就叫“挣工分”。那个年代，全国上下都在遵守这样的模式。有了工分，每家每户按工分的多少可以分得相应的棉花，把棉花领回家，弹成棉絮，既可以做成棉被，又可以纺成棉线。除了家里有喜事，绝大多数的人是舍不得做棉被的，都会直接将棉花或棉絮卖掉，抑或是纺成线再卖。姥姥的抉择是后者。

如云的棉絮轻盈而松软，扯一把缠到筷子粗的高粱秆上，搓几下，再取下用手搓成细条状，名曰“箍缒”，再利用棉花车纺成线。有时候，分的棉花少，纺的线不够卖，还需要到集市上再买些棉花。

姥姥把几个线穗子装进布兜，看着母亲背着出了门。第一次去赶集，还是去卖线穗子，母亲的心里似有小猫在挠，她怕卖不出去，又怕卖价低了，回来不好交代。

姥姥是走不了远路的，因为她的解放脚行走不便，不得不把这个差事交给未经世事尚未成年的母亲，她一边走一边教给母亲询价的方法。

母亲按照姥姥的嘱托，背着兜，先在集上转了一圈，发现好几家卖线穗子的，颜色暗黑不说，线都粗细不均，没有一个能赶上自家的。先问好价格，做到心中有数，便找了个空地，学着别人的样子，从布兜里拿出一块洗得发白的黑色方形粗布，铺到地上，又拿出一个线穗子放在上面作为样品。

不一会儿，便有买主上门了，母亲心想：这个人看着和善，我先让他出个价，再回个价，应该是最好的。想好后，她便主动搭话："老板，买线吗？"对方抿了抿嘴道："是啊，小姑娘，你的线怎么卖啊？"母亲没回答，按原来想的把问题抛给对方道："老板，您出个价吧。"对方看了看母亲，笑了，道："我姓杜，看你年龄不大，还很会做生意嘛。家里大人呢，怎么放心让你出来赶集卖线啊？"母亲没想到，卖线还有拉家常的，她毫不隐瞒地说了实情。

"嗯——这样啊，难为你了，小小年纪承担起了家庭重担。我看你的线不错，可惜有点少，你的线我全要了，给你比别人高出两分的价钱，咋样？"母亲有点迟疑，她在心里合算着：高两分钱也不算高，但一下子能都卖了，倒省得麻烦，早回家跟婶子多纺些线，也行。于是，所有的线穗子都卖给了杜老板。

"挣钱了，我挣钱了！"揣着兜里的钱，母亲既高兴又紧张，生怕钱长了腿从口袋里蹦出来，于是用手捂着口袋，心里像有小虫儿在挠，急急地往回走。

回到家，母亲把带着体温的钱从口袋里取出来，郑重地交到姥姥手上。姥姥一问，摇着头说："卖便宜了，一个穗子至少还能多卖五分钱，咱娘俩纺的线既结实又细致，分量也足，明眼人一看一掂就知道，以后可以多要点。"

第二次赶集，母亲就比别人的价格多要出六七分，照样被杜老板收走了。母亲和姥姥尝到了甜头，她们纺线的劲头更足了，纺车嗡嗡转不停，似乎这嗡嗡声有一种魔力，让她们着迷。那拉着的线，如扯不断的希冀又细又长。

可是好景不长，没过多久，市场开始征税了。本来一斤线也就卖十几块钱，娘俩没白天没黑夜地干，一集的时间也就纺几两线，除去本钱，也挣不了多少钱，再交税（当年还没有现在的免税政策），这不是割肉嘛。于是人们见到管理员就跑，等人走了再出来。

时间久了，集市上有几个卖线穗子的互相都混了个面熟，有些人也因线穗子的优劣所造成的价格高低生出了“红眼病”，尤其有个胖女人，看着母亲的线穗子卖价高，就有些心理不平衡。

一次，胖女人见母亲铺开摊子，就故意喊“管理员来了，快跑啊！”不明状况的母亲听到喊声赶紧收拾摊子跟着跑，忙里出错，有个线穗子从手里滑落，打着滚地滚出很远，母亲吓得四下张望，并没有发现管理员的身影，这才开始找寻喊话的源头，一张阴暗得意的面孔转眼之间消失在人群里。母亲恨恨地咬着牙在原地站了好久，委屈的泪水在眼眶里打着转，却始终没有落下来。有个人蹲着身子帮她把线穗子缠好了，交到她手里，母亲才注意到是杜老板，她不好意思地弯了弯嘴角，对杜老板表示感谢。

为了避开管理员，避开胖女人那张可恶的面孔，姥姥让母亲天不亮就起床，趁早去赶集，在管理员上班前把线卖了，就不用提心吊胆，被撵得到处跑了。

那是一个寒冷的三更天，没有月亮，连星星都躲到云层里去了，西北风伴着漆黑的夜色，吞噬着房屋、树木，还有摸黑行走的母亲。

十几天没去赶集了，十几个线穗子鼓鼓囊囊地装在布兜里。这是一段乡间小路，一旁的庄稼地里是冬眠的麦田，另一边则是空坟地，杂草树木分布其中。十六岁的母亲少走夜路，本就心里慌得很，有个风吹草动就紧张得浑身哆嗦，头皮发奓，只得双臂抱紧起了一身鸡皮疙瘩的身子，硬着头皮往前拱。

突然，母亲的小腿被什么东西撞了一下，吓得她弹跳起来，撒腿就往前跑。黑灯瞎火的，啥也看不见，跑一阵子，就觉得跑到了一个大土堆上，手乱摸一阵，突然摸到了一个物件，仔细摸了几遍，感觉像是个昇（据说是后人为了招财气在祖先的坟头上设此物），这才意识到自己是跑进坟地了，更是惊悚不已，忙往下爬，慌不择路，不小心从坟头上滚下来，线穗子也从布兜里甩了出去。慌乱中，摸索着线穗子，都一团糟了。这可是娘俩十几天的工夫啊，这下白瞎了，恐惧里掺杂上心疼，委屈的泪水再也抑制不住地夺眶而出，她抽噎着想：这还怎么去赶集啊？可是，家在哪里？

慌不择路的母亲，心里被困顿和挣扎撕咬着。她困了，累了，肚子叽里咕噜地叫着，牙齿也不争气地一个劲地打战。她在地上转着圈，跺着麻木的双脚，叫天天不应，叫地地不灵。

终于盼到了天明，见到了人影，心里稍安，赶紧上前打听回家的路，路人见母亲的狼狈样，一脸的同情，告诉母亲怎么回家后，摇着头自顾自地赶路去了。

母亲带着一身的疲惫，手里提溜着布兜回到家。一进家门，正要做饭的姥姥赶紧迎出来，喊了一声："哎呀，俺的孩子啊，这是咋着了啊？"母亲终于见到了亲人，两腿一曲，瘫软在地，一句话也说不上来，只有泪水无声地流淌。姥姥和姥爷赶紧把她扶到床上。

连续几天，母亲水米不沾，姥爷请了医生，医生说孩子是吓着了。几天后，母亲病好了，只在家纺线，再也没去赶集卖过线穗子。

几年后，母亲结了婚，除了勤劳持家，还在七年的时间里生下了我们姐弟四个。孩子多，花销自然也多。母亲就利用冬闲时节，把自己以前用的纺车从姥姥家搬来，用自家地里种的棉花，又开始纺线。

二十世纪八十年代初，母亲开始在自家的地里种棉花，一家人勤劳苦干，几年下来，不仅解决了温饱，还盖起了五间大瓦房。

1985年冬天，村里的妇女开始利用冬闲时间织栏杆（花边的一种）挣钱，母亲鼓励大姐学织栏杆。于是，斗枕、棒槌、钩针、玻璃珠、大头针等等家什一应俱全。母亲又把挂在墙上许久不用的纺车取下来，将一枚顶针套在棒槌上固定到纺车轴的风葫芦里，用力抖动着编织花边用的棉线，防止粘连，然后在绕线车和棉花车的通力合作下，完成了棉线与小棒槌的完美结合。

自家的棉花大部分卖给县油棉厂，留下一些除了做棉被，就是纺线。

灯下，母亲坐在小板凳上，一条腿曲着，一条腿压在纺线车的底杆上，手轻轻摇动纺车的把手，纺车便嗡嗡地转动起来。为了节省那一点电费，母亲又点起了煤油灯，煤油灯冒着一缕青烟，摇曳着冲向房顶，越变越粗，最后消失不见。偶然醒来，看着昏黄的灯光里，母亲坚韧不拔的身影，占据大半个西墙，如山一般。母亲仿佛永远都不知道疲倦，依然左手摇着纺车，右手捻着棉条，细长的棉线宛如她的希冀越拉越长，陪伴她的只有纺车嗡嗡的响声。

不知何时，母亲和衣而卧。

清晨，耳边传来母亲的喊声："都起床了！吃了饭上学的上学，上坡的上坡！"

我揉着惺忪的睡眼，看到饭桌上升腾起的氤氲热气，此刻，母亲已在院子里给牲畜张罗吃食了。穿衣下床的空儿，父亲从外面背着粪篓回来了。

吃过早饭，一家人一起出门，把院门一锁，各自干自己该干的事去了。母亲就是如此日复一日，年复一年，不辞辛劳，用她勤劳的双手支撑着家，让这个家一步步从贫困到温饱，再到小康。

"嗡——嗡——"小侄女也学着母亲的样子转动起纺车。

栏杆兴起的年代

二十世纪八十年代初的冬闲时节，村里人大多数无事可做，男人有出伕的，有这家那家帮忙的，实在没事的就站街头子；妇女们则扎堆纳鞋底，一边东家长李家短地闲扯，一边忙着手里的伙计；姑娘们也拿着给心上人还没纳好的鞋垫或毛活凑到一起。

1982 年寒假，县花边厂派人到村里来，发动妇女们利用冬闲时节学织栏杆，挣几个零花钱，贴补家用。

于是，村里的部分妇女开始干起了织栏杆这一传统技艺。栏杆又称“棒槌花边”，是鲁绣的一种，说得更具体一点，就是花边的一种，属于山东省传统民间手工艺品。说起栏杆的由来，听老人讲是源于旧时服装的领口、开襟等部位，做绲边处理，起到点缀作用，因织栏杆的棒槌形同廊桥栏杆而得名，起初只把绲边叫栏杆，后来，花边也被叫成栏杆了，当然，栏杆是广饶本地老百姓的土叫法，有地域局限性。

一听说能挣钱，母亲和大姐就高兴起来。她们是村里最早报名的，获得工作人员亲自到家指导的资格。在工作人员的传授下，母亲和大姐率先学会了织栏杆。后来村里大部分妇女都跟风似的领了任务，有的因经验不足，经常跑到我家向大姐和母亲请教。

那时我上一年级，寒假没事，对新鲜事物颇为好奇，喜欢钻到人堆里看个究竟。当时大姐十三四岁，已经辍学在家，成了家里的主劳力。报了名的母亲和大姐第二天便领回来必备的物品，有花边图样和用纸包裹着的白线。

俗话说：“活路活路，有了活才有路。”领了活后的母亲和大姐，回来就忙着扯白洋布，找麦秾。一通忙活，填起了一个直径一米左右，厚约五十厘米的斗枕。斗枕的底部带有撮口，在斗枕的正面铺一块白布。用糨糊把花边图样固定在硬纸板上，再用大头针将硬纸板固定在斗枕外层的白布上，最后在上面盖一块中间挖了直径大约十厘米圆洞的白洋布，图样就透过圆洞呈现出一小部分，这样栏杆织到哪里就挪到哪里，织好的地方经过挪移自然而然地就被白布遮盖起来了，防止灰尘玷污。不仅如此，每次大姐停工的时候，还会用一块白布将整个斗枕的上半部分盖起来，其作用一是防尘，二是防人，防的人是谁？自然是我和弟弟两个好奇鬼了。

母亲和大姐又到城里买回了好几包东西，一包盛着好多泛着银光的大头针，一大包棒槌，一包沉甸甸的闪光的玻璃珠，还有两根钩针。

我将这一包包的东西如数家珍般地摆弄一遍，目光锁定在一个个做工精致的小棒槌上。抚摸着它光滑的表面，对它的形状有点捉摸不透，看来看去也看不出啥名堂，就把注意力移到玻璃珠上。这些玻璃珠子，犹如还未成熟的野葡萄，无论大小、色泽还是形状都一般无二，一色的祖母绿，幽深里透着光泽。取几颗放置掌心，光滑的触感里带着丝丝凉意。有意思的是，我在一个个小小的珠子里看到了好多个自己，我把眼睛靠近，珠子里呈现出一只恐怖变形的大珠子，是我的眼珠子，哈哈。

我在玻璃珠堆里扒拉着，玻璃碰撞的清脆声响起，摆弄来摆弄去，一不小心，把盛玻璃珠的木头匣子碰翻到地上。大姐大声地呵斥我，拽着我的胳膊把我扯到一边，自己则蹲下身子捡拾起来。她捡拾的动作那么轻柔，哪像我们一个劲地瞎摆弄。我也蹲下身子去捡，想减轻心里的负罪感，却被大姐的一记白眼，还有“切——”的一声嫌弃，呲到了一边，只得站在一旁，看她收拾一地的狼藉。

想拥有一颗玻璃珠的想法驱使着我拉着母亲到一边偷偷地缠磨。因为我知道，大姐余怒未消，是不会给我的。弟弟也很识趣地凑了过来，母亲拿出四颗玻璃珠给我和弟弟一人两颗，大姐嘟着嘴，用能“杀人”的目光扫视我们。两个屁孩子早就被玻璃珠占去了心神，即使被大姐瞄一眼也假装没看到。把玩着仅有的两颗玻璃珠，爱不释手。我将珠子举过头顶，透过珠子看太阳，竟然发现玻璃珠中间有一个小孔，心里不免又画上了一个大大的问号。

大姐怕我再去拿玻璃珠，把棒槌、玻璃珠、针和线都放到木头匣子里，用小锁锁了，同时，也锁住了我窥探的心。

为了打消心中的疑问，我舍弃出去玩的时间，不离大姐左右，眼睛也是一刻不停地跟随着大姐，果然，被我逮到了。大姐用细铜丝串起四个玻璃珠，系挂到棒槌末端的小眼里，用几厘米长的细铜丝圆满地完了玻璃珠与棒槌的巧妙结合。

母亲把挂在墙上许久不用的棉花车和绕线车取下来，将一枚顶针套在棒槌上，再固定到纺车轴的风葫芦里，用力抖动着编织花边用的棉线，防止粘连。然后在绕线车和棉花车的通力合作下，将棉线缠绕在小棒槌上备用。

母亲还做了一个巴掌大小的针包，也是白色，里面填充麦麸，将部分大头针插在上面，搁置在斗枕的右侧，方便随时取针插针。

大姐在工作人员的指导下，拉出棒槌上的线头，系在插到图纸上的大头针上，不断插针，不断添加棒槌的数量，少则十多个，多则几十个。大姐手执小棒槌，根据图案形状，以大头针为支点用线进行编织、打结，织成花边，不同的图案还会运用不同的编织技法。

大姐以手指操纵众多棒槌，使其左右跳跃，上下翻滚，玻璃珠闪着耀眼的光芒，蹦跳穿梭忙得不亦乐乎。它们犹如快乐的精灵，不断碰撞出美妙的声音，令人眼花缭乱，赞叹连连。

大姐循序渐进，不断变换位置。图案织好后，她小心翼翼地拔去大头针，将花边从斗枕上取下，用白布包好，再用重物压起来，以防起皱，不好出手。

就这样，大姐和母亲由简到难，由慢到快，完成了一条条一件件漂亮的栏杆，编织出的各种图案栩栩如生，以质量上乘，干净整洁赢得专家的好评。

那年的冬天，我搬个枕头，向大姐讨要几个暂时闲置的带着少许棉线的棒槌，模仿着她的样子，摆弄着，没有她的指导，我不知对错地乱扔一气，不为别的，只为摆弄那坠在棒槌末端如野葡萄粒般的玻璃珠，它们闪烁着亮光跳跃在我的眼前，耳边响起珠子们碰撞时发出的响声，清脆悦耳，如此，乐此不疲。

前几年大姐又重操旧业，织起了栏杆，技艺更加纯熟。但不知为什么，织了不久就又搁置了。

2009 年 9 月，山东省人民政府公布，棒槌花边为省级非物质文化遗产，它那精美而独特的花式、灵巧的编织手法和栩栩如生的图案，引来无数国内外友人赞叹、观摩。

如今，机器花边已经代替了手工花边，栏杆随着时代的脚步退出了历史的舞台，成为博物馆里陈列的展品。然而，那曾经的记忆却在我的头脑里根深蒂固，挥之不去！

妈妈，我想对您说
——写给母亲的一封信

亲爱的妈妈：

您好！

我是您的宁儿，以前写过几篇文章，或多或少地提及过您，却从来没有给您专门写过文章，书信就更甭说了，借此机会，我有很多话想对您说。

我想对您说：上了年纪，身体为重，不要太劳累。以前的您，忙里忙外，不得闲，为这个家劳心劳力，操劳一生，也该颐养天年，享享清福了。

记得小时候，您白天劳作，夜间飞针走线，或纳鞋底，或做棉衣，开了春就准备冬装，您说：春不算计冬里慌。

我们姐弟都很庆幸有一位心灵手巧的妈妈，您的手巧在东马庄、南高村都是出了名的。小时候我艳羡同伴们穿的成品新衣，回家向您讨要。您让我约同伴到家，用手丈量，看模采样，从集上扯来布料，给我和二姐缝制，用您的聪明才智、精巧手艺，不但做出了款式一样的衣服，还在原来的基础上又增加了几处亮点，更关键的是节省了开支。在几个外甥和孙女身上，您也是不遗余力地付出，睡衣睡裙、棉袄棉裤、毛线钩的小鞋子、虎头鞋等不一而足，且花样新颖。

记忆最深的要数一件斗篷和一双虎头鞋了。

斗篷是红色的，做工精巧的地方在帽子上。那是一个虎头帽，上面支棱着毛茸茸的老虎耳朵，虎耳外面是与斗篷一致的红，里面藏饰白色的绒毛；虎耳下面是用两颗黑玻璃纽扣制作的虎眼，犹如玛瑙一般镶嵌在虎头帽上，闪烁着晶莹的光泽；红鼻头是用红布裹了棉花缝上去的，鼻翼两侧还各镶了一溜黑布条，使虎头更具立体感；虎嘴周围有白色的胡须，把帽子扣到头上，虎头帽活灵活现，特别招人喜欢。

这件斗篷是做给我们姐弟的，听您说，我们小时候都穿过这件斗篷。看来我两岁前跟大部分儿童一样是没有记忆的。每当看到您带弟弟出门前给他系上脖间的红丝带，将斗篷的两边一裹，抱着就走，杵在一旁的我便赶紧跟上，羡慕不已，恨不得让自己瞬间变小，再尝尝您给我带斗篷抱我出门的滋味儿。告诉您一个秘密，因为我太喜欢那件斗篷了，有几次趁您不在家，我偷着拿出斗篷披到身上，在床上转圈，过了把瘾，嘿嘿，不过，那斗篷确实小了点。

虎头鞋是做给大外甥的，也称猫头鞋，既有实用性，也有观赏性，同时又是一件吉祥物，人们赋予它驱鬼辟邪的功能，也寄予孩子虎头虎脑、生龙活虎的愿望。虎头鞋做工复杂，得先打袼褙（音gēbèi，用碎布或者旧布加衬纸裱成的厚片），按鞋样的大小剪下鞋底、鞋帮，将一层好看的布料缝在剪下的鞋帮外。虎眼、虎眉、虎嘴、虎鼻，都要靠针线和布缝制而成，需要用刺绣、拨花、打籽等多种针法。虎嘴、眉毛、鼻、眼等处常采用粗线条勾勒，表现虎的威猛。细心的您用兔毛将虎口、虎耳、虎眼镶边，做工精巧，眉眼传神。

妈妈，您喜欢缝纫，虽没有经过专业培训，但您无师自通，二十世纪八十年代购买的缝纫机一直陪伴着您走过了三十多个春秋。去年您还按照新款包包的样子做了几个布包给我们，得到同事们的一致好评。

妈妈，我想对您说：您已步入古稀之年，颈椎不好，还是少做活计，多出去走走，和村里要好的姐妹打打扑克、聊聊天，和我爸出去赶赶集、遛遛弯儿。

以前，您有好吃的都留着，留来留去不是给我们吃了，就是坏了，您自己很少吃，现在生活条件好了，喜欢吃什么就买什么，别舍不得，只要你们身体好好的，我们做儿女的也就放心了。

妈妈，我想对您说：多想想高兴的事，那些乱七八糟的事别放在心上，要学会把烦恼往脑后抛。您心眼小，有事好往心里搁，为了一点小事也闹得睡不好觉，这样活着太辛苦了。您和我爸都上了年纪，我们不在身边，我爸又是个不长心的，记性越来越差，想说啥就说啥，从不考虑您的感受。您别往心里去，就当他是个孩子，不跟他一般见识，别动不动就吵，最后伤心的还是您，说狠话、抹眼泪，气得没法，又有什么用啊，还伤了身体，伤了感情，岂不是得不偿失。

每次回家，您都对我倾诉，我很心疼，大多是训我爸，偶尔也会埋怨您两句。让我说，您活了七十多岁还没活明白。就拿您常说的这句：年轻时光受你爸的气，老了老了，也该反过来了。可是，妈妈，您想过没有，都在一起纠缠了一辈子了，年轻时没有因您而改变，这都老了还想改变，怎么可能，不是徒增烦恼，跟自己较劲嘛。

还有，孩子们的事儿，随他去吧，爱咋地咋地，别太操心了。女儿不孝，奔五的年纪了还让您不省心，不过会好的，老天爷自有安排。

妈妈，我想对您说：每到夏季，就是我提心吊胆之时，您的哮喘病让我揪心不已。记得 2002 年夏天，您因犯哮喘病住进医院，我从单位急急赶回，一眼看到您在门诊上戴着氧气罩，两眼紧闭，呼吸急促的样子，眼泪便夺眶而出，扑到您的膝上，抓着您的手，哽咽着喊："妈——妈——"您知道我来了，手指微动，却不能言语，好在，住了几天院，您康复了，我们几个孩子揪着的那颗心也算落了地。

妈妈，您知道吗，上高中那会儿，每次回家，我最想的人就是您。忘不了吃着您专门给我换的油炸馃子大快朵颐的情景；忘不了那时候您走到哪我跟到哪，您做活，我看着，有时候也帮把手的情景；忘不了您有事出门，让我看家，那种心里空落落的心情，直到现在也是如此。那年春节，您和我爸去济南待了一个多月，平时没事就往家跑的我，顿觉拔腿却无处可去，心里惶惶不可终日，真应了那句话“有妈才有家”啊。

妈妈，我想对您说……

太多太多的话一时也说不尽，道不完，先到这儿吧！最后祝您和我爸身体安康，开心快乐！

您的宁儿

2019年4月8日

母亲老了

当“母亲老了”这四个字在我脑际闪现时，心中一阵酸涩，眼泪禁不住溢出眼眶。

母亲今年七十四岁，性格与我完全不同，我粗枝大叶，丢三落四；她谨小慎微，记性超好，村里谁家孩子过生日她都记得门清，如果她晚生二十年，说不定能考个 985 呢。不过有个地方我却没能摆脱遗传的魔力，像极了她。我们娘俩都属于不善言辞的人，遇事嘴就更不好使，有话说不出口，于是就憋到心里，造成的结果就是思虑过甚，夜不能寐，所幸没有抑郁成疾。现在想想，人活着本来就不易，何必自我封闭，抑郁寡欢呢？可每当遇到事时，却又难以把控，只得在方寸之间敲锣打鼓，于夜深人静之时泪湿衣巾。

说实话，在母亲面前我这个奔五的人一直都没怎么长大，理所当然地享受着母亲的宠爱，又吃又喝，偶尔还会撒个娇。没想到这次白内障手术让我看到了她的年迈、孤单与无助。

那天是周日，我们本来应该在她的生日宴上。看看外面，天已漆黑一片，母亲的老年机报时“现在时刻十九点钟”。然而此刻，母亲正独自一人在手术室里面对手术，我时不时地望向“手术室”紧闭的大门。等候的患者家属已寥寥无几，还有几个人都在安静地等待，等待大门被拉开，自己的亲人出现在大门口的那一刻。

母亲进手术室快一个小时了，前面的病患都是十几分钟就出来，我不由得心中焦虑。想起早上坐车时的一路颠簸，晕得七荤八素；想起从下了车就开始急火火地办各类手续，拽着母亲的手从这个屋跑到那个屋，接受各项检查；想起检查结束拖着沉重的双腿去规定的地方寻找母亲的情景。不远处，母亲的背影定格在我的视线里，花白的头发，有些佝偻的身躯，独自一人坐在休息椅上，眼睛茫然地望着某处。看着看着，就觉有异物如鲠在喉。走过去，坐下来，搂过母亲的肩，用额头轻轻地抵着她的额头，没有言语，只有亲近，母亲像孩子一样任我搂，任我亲近。

时近下午一点半钟，为了不错过预约时间，娘俩随便啃了点面包。好不容易排上号，终于可以提着大包小包搬到病房了。刚安顿好，便见陆陆续续赶赴五楼做手术的病人，不觉又为母亲何时能做手术而发愁，后听说医院这边不管早晚，都会一律做完，心里稍安，耐心等待呼叫铃响。

母亲的手术被安排到最后一波，目送着她走进手术室，我才到等候区的椅子上坐定，等待就是一种煎熬，那就让我的思绪天马行空一会儿吧。

母亲老了，可她的记性依然很好，连我这个四十多岁的都不能及，家里的每一笔账目她都记得。然而，她的好记性却也害苦了她，常常拿出那些陈芝麻烂谷子的往事跟父亲掰扯。七十七岁的父亲这几年的记性是越来越差，以至于刚放下药瓶，转个身就说：我该吃药了。就更别说那些过往的细节了，不过他倒是能编，编得还有模有样，都能把人给气乐了。父亲记性差对他自己好像没啥影响，却伤人无数。他的倔强在我家排名榜首，在这种状态下，掰扯又如何能掰扯得清，不过是空落一肚子气罢了。每每遇上这样的场合，我也只能苦笑摇头。我改变不了母亲的心性，也改变不了老爹的臭脾气，这对老夫老妻磕磕绊绊吵吵闹闹五十载，始终没有走出磨合期。我也只得对他们说，过去的事情就别老揪着了，有什么用？往前看，想点高兴的。有时想想，命运强把他们撮合在一起，虽没有幸福可言，却又彼此不离不弃，如果他们的脾性能匀和匀和该有多好。

“哎！你娘出来了，正在找你呢。”坐在我前面的同病房的大叔，扭头提醒正在扒拉文字的我。我抬头望向手术室门口，果然见母亲站在那里，正四下张望哩。我赶紧从座椅上跃起，伸着双手跑上去，抱住那副瘦弱娇小的身躯，用手抚摸她那花白的头发。她左眼上粘着的白色纱布特别扎眼，无言地宣告着手术的事实，我心疼得眼里涌动着泪水，问："疼吗？"母亲被我的拥抱暖化了，轻松地笑了，笑开了一脸的皱纹，说："不疼！"

我拉着母亲的手，让她坐到手术室门口的凳子上，给她脱下脚上的鞋套，转身塞进导诊台边上的垃圾桶，回身牵上母亲的手跟随导诊护士向电梯走去。

西南一隅

四十年的改革开放，让中国大地发生了翻天覆地的变化，无论是吃穿，还是住行，就连通讯都飞速发展，对老百姓来说的大事就是住房问题。

从记事起，我家就住在村子中央的三间土坯房里，因为床不够大，周边还加了木板和宽板凳，就像一个大通铺，一家五口（二姐在我出生五天后被外婆抱走了）都挤在里间屋的大通铺上。

八岁那年，也就是 1982 年，父母在房子东山上又接了一间土坯房，我和大姐高高兴兴地住进了单间。1984 年，二姐归来，外婆孤独一人，为了有个照应，母亲接外婆到家里居住，于是，单间成了我们四个人的卧室。

那年年底，村里开始实行房屋规划，我家正处在大街的位置上，需要重新选择宅基地盖房。关于选宅基地，还有一个小插曲呢，这也是后来听母亲说起的。

那段时间，父母为选宅基地的事愁眉不展，商量来商量去，也没敲定。有那么一段时间，家里一到晚上就会听到父母沉重的叹息声。说实话，当时村子的中间位置根本没有什么地方可以盖房，逼得母亲背着父亲几次三番地跑到村边看那片茅草丛生的树林子。母亲是个喜静的人，虽然对村边上的那块坑洼不平的宅基地有点蹙眉，却觉得比住在村子中间要安静得多。于是，再跟父亲商量的时候，就提出了自己的见解，但遭到父亲的强烈反对，说那里太难收拾，虽有些树木，但都不成材，坑坑洼洼，灌木丛生不说，还有一条水沟，与之相邻的就是村头的大湾，简直不是人住的地方。于是，此后母亲再也不敢提及。

母亲虽然表面不提了，却在背后嘱咐我，在她向父亲抛出二选一的问题时，让我做出在村边盖房的选择，这招还真管用，父亲竟然答应了。不仅这一件事，以前打水井选地方、自留地抓阄也都是母亲通过我达成了心愿。

选好了宅基地，接下来就是攻坚克难了。父亲负责推土填坑，这可是个大工程，仅凭父亲一人，实在吃力。于是，父亲找了两个小伙子帮忙，总算是打好了地基。辍学的大姐才十四岁，负责到大湾里挖沙。先掏沙子，再装车，最后爬坡，就一个女孩子，在没有任何人的帮助下，竟然解决了盖房所需的沙子问题，给家里省了一笔开销。现在谈起此事，大姐那股子劲头还让父亲赞叹不已。

家里人各有分工，我们姐弟仨就利用闲暇时间，推着推车或拉着地排车，到砖厂附近捡废弃的半截砖。那年寒假结束，我们捡的砖头竟然堆起了一个小山。1985 年春天，一个宽敞明亮的拥有五间大瓦房的院落在村子东南角建成了。没过几个月，我们举家搬进新宅。

那段时间，掩饰不住的乔迁之喜在家里每个人的脸上洋溢着。我们姐妹仨高高兴兴地搬进了两间宽敞明亮的大瓦房里。因为住在村子的边角上，每天清晨，睁开眼睛，都能听到叽叽喳喳的鸟鸣声，嗅到田地里庄稼散发出来的清香，果真是有一处院落，就有不同的人间呢。

对于当初盖房的花费，我一直心存疑惑。按说住房问题，不仅是现在还是当初，对一个家庭来说都是一件大事，而且是伤筋动骨的大事，当年盖房子家里有没有借过钱，借了多少？

于是，趁一天回家，专门向母亲问起此事，母亲说：“买砖瓦等建筑材料加上用工费共花了三千多块钱。”

“有没有欠款？”我急切地问出心中疑虑。

“没有！”母亲回答得很干脆，“咱家盖房前，听说中央开了个会，没过多久，村里就实行家庭联产承包责任制，土地包产到户，村里人都有了奔头，咱家连续种了好几年棉花，挣了些钱，正好盖起了这房子。也多亏了你们几个能干，捡了那么多砖头，正好砌了一个院墙，沙子多亏了老大，也没花钱，这得感谢党的政策好哇，再看看现在，盖个房子最少也得十几万咧。”

搬家后，日子一天天好起来，我家又陆续盖起了偏房和敞篷；2004 年，在房子前面预制了阳台，两头各割了一个单间，一头做洗浴室，一头成了母亲的做衣间，这样一来，房子比以前更宽敞，更亮堂了；2013 年在院墙的西边和南边接了联排，与门楼连为一体，车库、储藏间、厨房都全了，仅剩中间约有八十多个平方的天井，院子里种满了各种花卉，四季花开不断，甚是养眼。

住房空间不断增加，生活条件愈加好起来，我们姐弟四个也都嫁的嫁，娶的娶，剩下父母两人在家务农。

随着人类科技文明的不断进步，农业也逐步实现了机械化，大大提高了生产效率，省力省时，那种麦收过到秋，秋收过到年的时光一去不返。

2014 年，父母种的地被政府征用，彻底结束了春种秋耕面朝黄土背朝天的农家生活，再也不用为浇地发愁，再也不用把棒子运到屋顶上了，年逾古稀的父母也能安享晚年。同年，二姐家住进了楼房，和二姐夫各自找了份临时工作，吃喝不愁，其乐悠悠，过上了城里人的生活。

2017 年，村里统一安装了坐便器，取缔了又脏又臭的茅坑；年底，安装了天然气设备，结束了烧柴火，用煤取暖，浓烟满天飞的时代；如今村里又大修街道，清除胡同里的垃圾、树木；村口还设了垃圾桶，村民有垃圾入桶，垃圾桶有专人定时清理，脏乱差的乡村开始向城镇化迈进，实现了整齐划一、共建美丽家园的目标。

穿越时空四十年，看着身边一幢幢高楼拔地而起，一条条道路向前延伸，一座座桥梁飞架南北……

城市“长”大了，城镇增多了，大批农民变居民。这，源于一个巨大的跨越——中国经历着世界上最大规模的城镇化过程，“乡村中国”正逐渐成长为“城市中国”。

两个鸡蛋

说起鸡蛋，你肯定知道它的很多种吃法，煎炒炖煮腌自不必说，蘸蛋液裹面芡炸鸡块成就的那道北方名菜——虎头鸡更是家喻户晓；鸡蛋作为必不可少的原材料也不断丰富着糕点的世界。另外，女人们把它当作面膜敷上脸业已沿用多年；如果追溯到三十多年前，鸡蛋还可以置换其他物品……

无论怎样，就吃来说也不过就是生着吃与熟着吃两种，关于这两种吃法，我这里各有一则故事，先来讲一个生吃鸡蛋的故事吧。

二十世纪七十年代末八十年代初的农村，各家的宅院参差不齐，有的庭院搭建得大气，有的普通，也有的破败。

盛夏的一个上午，太阳释放着全部的热量炙烤着大地，蝉们像缺了水般地“知了”两声便挂了免战牌。时近晌午，大人们还在地里劳作，只有零星几个孩子在胡同里玩耍。大嫚和双胞胎妹妹小嫚见我领着弟弟从对面走来，其中一个便上前拖着很重的鼻音搭讪道：“小姑，去我家玩吧。”因为两个女孩长得太像，又穿着同样的衣服，我分辨不出来，就问：“你是老大还是老二？”

“老大。”她回答。

想了想，确实无处可去，便答应下来。

顺着胡同往里走，爬过倒塌后躺在地上的土坯墙，俩嫚的家就到了。她家有些凌乱，靠墙有个鸡窝，鸡窝里探出一个鸡脑袋，是一只“黑箍箍头”的母鸡，听到动静，有点不安地从嗓子里发出丝丝缕缕的“咕咕”声，小眼睛游离不定。我很好奇，想看看母鸡是怎么下蛋的，于是，俯下身子，其他三个小鬼也不敢做声，静静地陪着我看。

母鸡见几个小脑袋瓜探在外面，似乎有些不好意思起来，几欲站起，大概是鸡蛋顶到屁股眼了吧，“咕咕”地叫了几声，又慢慢地安静下来。

片刻后，母鸡全身的毛抖动起来，脖子也缩了进去，接着突然站起，我眼睛一亮，情不自禁地小声说：“下蛋了！”透过母鸡的腿缝往里看，窝里却是空的。正纳闷呢，只见母鸡的翅膀架起，脖子抻得很长，眼睑微闭，尖嘴半张，脸憋得通红，两腿还半蹲着，整个身子前高后低。随后，翅膀收紧，我悄悄地适时讲解道：“这次该下了，你们看它在运劲呢。”八只眼睛一眨不眨地盯着，一副雷打不动的架势。不大工夫，母鸡身子往后一坠，一个白皮鸡蛋应声落在鸡窝里，鸡蛋滚动了几下，还没等落稳，母鸡的嗓子里就有了“咕咕”的响声，轻松自在起来。母鸡好像在表达对我们的不满一样，扑闪了两下翅膀，掀起鸡窝里的尘土，一股脑地向我们扑来，我赶紧起身，后面的几个小鬼还没反应过来，被我的起身带动得有些站立不稳。

母鸡伸展翅膀，腾空飞起，越过我们的头顶，落到地面上，刚着陆的母鸡立马就转换了角色，开始唱起了报功歌，这下好了，院子里被它一连串的“咯咯哒，咯咯哒……”充斥着，两只公鸡闻讯冲上来，想踩“黑箍箍头”，“黑箍箍头”咯咯哒地想撤，两只公鸡想追，一场鸡斗便上演了，真是“你方唱罢我登场”哩。

正在看鸡斗呢，忽听“这回该归我了！”大嫂对小嫂说。说完就伸手将鸡窝里的鸡蛋拿出来，熟练地往鸡窝边上的砖角上一碰，碰破一个小洞，扒扒磕破的蛋皮，拿着鸡蛋跑到屋里，拿出一根筷子，左手持蛋，右手把筷子尖往鸡蛋缺口处一捅，再搅几下，取出筷子，仰头张嘴，将鸡蛋缺口对着嘴立起，蛋清合着蛋黄缓缓地淌进女孩的嘴里，只见喉间翕动，顷刻间，鸡蛋则只剩一副空壳。我被这一幕惊得目瞪口呆，丝毫不亚于刚才看鸡生蛋。令我错愕的不是嫂的动作，而是鸡蛋竟然能这么吃，不，更确切地说是喝。

我也想尝尝生鸡蛋的味道，可是家里的母鸡每天能下几个鸡蛋母亲都是有数的，我可不想被母亲拷问。这天，母亲下地回家，手里竟然拿着一个鸡蛋，说是在水塘边上捡的。我眼前一亮，于是没事就领着弟弟到村头的水塘附近逡巡，希望老天爷开眼，让我也捡一个鸡蛋，可是哪有那么好的事啊，白天转悠找鸡蛋，晚上做梦也在捡鸡蛋，却一个也没捡到，慢慢地就把这事放下了。

冬穿着厚厚的棉衣带走了萧条，春便左手提花右手摇绿敲锣打鼓地登场了。我和弟到水塘边上拔谷荻，天气干旱，水塘里没有水，踏进茅草丛，蹲下身子，边寻边念叨："谷荻谷荻，上树扒皮，今年吃了，明年还你。"正扒拉茅草呢，我们被突然窜出的一只雪花鸡吓了一跳，鸡"咯咯哒"着扭动着屁股晃远了。

我惊魂未定，一边的弟说："哎，是母鸡哎，会不会下蛋了？"我如梦初醒，稳稳心神，赶紧弯腰在母鸡刚才跳起的地方扒拉，正寻找呢，眼前出现一物，让我停止了动作，眼睛里泛起惊喜的神情，嘴角挑起，"呵呵"地笑起来。真是"有心栽花花不开，无心插柳柳成荫"，这不就是天上掉鸡蛋嘛，我赶紧招呼弟："鸡蛋！快看！"喊完了，又感觉不太真实，掐了一把胳膊，疼，这才确定不是做梦。

我轻轻地把鸡蛋抓在手里，鸡蛋温乎乎的，显然是刚下的，怕别人看见要了去，想放进口袋，口袋太小，即使撑得下也不行，鼓鼓囊囊的，让人看见心里起疑。于是，我把拿着鸡蛋的手藏到衣服里，拉着弟弟往家疾走。心里毅然决然地打好主意，回家喝了它。

回到家，我模仿嫚的手法，结果鸡蛋碰破的口有点大，鸡蛋的内膜也被碰破了，没用筷子搅蛋液就流出来了，赶紧把嘴送上，温温的带着腥味的蛋液倒进嘴里，我差点吐出来，强忍着咽了一口。将剩余的大部分递给弟弟，弟弟却咂巴着嘴，一副意犹未尽的样子，而我因了这股腥味从此失去吃生鸡蛋的兴趣。

生吃鸡蛋的故事讲完了，再来讲一个吃熟鸡蛋的故事。

那是1980年的深秋，家里将拔的棉花柴堆到院子里，好大一堆，足足占了院子的三分之一，父亲怕盛不下，堆得很高，高得远远超过我们的个头。我们姐弟仨闲来无事，围着柴垛转着玩，玩着玩着，就变成了你追我赶的游戏。我咋转圈都看不到大姐和弟，院子里静悄悄地，感觉有点诡异，心里发毛，看地上有块掌心大小的三角砖头，随手捡起，往对面扔去。心里还想呢：吓吓他们，让他们发出声音，我就能追到他们了。砖头扔出去了，心里也开始后悔了：万一砸到大姐和弟弟怎么办？

正想着呢，就听大姐拉着长长的一声“啊——”从对面传过来，我心想：坏了，我把大姐打伤了，可又一转念，也许是大姐使诈。可最终也没管住自己的腿，围着柴垛转过去。只见大姐蹲在地上，双手捂头，血顺着指缝往外流。我吓傻了，站在那里呆若木鸡。大人都不在家，还是弟弟跑去把奶奶喊来才告一段落。

奶奶先给大姐检查伤口，吩咐我快用脸盆到压水井上打些清水，给大姐清洗伤口，同时吩咐我从饭橱里翻出鸡蛋盒子，把里面的六七个鸡蛋一股脑地都拿出来煮了。期间，一句责备的话也没有，就更甭说数落我了，这倒让我更加不安。

奶奶将煮熟的鸡蛋放到桌上，取了一个，剥皮后在大姐的伤口处轻轻滚动，弟弟一脸惊讶状，问道：“奶，这是干啥？”

“听说这样能活血化瘀呢。”奶奶一边滚着鸡蛋一边道。

大约过了一刻钟，奶奶停止了滚动，取了块干净的白布将伤口包扎起来。随后让大姐和弟弟围着桌子坐下，取过一个鸡蛋递给大姐，说：“来，俺梅是伤员，先吃。”后给弟弟一个说：“俺伟报信有功，也吃一个。”只有我低着头，杵在那里，不知道该咋办。看他们吃着香喷喷的鸡蛋，馋得直咽口水。可奶奶不发话，我不敢坐下，至于鸡蛋，还是瞧着更好些。

“闹着玩可以，不能扔东西，多吓人啊，你看把你姐砸的，留了疤，以后找不到婆家，看恨你不？”奶奶看着我又说，“以后还扔不扔了？”

“不了。”我用蚊子般的声音支吾着。

“知道就好，坐下吧。”奶奶嗔怪地说，“给，吃吧。”待我坐定，一只鸡蛋递了过来，我诚惶诚恐，做了坏事还有鸡蛋吃，奶奶真好。

那个鸡蛋我吃得很矜持，是一点一点地抿进嘴里的，味道与平时不同，至今不忘。

又是一年槐花香

清早，晨练归来，行经乐安公园东北角，一缕清香随风飘来。猛吸了几鼻子，下意识地抬头寻找。不远处，跃入眼帘的是几棵槐树，一串串淡黄色的槐花像一只只展翅欲飞的蝴蝶，在微风中推搡着，摇摆着，交头接耳，好不热闹。

槐花有的半开半闭，有的仿佛攥紧了拳头，好像怕一撒手就会从半空摔落一样。它们随着微风颤动，犹如一串串银铃在枝头摇曳。

槐花要开了，我心中一阵惊喜，又可以吃到槐花素了，一抹记忆不自觉地浮现眼前。

那时，我家还住在老院，东墙根有棵老槐树，主干不粗，约两米多高，与墙头并齐，枝叶繁茂，尤其是树干上没有扎人的刺，极易攀爬。七八岁的我还没上学，虽是个女孩家，却有些顽劣，经常爬到树上玩耍，树干也因此被打磨得很是光滑。

每年的夏天，树叶密密匝匝，把灼人的太阳遮挡得严严实实，树下便是个乘凉的好地方。但比起盛夏乘凉来，我还是更钟情于槐花飘香的五月，槐花和面一结合，再用油一煎，就是一道人间美味——槐花素，一年不吃，就有暴殄天物的罪过感。

母亲心灵手巧，做的槐花素，有着独特的味道，怎么吃也吃不够，一说起来就满口生津，欲罢不能。

春天到了，槐花开了，满树的素白，像无数白衣仙子在风里摇曳着婀娜的舞姿，香味飘满了整条胡同。蜜蜂在花间嗡嗡飞舞，鸟儿们也停在树上，呼朋引伴、叽叽喳喳叫个不停，禁不住槐花的香甜，不时地啄食着，那样子酷似小鸡啄米。

得到母亲摘槐花的命令，我自然是毫不含糊，三下两下就上了树。先摘下一串，捋一把塞进嘴里，品尝着槐花的香甜。站在树下的弟弟羡慕得不得了，仰着头催我：“三姐，快点，我也想吃。”我这才折断触手可及的小树枝扔到树下提前铺好的草苫子上。弟弟捡拾起来，也学着我的样子，捋一把槐花塞进嘴里，过过瘾。一边吃，一边把槐花枝送到母亲身旁，母亲则挑选上好的槐花，从树枝上捋下，放到菜盆里。这里说的上好槐花，不过就是花开得正盛的、没被虫咬的槐花，快枯的不要，没开的也不要，这样做出来的槐花素才好吃。

我不断地把槐花枝扔到地上，弟弟忙得不亦乐乎。等母亲说“好了”，我便停止折枝，坐在树间玩耍。伸手摘两串相连的槐花，挂到自己的耳朵上，风一吹，槐花就在我的耳边晃来晃去，感觉自己瞬间摇身成了戴着耳环的公主，心里那个美哟。

等我从树上溜下来时，母亲已经捋了一盆的槐花，白花花的，张着泛着微黄的小嘴儿，宛如群英荟萃，竞相比美。母亲用清水把槐花洗净，切点葱丝扔进去，又加了点春韭，再撒上点食盐，给槐花杀杀身子。杀了身子的槐花一会儿就失去了刚才的朝气，犹如打了败仗的士兵，衣衫不整，低头耷脑的，你挨着我，我挤着你，一团团卧在一起。母亲又在盆里加上适量的水和面，搅拌均匀后，分成一块块面团，用筷子夹取一块面团放到热好的油锅里，用锅铲压成巴掌大小的饼子。槐花素与热油相遇，总会发出“滋滋”的声响，素的周围还会冒出很多油泡。等素的两面都煎得黄灿灿时，美味的槐花素就出锅了。

吃母亲做的槐花素，总让我产生好香、好甜、好幸福的感觉！

时间如白驹过隙，一转眼，三十多年过去了，我也由小姑娘变成了小姑娘的妈妈，每年也会学着母亲的样子给宝贝女儿做槐花素吃，但无论怎么做，都做不出母亲的味道。

我喜欢春天，尤其喜欢槐花飘香的五月，欣赏那一串串挂在树上的素白，在我这个吃货眼里，把它们变成香喷喷的槐花素仍然是件最美好的事。

那口铡刀

第二次走进广饶县“农耕民俗记忆”文化馆，在琳琅满目的展品之中，那口铡刀再次让我停下了脚步。

铡刀长一米多，底座宽二十来厘米，高十五厘米左右，砧木已经残缺不全，铡刀上面的刀槽及刀身因长久不用业已锈迹斑斑。我不知道这把铡刀从何而来，但它与我记忆中的那一把极其相似。于是我又一次忍不住地在它面前驻足，是相认也是寻找。

我提起刀把儿，铡刀与底座的轴叉处发出刺耳的金属摩擦声，多么熟悉的感觉，丝丝缕缕的记忆开始在我眼前形成画面。

二十世纪八九十年代的农村，由于耕种的需要几乎家家都饲养牲口，或马或牛抑或驴，我家养过马，也养过牛。马是一匹个头高大双目俊美的红棕色母马，为家里添过好几匹小马驹，每一次出售马驹也相应地给家里增加一笔收入。马属于大牲口，通人性，干起活来省时省力省心，可有一个不容忽视的问题，就是吃得太多。

为了让马有不间断的草料，父亲总是随着季节的变化费尽心思，做着未雨绸缪的准备。麦收季节，除了自家的麦糠外，父亲也把亲戚家的麦糠收集起来储存；而夏秋两季野外草木生长充足的时候，父亲在清晨和傍晚都会牵着马儿去附近路边田头青草茂盛的地方放牧；秋收时收集棒子秸，收完自家的，再去拉别家的，受的累是别人的好几倍。新鲜的棒子秸非常沉，每一年秋季繁重的忙碌后，一家人都有过秋蜕层皮的感觉，但看着一垛垛的棒子秸，父亲的脸上洋溢着微笑，他心里踏实了。

一入冬，我们每天都会跑到百米外的水湾边上，拉棒子秸。此时的棒子秸已经干透，再用铡刀铡成小段喂给马吃，马对棒子秸是从不挑拣的，如此，棒子秸就满足了马一个冬天的食粮。到了青黄不接的时候，再用麦糠接茬儿。麦糠是马最不喜欢吃的，好在父亲在生产队当过饲养员，懂得如何侍弄牲口，根据经验在麦糠里拌上草料（大豆、玉米、麦麸等）给马吃。就这样，一年下来，棒子秸不足，麦糠有余，也算是完满，因此我家养的马膘肥体壮，鬃毛闪光。

马是最喜欢吃青草和棒子秸的，但青草多了，马嘴也会变刁，光吃草叶，剩下草秆。于是，父亲就让我们给马铡草吃，把干净的鲜草铡成小段，改变了形状的草叶和草秆便一起入了马嘴，吐不出来了。

放了暑假除了干些农活，我的任务就是放马和给马割草、铡草。每天的傍晚时分，一家人都归家后，父亲做好分工，有烧水做饭的，有放马的，有铡草的，我多是放马回来再铡草。

铡草是个力气活，利用杠杆原理的铡刀，虽省劲，但对我这个十几岁的小女孩来说也很费力。压下刀柄的时候必须使用全身的力气，耸起双肩，叉开双腿做成一个更大的杠杆结构，才能完成任务。

而续草也是有技术含量的活。随手拿取秸秆的多少，续到铡刀刃口另一边的长短，都跟续草的熟练程度有着至关重要的关系。如此，这些关键技术互相配合，完成一个完整的铡草过程，连续操作起来就有了难度。一般情况下，我和二姐合作，偶尔父亲和大姐也会续草，父亲续草多，有时候我一次铡不透，便手压着刀把儿，让身子悬空，想用体重压倒一切，可依旧于事无补，最后算是服了，就积聚力量再来。续草如果少了，是很难铡断的，而且在铡草的时候草会塞进刀槽里，需要费点力气才能将其拽出来。

这天，我和二姐再次合作，她续我铡。我往手心里啐了口唾沫，两手对搓，手握铡刀把儿将铡刀提起，锋利的铡刀放射着寒光，等着二姐搂草续草。二姐比我大两岁，干农活已是一把好手，知道我力气不够大，撸了不大不小的一捆草，裹了裹续到铡刀下，我看好往下落刀，随着刀落用力往下压刀把儿，“咔嚓，咔嚓”声便此起彼伏。

草越来越少，最后就剩一小绺了，二姐拿着草挪到离刀把儿很近的地方，这里的刀槽缝隙很小，铡少量的草应该不至于被塞进去，即使塞进去了也好往外拽。还没铡几下呢，突然二姐一声尖叫。

“姐姐哎，你是不是找到感觉了？”云峰的一句话打断我的思绪，让我回到现实，我笑了笑，道：“是啊，这口铡刀真的打翻了我的记忆瓶。”

事情过去三十多年了，记忆已经模糊，没想到看到这口铡刀我还能从丝丝缕缕的记忆里还原那时情景。

我拍了几张照片发给二姐，二姐看到铡刀，回复说：“哎呀！这口铡刀咋那么像咱家的那个啊，简直一模一样。”并开始揪起往事，对我喋喋不休起来，还要求我：“你必须得写写此事，写完后先让我过目，也算我没白挨你一刀。”

我哭笑不得，唉——没办法，写就写吧，写出来也释放了我内心的歉意，换得心安。

感谢主办“农耕民俗记忆”文化馆的张金科大哥，让我再次捕捉到了很多儿时记忆，让岁月留痕，记忆不老。

◎

第二辑 豆苗

时光匆匆，纵然我们已回不到过去，
偶然在梦境里，仍然会重回故地，
与那时的伙伴重温往事。
也曾在半梦半醒间，
带给自己莫名的感动，
更多的是甜蜜与珍惜。

散落的金豆

“回忆，是一场华丽的放逐，穿越花香满径的小道，如同彼岸的歌声，在我的心帆上栖息，南来的风吹皱了心湖，宛若袅袅绵笛，漾来一泓绰约的思念，摇曳许久，依然在梦，萦绕不休……”

时光流转，暗香浮动，转眼间我已在不惑之年里溜达了几年。往事如烟，丝丝缕缕，经常会触动我对往昔的深深眷恋。那一刻，仿佛时光倒流，繁花盛开。时光匆匆，纵然我们已回不到过去，偶然在梦境里，仍然会重回故地，与那时的伙伴重温往事。也曾在半梦半醒间，带给自己莫名的感动，更多的是甜蜜与珍惜。

拾趣

二十世纪八十年代，农村办学条件差，我家周围没有一个像样的小学，一到四年级，都是分散在周围几个条件相对较好的村子里来完成教学任务的。对上学的孩子来说，距离并不远，只是经常穿行在不同的村子里而已。

因为村子小，那年村里出生的几个孩子中就我是个女娃，因此，上学、放学的路上都是没有伙伴的。孤独寂寞的行走中却也会生出很多哄自己开心的法子。

记忆中的冬天就像一个白发魔女，裹挟着凛冽的西北风，两手一扬，大雪满天飞，一下就是一床厚厚的棉被；嘴巴一吹，屋檐房角、麦秸草垛，处处便是冰雪覆盖，竟也制造出了人间至美的奇景。但严寒从不放过上学孩子的手脚，布满了冻疮，春天一到，冻伤的手脚又疼又痒，难受极了。

对雪，我是极喜欢的，尤其喜欢踩雪。上学来回路上，我对雪可是做到了肆意践踏，脚下发出的“咯吱、咯吱”声，是我听过最好听的音乐。除了踩雪，调皮的我还喜欢吃雪，随手从草垛的麦苫子上挖下一把，攥成团儿，边走边吃，享受着冰冰凉的快感。即使没有雪，路上也不会寂寞，经常脚下踢着一块土坷垃或小石子解闷，脚下的鞋子也因此过早地露出两个窟窿……

遇上炎热的夏天，我只有低头顶着火球般的太阳往前拱。曾经做过一件非常可笑的事情，也曾讲给女儿听，逗得她前仰后合，捧着肚子笑。

那是我上三年级的夏天，燥热难耐，只有蝉嘶哑的声音还在不停响着。中午，我用玻璃瓶盛了满满一瓶热水，因为太热，就用手绢托着。

学校就在我们村子东边的朱家村，很近。两个村子之间有农田相隔，为了两村村民走路方便，中间留有一条不足两米宽的土路。天太热，田地焦渴地张着大嘴巴，亟待一场大雨的浇灌。田间种植的玉米苗有筷子高，可怜地耷拉着脑袋，一副无精打采的样子。我这会儿也感觉口干舌燥起来，再摸摸瓶子，依然烫手。

正在我苦于喝不到水的时候，突然眼前一亮，看到路边水渠里汩汩奔流的井水，我心下一喜，瓶子里的水这么热，正好借机给它降降温。于是，我把烫手的玻璃瓶放进了清凉的水里，心里还美美地想：这回好了，一会儿就能喝上不凉不热的白开水了。

正当我为自己的小聪明沾沾自喜的时候，突然听到“啪”的一声脆响，随即眼前冒出一股白汽儿。我莫名其妙，下意识里想把瓶子从凉水里提起来，却感觉瓶子比之前轻了好多，再往上提，傻眼了，妈呀，瓶子底呢，低头往水渠里一看，瓶底沉在水底，热水早不见踪影。

我眼巴巴地看着，任凭井水肆意流淌……

启蒙

二十世纪七十年代末八十年代初，因经济条件所限，各种资源匮乏，家里有字的纸质东西几乎没有，书籍就更少见了，自然，获取知识的途径也就少得可怜。

上学以后，还好点，有书看了，除了教材，还有课外书，所谓的课外书就是那些版面比较小的画本，我们都叫它小画书或小人书。除了小画书外，电台、电影、电视也开阔了我的视野，成了我汲取众多知识的源泉。

俗话说“农家的孩子早当家”。记忆中，我六七岁就开始帮家里干活了，洗碗、扫地、烧水、做饭。上了学，因为家里田地多，父母带着大姐在地里忙活，天擦黑了才往家赶。我放学早，自然烧水做饭这些活由我来做。这段时间也是我最享受的时候，陪伴我最多的就是收音机。以前没发现，现在倒觉得我得感谢父亲了，是他满足了我对知识的渴求。

那时，收音机里播放的节目很多，我比较喜欢的有：广播剧、相声、歌曲、评书、“小喇叭”“星星火炬”，尤其是评书和“小喇叭”节目是我的最爱。听过的评书有刘兰芳的《杨家将》《岳飞传》，单田芳的《三侠五义》《隋唐演义》《童林传》，还有“小喇叭”节目的孙敬修老爷爷讲的《西游记》。时间一长，所有节目的播放时间都被我摸透了。每天放学后，就急急地往家赶。回到家，放下书包，就去搬收音机，把收音机搬到天井的厨房门口，调到想听的频道，再去生火烧水。当听到“‘小喇叭’节目开始广播了，哒嘀哒，哒嘀哒，哒哒……”心里立刻像吃了定心丸一样踏实了，庆幸没有错过播出时间，一边听一边干活，那份惬意就甭提了。

也有耽误听评书的情况，就等到晚上第三个时间段听。那个痴迷劲让我听坏了好几台收音机，直到今天，我还对听小说乐此不疲，手机里下载了“懒人听书”“喜马拉雅”等听书软件，茶余饭后打发时间，也算是生活中的一种陪伴吧。

说完了电台，再来聊聊影视对我的影响。

那时，每到冬闲时节，电影就多起来。一听说哪里有电影，我早早地吃完晚饭，拿着好几个凳子去占地方。当时，每个村子都有一个大场院，用来堆放或晾晒收获的谷物。冬天的场院是空旷的，自然成为放电影的最佳场所。临庄北院得到消息的也都赶来了，场面非常热闹，毕竟一年当中很少有看电影的机会。

我当时看过的电影真不少，故事片有《画皮》《小翠》《白蛇传》《苦菜花》《刘三姐》；抗战片有《闪闪的红星》《红岩》《地雷战》《地道战》《铁道游击队》；戏曲片有《龙女》《女驸马》《花为媒》等。

后来听说附近林场和单位新买了电视机，正播放电视连续剧，我的心里挂念得不行，一到晚上就缠着大姐陪我去看，记得在附近的林场看过《射雕英雄传》，在现在立交桥附近即原面粉厂南边看过《霍元甲》《陈真传》。

随着经济形势的好转，村里也有了电视机，每天播放的时间是傍晚时分。

孩子们总是心急的，不管大人们还在农田里劳作，都早早地聚集在大队部门前，盼望着早点开门，多看会儿动画片。看过的电视剧印象最深的就是《排球女将》《西游记》《血疑》。

还记得那次，村支书外出，可能太累，回家后就早早地休息了。村民见大队部没开门，耽误看《西游记》了，便齐聚村支书的家门前，硬把支书从被窝里给拉了出来。

后来，村里的电视机不明缘由地坏掉了，处理给了一个村民，人家修了修又看了很长一段时间。

时隔不久，村里的老杨家不知从哪里淘了台电视机，那时电压不稳，经常停电，老杨就用发电机发电。因为老杨家的一对儿女年龄跟我差不多，当然看动画片的机会就多了。曾看过《黑猫警长》《蓝精灵》《花仙子》《聪明的一休》。后来我家也有了电视机，奇怪的是，自从家里有了电视机，看过的节目很多，但记忆却不是那么清晰了。

在我上四五年级的时候，可能是听小说、故事，看电视多了，竟给同学们讲起了自己编的故事来，而且她们都听得着了迷，一下课就围着我，问以后怎么样了。有时，我也学着刘兰芳惯用的收尾法："欲知后事如何，下次再说！"

游戏

游戏是那个物资匮乏的年代里孩子们娱乐的最好方式。在玩耍中，游戏的种类越来越丰富，花样百出。

游戏也多是大人们发明创造的，有适合男孩子玩的，也有适合女孩子玩的，更有适合大家一块儿玩的。像滚铁环、丢沙包、摸人、跳房子、踢毽子、捡石子、跑马城、闯拐、扛人、木头人、玩泥巴、弹玻璃球、捉迷藏、丢手绢、跳皮筋、下五福、四顶、斗兽棋（一种自制的以"鼠八、猫七、狗六、狼五、豹四、虎三、狮二、象一"八兽为一个循环，双色共十六张牌的纸牌游戏，暗着出牌，然后比大小的游戏）、挑冰糕棍（为了玩这个游戏，要积累很多根冰糕棍，那会儿像着了迷一样，一边走，一边用眼睛到处划拉，如果看到谁眼前一亮，肯定是找到了冰糕棍）、老鹰捉小鸡等等。游戏需要分组、排先后序，则通过手心手背、石头剪子布来决定。

男孩子们最热衷的游戏就是打木尖、嗨元宝、链子枪、打弹弓，夏天粘知了，真是五花八门，不胜枚举。

再看看现在的孩子，除了上网，就是看电视、玩手机，很少自己动手动脑地做游戏，看书的时间也很少。总感觉他们很可怜，不会玩，孩子又少，没有玩伴。

那时候村里像我一般大的女孩子没有几个，有时候我也跟着男孩子玩，领着跟在屁股后面的小弟不知疲倦地到处疯跑，简直就是个野丫头。

上学以后，我就乖了很多，玩的游戏就相对少了，像丢沙包、跳房子、踢毽子、拾石子、跳皮筋等比较文明的游戏还是会经常玩的。有时候大家比赛翻跟头、倒立，我也算是佼佼者了。

如果听故事也算是一种娱乐方式的话，我是最喜欢听故事的。在家纠缠着父亲讲，白天，大人们都上坡干活，孩子们就扎堆，听一个退休老兵讲故事，有鬼狐故事、有自编的故事，只要讲，我们都侧耳倾听。

母亲是不讲故事的，她总是很忙，白天上坡干活，回来还得做饭，吃了饭再拿起鞋底或缝制一家大小的裤褂棉衣。倒是现在每次回家，母亲总会谈起以前的事来，使我加深了对很多往事的记忆。

学骑自行车

现在的交通工具可谓是五花八门，天上的飞机，地上的各种人力车，电动车、汽车、火车、地铁、高铁，中国的发展速度那是日新月异，快得惊人。

现如今，自行车就成了各家的闲置品，路上骑自行车的人也是越来越少。然而，在二十世纪七八十年代，所有出行靠脚量的年代，一辆自行车可以说是出行最便捷的交通工具了，也是一个家庭中比较昂贵的大件，就购买力来说，那时买一辆自行车不亚于现在买一辆汽车，因此，很多家庭买不起自行车也是可以理解的。

家里第一辆自行车是永久牌二手小轮车，它是专属于父亲的。我六七岁的时候，父亲在工地上因干活卖力，出勤满分，获得了一辆白象牌的大轮自行车，那辆旧自行车就成了我们姐弟四人的练习工具。

学骑自行车是件令人痴迷的事。先找一个宽阔的场地，那时，村里都有一个大场院，院里堆着的一个个的麦垛，正好可以当跌倒时的靠山。选好了场地，开始学骑车。大姐是第一个学会的，她既有经验，又有力气，在后面给我当保镖。不过，我刚上车心里还是很慌的，车把也不听我使唤，左右乱摆，骑不长时间身子就歪歪扭扭了，大姐实在招架不住了，就把我放倒在麦垛上，然后告诉我说："你先学着溜车儿吧。"

那时我人小，腿短，车子又高又大，骑到车座上简直是可望而不可即的事情，就只能像别的孩子一样先学溜车，等能驾驭车子后，再学掏腿。一次，大姐在后边扶着，我上了车，骑出老远，跟大姐说了好几句话，她都没回音，待回头看时，大姐在远处笑着跟别家的姐姐说话呢。原来我已经自己骑出这么远了，心里一喜，顿觉两肋生出了翅膀，耳旁风声乍起，就这样，我学会了骑车。

在麦场里可以经常看到像我一样的骑着掏腿车兜风的"骑士"，在车子上一起一伏，有时左脚将蹬子踩到底，右脚轻点，身体直立，稍作休息，任由车子向前；有时也会发生车倒人翻的情况，摔得厉害了哭几声，一般是扶起车子，撇撇嘴，然后继续，好像那个时候的孩子特别皮实，不知道疼一样。

等我学会了掏腿，就继续往更高的一级努力，那就是骑大梁（自行车中间的横梁）。因为掏腿实在太累人，可是骑大梁也不好受，屁股还是没有着落，身子也是一高一低，此起彼伏的，实在累了，就骑在大梁上休息一会儿，然后再继续。

最美的就是坐在车座上骑，很舒服，可是腿短，两只脚悬着，像被架空了一般。为了脚能够到车蹬子，身体也随着扭向一边，左一扭，右一扭，整个车子也跟着晃动起来，两只脚来回地倒班，车子才不会慢下来，蹬不了多久，就累得不行了，再换成骑大梁，现在每每想起或看到这样的画面都觉得很亲切，那就是属于我们的年代。

大姐、二姐都退学早，也就过早地承担起了家庭的重担。她们先后跟着建筑队外出挣钱，来回路途较远，各自都买了新的自行车，我眼热得心里抓狂，想骑新车尝尝鲜。姐姐心疼新车会被我碰坏，舍不得给我骑，我就去缠着母亲，回来再求姐姐，也有被批准的时候，心里自然是喜不自禁，过把瘾后就消停一段时间。

上初中后，我有了自己的自行车。那是一辆大轮的旧车，虽然是旧的，但我也很知足，可以骑着它在乡间的土路上颠簸、兜风，上学的时间也没那么紧张了。

感谢那个年代，带给我这么多关于自行车的记忆与乐趣，丰富了我的童年生活。我会带上它，经常追溯往昔，飞越时空，回到那时、那人、那事中。

叭隆声里找童年

今天在楼下，看到一个老太太抱着可爱的孙子，孙子手里摆弄着一个拨浪鼓，随着孩子的摆弄，拨浪鼓发出“叶隆得咚呛”的声音，那熟悉的声音让我不由得穿越时空，从消失三十多年的拨浪鼓声中找回自己被遗失的童年。

拨浪鼓不仅是儿童的玩具，亦是货郎叫卖生意的工具。说起货郎，就是以前肩挑货担走乡串户的生意人，在古代的影片里偶尔还会寻到货郎的身影。

小时候，附近没有集市，大的集市离得又远，要买东西也不方便。为了给村民们提供方便，货郎这个行业便应运而生。起初，货郎挑着担子，走街串巷，后来就改骑自行车了。这一行业随着经济条件的改善，也消失在了时代的烟云里。

货郎担总是深深地吸引着每一个顾客，有些不买东西的小孩子也常常从人缝里挤到前面，扒在货郎担上看热闹。货郎总是笑容满面，耐心细致地为每一位顾客挑选着物品。一个大姐拿起一根发卡，别在自己的发辫上，征求身边人的意见，再别到同伴头上看效果；邻居大婶在精心挑选五颜六色的绣花线，问货郎这种线褪不褪色，那种线可以绣多大的花；胡同口的老大爷拿起一根烟袋杆，吹了吹试试透气度，往石头上敲两下，听听响声，看看韧劲。挑来拣去、换来换去的，货郎从来不厌其烦；一分价钱一分货，货真价也实，价格也一直很稳定，童叟无欺。如果有哪个买主没买到自己所需要的物品，货郎会满脸赔笑致歉“对不起，下次一准给你捎来”；如果有人钱没带够，货郎会慷慨地说“没关系，下次来再补上”，顾客连声道谢，喜上眉梢；这个姑娘买了瓶搓手油，那个媳妇买了一只戴花头饰，有个孩子拿酒瓶换了甜甜的糖果……

货郎的货架上有很多物品，吸引我眼球的自然就是那些吃食和玩意儿，最喜欢的还是大糖。

有时候，我也会先选好大糖，再让货郎帮忙看着，跑回家央求母亲，一旦愿望实现，就在小伙伴们面前炫耀一番。

偶尔母亲也会换或者买点东西，顺便给我和弟弟换块大糖吃。那时的大糖是可以分着吃的，放在嘴里，用门牙一咬两三份，给在场的眼巴巴地看着的孩子们分分，最后，到嘴里的也只剩一点点了。即使如此，嘴里含着那一点点大糖，甜味充斥着整个身心，自然也不计较大点小点了。那一丝丝的甜意，沁人心脾，感觉美妙极了，心想这世界上怎么会有这么好吃的东西啊。当然，更多的时候，是没得吃，只能艳羡别人手里的东西，无可奈何地走开。好在，小孩子的天性让他们很快就忘了这份不如意，投入到别的事情中了。

拨浪鼓、货郎担，牵动了多少男男女女、老老少少的心呀！

改革开放后，社会高速发展，卖货郎好像一夜之间不见了，货郎担、拨浪鼓声也跟着消失灭迹。但它们给那个年代的人们带来的快乐和梦想，深深扎根在人们的记忆里。

我渴望再次听到卖货郎那韵味十足的吆喝声，听到那“卟隆得咚呛！卟隆得咚呛”的拨浪鼓欢快、浑厚而幽远的声响……

爆棒子花

爆棒子花，是小时候最能轰动全村的大事。因为它的响声既不像拨浪鼓那么委婉，也没有豆腐梆子那么清脆悠长，它是毫不掩饰的突发性的巨响。

一入冬，便进入农闲时节。只要听到街上的巨响声，孩子们就会兴奋起来，纷纷从家里冲出来。大姑娘、小媳妇，还有半大孩子们端盆的端盆，端簸箕的端簸箕，也有手捧大茶缸的，里面盛着的是金灿灿的棒子粒儿。出来早的在前面，出来晚的排后面，从来没有插队的。长长的队伍拐着弯，犹如一条长龙。人们一边等待一边拉家常，小孩子们就围着看热闹，心里好生奇怪，怎么棒子粒到了那大铁肚子里，火一烧，脚一踩，就变成白花花的棒子花了呢。那时，我一直以为是爆棒子花的用脚踹铁锅肚子才让棒子粒儿开花的。

那时候爆一锅棒子花两分钱，现在五块钱。变的是岁月和金钱，不变的是记忆。

爆棒子花的家伙什包括一个简易的炉子，一个黑乎乎的大肚家伙，就像一个放倒的上边粗下边细的酒瓶子，只是这酒瓶子不是玻璃做的，是铁质的，铁瓶肚子里可以装一斤多棒子粒。在瓶颈处有两个“耳”，当盖子扣上的时候，“耳”就是一个卡扣，将盖子严严实实地扣住，以保持肚子里有足够的压力。瓶子后面有一个压力表，根据表的指针可以判断爆米花什么时候可以爆出花来。肚子前后伸出一个能架在火上的铁杆，便于转动，让里面的棒子粒儿均匀受热。

爆棒子花的中年男人拿起一个茶缸，将盆啊簸箕啊里面的棒子粒倒进他的茶缸，这个茶缸就像一个标准的容器，把多余的棒子粒儿留在盆里或簸箕里。他把一茶缸的棒子粒儿倒入铁肚子，最后盖上盖子，放平，架在煤火上，不停地转动铁家什。男人一开始不怎么看压力表，估摸着差不多了，观察的次数就多了起来。突然，他转动的手停止了，只见他站起身，拎起铁家什，将瓶子头置入一个长长的袋子里，大喊一声“老少爷们捂耳朵喽！”然后拿起脚底下的一根铁棍别住盖子上的铁环，脚踩住盖子的一处，用力撬开铁盖，只听“嘭”的一声巨响，即使捂住耳朵，也有沉闷的余响钻进来。人们等响声过后，才把手拿下来，眼睛一眨不眨地关注着，生怕一眨眼就错过精彩的瞬间。紧接着，眼前腾空升起一股白烟，慢慢地分散开来，一股浓浓的香味钻进鼻翼里，那是棒子花独有的香味。

与此同时，馋嘴的孩子已迫不及待地向前冲去，去抢拾地上崩落的棒子花。我眼前一亮，捡起一朵“花”，它“开”得真好看，怎么看怎么像笑开了的花。朝它吹一口气，就算给它消了毒杀了菌，猛地把棒子花放进嘴里，唇齿间的香甜随着热气进入腹中。再望向长长的布袋，布袋上空氤氲开了一团热气，布袋口处的棒子花白花花地闪着人的眼。男人抖搂着布袋，一堆爆米花就都滚到袋子里，这锅棒子花的主人，拎起袋子，把里面的“花”倒进带来的簸箕里或者大盆里，咧着嘴端着回家过瘾去了。

端着棒子花回家，把簸箕放到炉子边上的暖气包上，姐弟几个围坐着，将棒子花一个一个地放进嘴里，咔嚓咔嚓地嚼着，又脆又香。牙齿咬碎棒子花的过程，让我特别享受，连嚼碎的声音都是悦耳的。

现在的棒子花款式越来越多，根据玉米的不同，加工方式的不同，爆出的花也就不一样了。味道也各式各样，奶油的、巧克力的、蜂蜜的，哪个味道也没有小时候的味道有感觉，因为那是一种记忆，那个时代抹不去的记忆……

盼年

小时候最盼望的就是过年。盼着，盼着，年越走越近，盼着盼着，我渐渐长大。

女儿问，过年有什么盼头？现在的孩子不知道，在那物资匮乏的年代，过年可是个举足轻重的大节日呢。孩子们盼着穿新衣，戴新帽，吃鱼吃肉吃年糕，手提灯笼甩鞭炮；大年夜，捏着滴滴金儿（一种半尺余长的火药线，尾部有一小节纸翼，方便手拿），跟在扛着弟弟的父亲后边到大街上玩耍；盼着母亲把压岁钱放到我的小口袋里；盼着忙碌一年的父母能真正地歇几天……

受生活条件所限，不能买现成的漂亮衣服穿，但母亲的巧手却能满足我们对新衣的渴望。母亲会到集市上，看看比较满意的新衣服样子，记在心里，然后裁上好看的布料，回来后再一针一线地缝制出成品衣服的模样，大年初一跟着母亲串门儿，不仅吸引了小伙伴羡慕的目光，还有大人们啧啧的赞叹声，让我这个虚荣的小人儿在外边赚足了面子。

每到过年，都会看到父亲、母亲忙个不停，一会儿干这，一会儿又干那，打扫卫生、蒸干粮、炸年货、贴对联、包饺子、放鞭炮，那个忙啊，真真切切地是在忙“年”。当然，我也会干点力所能及的事情。

十二岁那年（大姐十七，二姐十四，弟弟十岁）母亲吩咐我们姐弟四个，一起下手，每人和一盆面，自己攒出饽饽，自己烧火，蒸出的饽饽自己吃。嗬，四个人各显神通，都不示弱，在大姐的帮助下，我和弟弟也都完成了任务。

等到除夕之夜，一边看着春晚，一边嗑瓜子，吃糖果，幸福甜蜜的感觉充满着整个身心，几个小时后，瓜子皮糖纸扔了一地，我刚要拿着笤帚打扫，却被母亲制止了，她说，这是一年的福气，就让它留到明年吧，图个吉利。

除夕夜，按老规矩是要守岁的，有旧岁至此而除，来年换新岁的意味。然而，对于小孩子来说，熬夜是很少有的，一般熬不到十一点，就上眼皮粘下眼皮了，也就各自乖乖地去睡。对我来说，辞旧迎新都是一大早的事，听母亲说，三十晚上十二点钟，村子里以及村周围都会鞭炮齐鸣，噼里啪啦地响成一片，走出院子，伴随着声响的就是烟花的五颜六色的光，红的，绿的，金色的，渲染着天际，如花朵般开放在村庄田野上空。但对我来说，这片巨响以及绚丽都被淹没在了我似有似无的梦境里。

一夜的酣睡，早已把过年忘了个一干二净。一大早，母亲那低沉而严厉的催促声把我从梦里拉了出来。揉揉惺忪的睡眼，室内的灯还亮着，外面的天还黑漆漆的，周围的鞭炮声提醒我："过年了！"霎时，睡意全消。迅速穿上母亲放在枕头边上的新衣服，美美地下了床，刚要大声吆喝弟弟"起——"，那"床"字还没来得及出口，就被母亲投来的更加严厉的目光给噎了回去。从那以后，每年的大年初一早上我都沉默不语或者是小声细语。后来问及此事，原来是因为大年初一，香案上摆上供品，先人的神灵及各路的神仙都降临人间，孩子大声讲话会惊到他们，引起不吉利的后果，心里不禁暗自思忖：神仙们的胆子原来这么小啊。

大年初一拜大年。在村子里，吃罢了早饭（饺子），街上成群结队的，男的一帮，女的一群，到长辈那里磕头拜年。姑娘们就聚到一起，打扑克、说笑话。我则跟在母亲的后面，各家各户地串，每到一家，大人们都会抓来一把糖果塞给我，塞得口袋里满满的，我的心也好像浸进蜜罐里一般。

童年的故事回忆起来总是甜美的，过去的时光，对于我们已经是遥远的梦境，儿时的欣喜与落寞，现在看来都是心底温暖的回眸，这就是：

梦里寻芳千百度，
暗香浮动醉心湖。
重温年少童时趣，
往事如歌抒自娱。

年味

年是有味道的，一碗热腾腾的腊八粥被端上餐桌，拉开了过年的帷幕。鞭炮响起来，对联贴起来，人影幢幢的年集也赶起来；年糕的香，大枣的甜，油炸的鲤鱼，醋蘸的饺子，冲击着人们的味蕾，老人们在时光的穿梭里咂摸着愈来愈浓的年味。

俗话说“腊七腊八，冻掉下巴。”年的味道似乎跟天气有着千丝万缕的联系，天越冷，年味越浓。

腊八日，大铁锅里的小米、大麦、高粱米、花生、大枣、大豆、白糖咕嘟咕嘟地喘着粗气，白色的水汽在锅的上方笼罩出一片云雾，似乎那就是孙猴子踩踏的祥云。然而，这种想法不一会儿就被满屋弥漫的香味给冲散了。于是，对腊八粥的期待拉开了年的帷幕。粥熬好了，母亲吩咐大姐给水壶注上水，大姐照做，并把水壶提到火炉边上。

母亲将锅端到暖气包上，在火炉里加了些煤渣，大姐把水壶蹲上。母亲招呼我们取粥，姐弟四个，每人手里端着一个碗，按从小到大的顺序依次排在母亲的身后，那模式像极了老鹰捉小鸡。五岁的弟弟把他的不锈钢碗递到母亲手上，母亲给他盛了大半碗，告诉他：小心点，别烫着。他就躬着腰，小心翼翼地朝饭桌挪去。

我看着他的样子，禁不住捂着嘴笑。“笑啥呢，给我碗啊！”母亲的手伸到我面前。我吐了吐舌头，赶紧把碗交给母亲，领着粥去与弟弟会合。

不一会儿，一家人坐到一起开始唏哩呼噜地喝起粥来。因为粥热，我们都学着父亲的样子转着碗喝，贴近碗边的粥总是凉点的。这样转一圈，又转一圈，几圈下来，就可以大口喝了。

晚饭后，母亲把一大包蒜瓣抖到地上，给我们分派任务，看谁扒得又快又多。虽然我们最大的才十二岁，可已经是父母干家务活的好帮手。

分完任务，母亲坐到灯下，开始赶做新衣。

我们边扒蒜边聊天，蒜扒好了，大姐把早就准备好的玻璃瓶子拿过来，把蒜塞进瓶子，又把打的醋倒进瓶子，一股浓浓的醋味充满了整个屋子，弟弟不住地吸着鼻子，他是极喜欢吃醋的，嚷嚷着要喝醋。

等醋把蒜都没过了，封口，然后把一瓶一瓶的腊八蒜放置于背光处。大姐把剩余的一点醋递给弟弟，看着弟弟三口两口就喝了个精光，我的胃里也好像灌进了很多醋，酸得牙根直冒酸水，真是不可思议。母亲说，腊八蒜要等到除夕夜蘸水饺吃，到那时如翡翠般的腊八蒜带着酸合着一点点的蒜香，真是色味双全，作为水饺的蘸料那才叫“锦上添花”呢。

时间在期待里往前挪移，终于，我们放年假了，除了帮家里干点活，就是疯狂地玩耍。那时候真好啊，寒假作业少，小孩子整天长在大街上，只有吃饭的时候听到家长的喊叫声后才往家跑。

这天是腊月二十八集，父亲带着弟弟去赶年前的最后一个集。我们娘仨在家，开始蒸干粮。把大铁锅忙得一天没熄火，饽饽蒸了一锅又一锅，直到母亲觉得能吃到正月十五才罢手。

刚蒸好的饽饽热气腾腾，满院升腾着甜甜的麦香味。母亲的手似乎不怕烫，把饽饽一个一个拾到案板上。我禁不住饽饽的诱惑，趁母亲不注意抓了一个，撕下一大块，做贼似的迅速塞进嘴里，然后又把剩余的偷偷放回案板上。“拿着去吃吧。”母亲的话把我吓得差点把热饽饽吞下去。于是，“嗷”了一声，拿上撕开的饽饽走出饭屋。嘴里嚼着饽饽，不得不张着嘴往外哈着热气。

晾凉了的饽饽，需要把卖相好的拣出来，放进搁置在冷屋子里的一个不大的瓮里，这是用来招待客人的。饽饽放好后，为了防止老鼠偷吃，瓮口盖上盖，再压个重物。这样，过年期间吃几个拿几个。至于看相不怎么好的嘛，就自己吃。这样，大锅灶也可以过个消停年。快晌午了，饽饽也快蒸完了，我问母亲：“妈，还烧火吗？”母亲说：“烧，一会儿还蒸年糕呢。”

蒸年糕，得母亲亲自下手。比起我见过的其他人家蒸的年糕来，母亲蒸的年糕既高又俊。黍米是自家种的，母亲说今年的黍米颜色好看，黄澄澄的，蒸出的年糕肯定好吃。母亲在一个瓷盆里加上适量的水（水要五六十摄氏度的温水），适量的糕面，然后用手搅拌均匀，糕面切忌不能和得太软，容易化成“一摊泥”。趁着糕面的热度赶紧团面。抓一块能在掌心握起来的面团，两手合力，团成圆锥状，左手托面，右手把提前挑选洗净的红枣塞进面团里，然后一边掂动面团，一边用食指和中指在锥底中心处握洞，最后做成窝头状，糕体越高越好，越细越好，预示着年年高。

糕团到大半时，母亲便转移到饭屋里的大铁锅旁。大铁锅里添上足够的水，是因为蒸年糕很费火，也很吃水。在箅子上铺上白菜叶或者玉米皮（选玉米内里的薄皮），再把一个个团好的生糕直接放到箅子上去，一个挨着一个，以免年糕没有型。不等年糕团完，母亲便喊我点火。这样水热了，糕的温度还没降下来，母亲也把糕面团完了，最后用蓜子（蓜：音 pèi，锅盖）把大锅扣上。

大约一个小时后，年糕出锅了。蒸熟的年糕透出红枣的甜味和黍米的香味。母亲准备了半盆凉水，把大案板放到锅台上，像举行仪式那样，庄重地揭开蓜子，热气抢着往外跑，金黄色的年糕上镶着红色的枣，一个个神气极了。它们挤在一块，挺拔着腰身，枣也有张开嘴的，犹如开心的娃娃。母亲把蓜子反扣到一边，便开始分年糕。母亲一边手蘸凉水，一边把一个个的年糕掰扯开，拾到案板上。

孩子们总是着急吃的，拿着两根筷子，插起年糕就下嘴，被烫上几下才学会慢慢地咬。晾凉的年糕一部分入瓮，一部分分给邻里。

等到大年初一，拿出几个切成片，放油锅里一炸，出锅前，在盘子里撒些白糖，把炸好的年糕放到白糖上面，在炸糕上面再撒一层糖，再放一层炸糕，吃起来软糯清香，香甜可口，堪称人间美味。

晌午，赶集的爷们儿也回来了。父亲一边卸货，一边兴奋地说："集上可真热闹啊，啥都有。糖瓜，花生，原味的、五香的瓜子，羊肉汤味直钻鼻子，没憋住，我们爷俩一人喝了一碗，看见包子就吃不下了。西边的花市，鱼市，菜市，我都没敢去，老百姓家的，咋还过不了个年。有个卖炮仗的买卖真好，吆喝的声音响亮不说，还很会说，他放了一支鞭，震得耳朵嗡嗡的，一帮人拥上去买，这堆炮仗都是买的他的。怪不得人家说赶年集就是为了赶年味哩。"

弟弟喜滋滋地拎着鞭炮进了屋，父亲从炮仗堆里选出了零零星星的一点分给我们，于是，大街上就不定时地传来"啪、啪"的鞭炮声。我们能玩的就是滴滴金儿和摔炮仗，像二踢脚、黑药面子、花雷子是必须要由父亲来放的，而且是在大年三十晚上或初一晚上放，至于那些比较高级的礼花我也没少在天上看。我对滴滴金儿情有独钟，它刺啦刺啦地冒着火星，既好看又安全。

每年父亲都会买很多供我们玩，鞭炮声后硝烟弥漫，气味刺鼻，它却伴随着历史的脚步一直走来，逐渐演化成过年风俗里必不可缺的重头戏。然而，随着科技的发展，生产、生活中的各种污染使我们生存的环境遭到了严重的破坏，为了治理环境，还大家绿水青山，政府提倡远离烟花爆竹，争做文明市民，共同维护碧水蓝天。

因为一家人都在忙着手头的事，根本没有时间聚到一起吃个午饭，所以吃上两口就各自忙活起来。

父亲告诉弟弟，他们得去贴春联了，自称这是爷们儿干的活。喜庆的红加上黑色的墨迹，张贴在街门、屋门、门楣、影壁墙以及粮囤上，使新年气息愈加浓烈起来，"千门万户曈曈日，总把新桃换旧符"。不仅如此，墨香也好似迷恋人间的烟火气般而久久不散。

晚饭后，父母开始着手炸年货。自从家里种了棉花，收入高了，炒菜的锅也被滋润得油光光的。想想以前，都是用筷子伸进油瓶里蘸一点再沥到锅里，炒的菜只有咸度没有香味。现在油多了，谁家过年不炸上点年货啊，炸鸡块，炸鲤鱼，炸丸子，炸带鱼等，看着就让人胃口大开。

过年期间，吃得最频繁的就是饺子了。腊八日、小年、除夕夜、大年初一，搬上饭桌的统统是饺子，就连午马日（正月初五）也离不开吃饺子。饺子的寓意在这句诗里被展现得淋漓尽致："相隔千里终团圆，共坐檀桌前。举筷入口皆思念，同衬此时意。莫道离别愁几许，一饺此中揽。来年早归喜几多，吃饺话团圆。"饺子的味道可谓多种多样，正所谓"清清白白成一统，包包容容纳万般"。味道的不同来源于不同的饺子馅，肉馅的，素馅的，又因不同的蔬菜生出不同的菜香。我们姐弟四人，三个不吃肉的，所以每逢吃饺子都会拌两种饺子馅，父母和大姐吃肉的，我们吃素的，自然对素三鲜（韭菜鸡蛋虾皮）情有独钟。

饺子吃多了，也会腻，于是便有了饺子的其他吃法，不信你看，"白面白嫩白水煮，可蒸可炸可生煎。"

正月十五吃元宵，糯米做的元宵滚滚圆，吃到嘴里香又甜。元宵节前后，扭秧歌，跑旱船，踩高跷等民间艺术活动频频上演，敲锣打鼓震天响，欢欢乐乐过大年。

元宵节又称灯节，每年的灯节必有灯会，吸引大人孩子从周边云聚而来。一组组色彩艳丽、造型精美、构思巧妙、寓意吉祥的精美花灯，带着典型的中国元素把夜色下的广饶县城烘托得红红火火、喜气洋洋。高高挂着的"宝莲灯""走马灯""六角宫灯"在夜空里争奇斗艳，而展会上那些大型的花灯不仅有"鹊桥相会""嫦娥奔月""鲤鱼跳龙门""龟兔赛跑""二龙戏珠"等传统的赋有美好寓意的花灯，也有本地企业自己设计的特色车灯，还有树上倒垂下来的蓝色的星星点点的水滴灯，像瀑布一样倾泻而下，很是壮观；最好看的是水上的荷花灯，粉红色的荷花被翡翠一样的荷叶映衬得更加漂亮、逼真，引来众人的啧啧赞叹。

年味是小孩子手里攥着的冰糖葫芦，年味是一家人坐在一起看春晚，年味是晚辈趴在地上给长辈磕响的头；年味是奶奶递给孙儿的压岁钱，年味是呼朋引伴走进电影院，看一场精心录制的贺岁片；年味是傍晚家家户户门前亮起的红灯笼，年味是欢乐，是团圆，是幸福……

年味谱写着中华民族文化魅力的乐章，它已弥漫全球，是世界各地华人的同一首歌。

炒花生

十三岁那年，自家地里的花生大丰收。腊月二十九的早上，吃罢早饭，父亲便分派任务：他和弟弟贴对联，母亲炸年货，老大打扫卫生，老三炒花生。

接了炒花生的任务，我有点蒙头转向，没干过啊，这不是赶鸭子上架嘛。看看地上的花生，再看看忙碌的家人，心想，炒就炒，啥还没有第一次啊。

可也不能一盲干啊，想想往年的花生是妈妈和大姐炒的，抬头看看，大姐正忙得不亦乐乎，于是，一声不吭地怵在妈妈身后，妈妈正坐在炉子前准备炸鱼，察觉了我的存在后，嘴角一弯，说了一段顺口溜："大火烧，小火烘，沙子热了放花生，翻翻炒炒一刻钟，香味飘出可停火，出去玩玩便成功。"

我站在原地咂摸着顺口溜，片刻后，眼前一亮，跑到院子里，开始做准备工作。

先把晾晒在院子中的花生收到簸箕里，把个儿小的挑出，剩下大个儿的放到锅台上备用。当我嘴里嘟囔着"沙子"时，大姐点拨道：沙子在大街上。于是又到大街上的沙子堆里掏了几铁簸箕沙子，倒进刷好的大铁锅里。我选中了往火炉里添加煤炭的铁铲做翻炒的工具，拿着铁铲跑到大街上，对着沙堆连戳数下，直到铁铲发出了金属般的光泽，算是给它消毒杀菌了。又提着一个大提篮到院子外面西南角的柴火堆上装了一提篮棒子骨头放到饭屋里的灶膛口。

一切准备停当，这才正式启动炒花生程序。

点火是第一步，虽然年龄不大，但我已是资深的"火头军"了，烧火自然是手到擒来的。炒花生的火候先大再小，因为先炒沙子，沙子是不怕糊的，但需要翻炒，这样沙子受热才均匀。

等沙子热得嘘手时，我把花生倒进去，连续不住地翻炒，让沙子的热量传递给花生的外壳。翻翻翻，累得胳膊发酸，再去添棒子骨头，火舌舔着锅底，又从灶膛口探出，裹挟着些许黑烟沿着灶口往上卷，饭屋里开始热起来。因不住地忙活，加上面对各种热，热铁锅、锅里热沙和热沙里发热的花生，我的汗水顺着发际沿着鼻洼鬓角往下淌，有的挂在睫毛上，挡住了视线，身上的衣衫也早已湿透。情急之下，胳膊肘往上一撩，再一撩擦汗，不久，衣服袖子上就变得湿漉漉的。于是，干脆把棉衣甩掉，顿觉清爽利索了很多，拿过铁铲继续翻炒，“哧啦哧啦”金属碰撞的声音便不绝于耳。

十几分钟过去了，花生开始散发出淡淡的香味。弟弟的声音从我身后传来：“老三，妈说该熄火了。”于是，我停止添柴，让火自然熄灭，与此同时，手里的动作也放慢下来。用铁铲取出一颗放到锅台上，花生壳颜色尚浅，不知道花生米会怎么样。对着它吹了一口降温气，拿起，好烫，我赶紧倒到另一只手里，最后还是搁置到锅台上。待它凉下来，两个手指一捏，“啪”的一声，花生壳张开了一个口，一股热气从里面逃了出来，瞬间就跑掉了。

扒出的花生米依旧是热的，但因为急于尝鲜，将花生壳倒扣，两粒花生米便被倒进嘴里，烫得舌头直打卷，花生米在嘴里滚动，最后被牙齿咬住，大口地往外哈着气，片刻后嚼碎，感觉有点艮，花生米的红衣还不能与花生米剥离，需要再在热沙子里烘一下。

又过了六七分钟，花生浓浓的香味再也抑制不住地飘出了饭屋，飞向院子，飞到大街上。哈哈，这回到火候了。我又取了一颗花生出来，花生壳呈现出棕褐色，应该差不多了。有了上次的教训，这回我长心眼了，等花生凉透了，才剥开花生壳，两粒花生米在掌心里一搓，花生米的红色外衣便脱落下来，抛一个，用嘴接住，牙齿一嚼，咯嘣脆。

我取了一些花生就往大屋跑，还不住地喊：“妈，成了，妈，你快尝尝我炒的花生。”

母亲给的褒奖就是两个字：“很能！”

“炒花生火候很重要，很容易炒煳，黑一块白一块的，打开壳里面还不熟，也有里外全糊的，一年的花生就算白瞎了，没人吃啊。你第一次炒，能炒到这个水平确实很好，奖励你下午不用干活了。”父亲高度的肯定，让我有点飘飘然，不住地傻笑。

正兴奋呢，母亲吩咐道：“宁儿，你把花生都淘出来，然后分出一些给你大婶家送去，她家今年没种花生，今年花生又贵，这过年瓜子花生不能缺。”

我很高兴干这差事，正好可以显摆一下自己炒花生的水平。

把花生从大铁锅里选出来，凉透，盛满一个小簸箩，盖上一块布，往大婶家走。

刚进大婶家的胡同，就闻到一股煳味，越走味越浓。进了院子，大婶正在院子里数落三姐，见我来了，笑着招呼道：“哟，宁儿来了，这是端的啥啊？”

我说：“大婶，俺妈让我给你们送点花生，是我炒的，你们尝尝。”

脸上抹了几道灰的三姐一脸委屈地说：“宁儿，你会炒花生啊，正好，你快来帮我看看，我正炒着呢，也不知道啥原因，都煳了。”

三姐拽着我的手，拉我进了饭屋，我一看，妈呀，灶膛里的火烧得呼呼的，锅里的花生冒着浓烟，我赶紧说：“三姐，火太旺了，你快把柴火撤了，这样直接炒，不仅会煳，还会起火呢。”看着三姐去抽炉膛里的柴火，我又说：“炒花生得用沙子，这样干炒是不行的。”说完，我就跑到外面，不停地咳嗽起来，再也不愿进去。

大婶吃着我炒的花生，说好吃，对屋里的三姐说：“你看看人家宁儿，比你小好几岁，都比你会干活。”

那年炒花生，让我明白了一个道理：做什么事都需要耐心和技巧，不能蛮干。

凤凰涅槃地，清苦度三年

站在讲台上，听着头顶上方石英钟发出的“咔哒咔哒”声，不知不觉半个小时过去了。时间就是这样一点点地从生命里抽离，渐行渐远。是啊，岁月荏苒，花香依旧，放眼望去，物不是，人亦非。

俯视台下奋笔疾书、埋头解题的孩子们，那九千多个日子啊，已从我身边悄悄溜走，却如同一滴水滴在大海里，没有发出任何声响，也没有任何痕迹。曾经的青春年少，曾经的三点一线，曾经清苦的生活……往事跳过记忆的闸门，一一浮现眼前。

一中印象

我于 1991 年考入一中，属于 34 级。

入学第一天，父亲骑车带着一袋子小麦走在前面，我骑车带着行李跟在后面，我们一起进了校园，我的小心脏，怦怦地跳，对看到的一切都觉新鲜。所以，至今印象深刻。

我们先到伙房把小麦交上，父亲把开的单据（后交给班主任）交给我后便骑车离开。看着父亲的身影消失在学校道路的尽头，我才揣着一颗激动的心，推着自行车在指示牌的引领下前往宿舍楼。

宿舍楼前就是操场，楼东头有几根水泥柱子，上面晾晒着的些许衣物被风吹得摇来晃去，晃出不大不小的弧度，像是在悠闲地荡秋千。

我把车子支好，取下行李，抱着跨进宿舍楼的大门。

向上是水泥的楼梯，爬上去，到了三楼，右拐往里几乎走到尽头才找到宿舍。宿舍里有几个早到的同学，正在收拾各自的床铺。床头上写着该床铺的同学名字，我是一进门右侧下铺。看到床，心里一下子踏实了。我把行李连同自己放倒在床上，喘了半天，才起来，这才和同学打招呼，收拾床铺。

收拾完床铺，看时间尚早，便和云青商量着到校园里转转。我们停停走走，几乎围着校园转了一圈。

先去北门。途经教学楼北面的广场，广场中央的上空一面五星红旗迎风飘扬。办公楼、阶梯教室分列在东西两侧。办公楼西边有一个假山，属于聚众造型，1994 年我们毕业时，还在这里拍了合影。假山周围有镂空的花砖砌成的半米高台，台面用水泥抹过，外边围着一圈月季，让北方的校园又多了几分江南的秀气。

广场通往北门的是一条五六米宽的公路，宽阔平坦，路两边种植着各种树木，路中间悬挂着“为中华之崛起而读书”的条幅。

北门是学校的正门，已有些年头了，但依旧气势恢宏。传达室位于大门两端。不远处的路两边有两个遥相呼应的紫藤阁，每年的五月份，如瀑的紫藤花不知留住了多少年轻的脚步。大路两旁，越过花草树木，便是文化长廊。在这里，有学校简史、光荣榜，有历史名人概述，有当今天下时事，也有文笔书苑、难题解析……

走马观花一般转到北门，右拐沿着水湾边的小路往东门走。路上，碰到三三两两如我们一般溜达的同学。穿过杨树遮蔽的林荫路，越过办公楼、教学楼，眼前出现两排蓝砖青瓦的大平房，就进入男生宿舍区了。从外面看，屋里除了靠墙的一溜床铺就啥也没有了。“这就是传说中的‘大通铺’啊，听说这里老鼠横行。相比之下，我们的居住条件就好太多了。”我惊叹着。

穿过一个月亮门，进入教师家属区，这里多是红砖红瓦的家属院，只有一栋家属楼矗立在家属区的最北边。

继续往东走，就是东门口了。东门是学校的一个侧门，设置简单，只有一个大铁门中间的小门半开半掩，时不时地有老师骑着自行车迎面而来，走到门前，需从外面把小门推开，再把自行车搬进门内。因为门小，还要跨过约三十厘米高半米宽的铁横栏，所以搬自行车既是个力气活，也是个技术活。真搞不明白，是谁这么“有才”，研究出如此的既隔离外来人员，又限制自己职工进出的“好”办法。

东门外两旁都有人家。南边一家开着超市，门口朝东。与之相对的，在路对面还有一家超市，当时门口向北，后来改向西。云青是附近初中考过来的，熟悉周边的环境，她说对面的超市东西便宜。于是此后三年，我们凡有需要，都会穿过马路，到对面购买文具。直到现在，这家超市依然生意兴隆。

我们俩顺路往回走，男生宿舍门前的一大景致引起我俩的注意。快到吃饭时间了，好多卖炒菜的从四方云集而来。每天午饭和晚饭前后，这里就像赶大集一样，纷纷攘攘。一盆盆的炒菜热气腾腾，散发着诱人的香气，土豆、芸豆、豆角、西红柿、黄瓜，应有尽有，挑逗着我的味蕾。卖菜的整齐地排了一长溜，秩序井然。学生们拿着饭碗打菜，勺子起落之间，钱票交易之下，形成了一道异常壮观的风景线。看着看着，我俩突然意识到了一个问题——该打饭了！

打饭

回到宿舍，我主动和明霞结伴去打饭，提着新发的铁皮桶和竹篮，找了根木棍，步入打饭的队伍中，随着人群，向伙房走去。

我们两个分工合作，我打汤，明霞打馒头。

眼前排起了长长的队伍，打上的提着桶往外走，队伍就往前挪一点。眼前不断有提着桶往外走的同学。终于轮到我了，往前走，进入热气弥漫的伙房，炊事员的声音淹没在同学们的嘈杂声中。我报了班级和人数，炊事员拿着一个大大的勺子，往一口大得惊人的锅里扰了一下，随着几滴汤液滴落到锅台上、地上，面前的桶里已有了小半桶的面汤。我提着汤往外走，这才看到，排的队伍比刚才还长，大家都在静静地等候着。我找到明霞，把木棍往桶提把上一穿，明霞把盛着馒头的竹篮也穿到木棍上，两人抬着一宿舍人的伙食往回走。

校园里人头攒动，有刚从教室往宿舍走的，有提着竹篮和桶去打饭的，也有像我们一样打上饭往回走的。路两边的冬青苍翠欲滴，两排整齐的红色或蓝色砖瓦房立在那里，好像在诉说着什么。一条三十厘米宽的沟渠边上有条小道，两边墙上是已经褪了色的黑板报。

大路正前方就是四层楼高的教学楼，这是我当时见过的最宏伟的建筑了，东西长约一百米，两边及中间都有楼梯，二、三、四楼走廊的护栏边上稀稀拉拉地站着几个同学，他们在眺望着打饭的人群，果真应了“你站在桥上看风景，看风景的人在楼上看你”。校园里笑语喧哗，人影幢幢，处处充满了生机和活力。

吃过午饭，我们找到位于教学楼四楼的教室，好多同学已经坐在教室里了，都是陌生的面孔。班主任燕老师按个头排了座位，大家刚坐定，燕老师便宣布军训开始，带领我们去领取军训衣物。

怀揣着期待的心情，我领到一身军装。回到宿舍，大家都迫不及待地穿戴起来，一股对军人的崇敬之情油然而生，嘴角挂着笑，怎么也按捺不住那颗激动的心。

军训期间伙食还是很好的，有馒头有汤，还有菜，军训过后，生活纳入正轨，饭食依然有馒头有汤，但菜没了。这样的生活一直持续到三年后的高考。

清苦的生活

清苦的高中生活源于单调的三点一线，不断地重复着吃、睡、学，就像“老秀才又酸气冲天，开口诗云子曰，闭口之乎者也”般索然无味，唯有伙食中加点什么才会让人感到兴奋。

现在看来，馒头配汤，如果不加点啥，似乎是太难以下咽了，可就是这样大馒头就小馒头的生活一直持续了三年。当然，也有偶尔打打牙祭的时候。

那时，宿舍门口，中午也有两个卖菜的，但比起男生宿舍楼下的炒菜差得很多，可也不能每天跑出那么远，去男生宿舍区买菜啊。卖菜的一个是瘦高个的老太太，一个是带着三十多岁大个子傻儿子的老太太，卫生自不敢恭维，菜式也很单调：凉拌黄瓜和西红柿汤，量不多，买的人更少。我没买过几次老太太的菜，比起中午的菜，我更钟情于早晨的馅饼。

卖馅饼的是一个跟我们差不多大的姑娘，骑着一辆自行车，车子的后座上固定着一个大簸箩，里面就是我们望眼欲穿的馅饼。姑娘是个活泛人，很会做生意，那时候的馅饼两毛钱一个，卖剩的就五毛钱三个。馅饼软糯清香，馅少面多，虽然表面挂着一丝丝并不起眼的油迹，甚至有的仍泛着面白，还是有很多同学围着姑娘争相购买。偶尔有忘带钱的，姑娘也会赊账。

早餐除了馅饼，还有油条，我是喜欢吃油条的，但因为油条的价格比馅饼高，因此上高中那会儿，我就独独喜欢吃馅饼，以至于在那段时光里，每每买啥东西，都会用能买几个馅饼来衡量。

虽然是喜欢吃馅饼，但并不常吃，一周能吃一两次就不错了。有时候，母亲给我的零花钱会原封不动地装在口袋里，我知道父母挣钱不容易，家里也不富裕，节俭的习惯便从那时自然养成。

狠狠心买上一个馅饼，心里还是蛮激动的，看着手里的馅饼，爬着楼梯就迫不及待地下了口，还没等到宿舍呢，手里便只剩下捏馅饼的纸，噎得够呛，见值日生已经把饭打回来了，急急拿了快餐杯倒了面汤，赶紧嘘拉着喝上几口，想细细回味，却又如猪八戒吃人参果般咂摸不出它的滋味。

因为伙食单调，又没有油水，每周回家，母亲总是换点油条让我吃个够。返校时也会自己带点咸菜，就着馒头汤，不至于太过单调。

冬天，馒头凉得快，等值日生提着饭到宿舍，馒头已经凉透，只得把它掰碎泡到汤里，连吃带喝。那时，面汤经常因为熬得火候不到而成为沉淀物，搞得大家都没有了食欲，只能是望汤兴叹。即便如此，由于三点一线式的生活模式，除了早操围着操场跑两圈外，一天当中就很少有什么运动了，导致我们一个个都胖乎乎的，丝毫没有因为营养不良而影响体重，我们也就成了炊事员嘴里被他们养肥的“小猪”。

如今，学校的餐厅宽敞明亮，餐盘洁净，菜品丰富，种类繁多，热菜、凉菜、各种面食应有尽有，想吃啥有啥，夏天还有水果出售，热饮、冷饮，样样俱全，同样是青葱岁月，处在不同的历史时期，差别可不是一丝半点呢。

三年的时光不长不短，在那段青葱岁月里，学习，吃饭，苦中作战；教室，宿舍，穿梭不断。一个个身影，一幕幕往事，像放电影一样在脑海里呈现，那清苦的岁月啊，已深深地烙印在心间，想忘都难。

“丁——零——零——”一阵铃声响起，把我从思绪中拉回到现实，考试结束了，组织学生收齐试卷，出了教室，向考务室走去。

那人

我躺在窄窄的床上，有种回归的感觉。

随着复学，教师需要入驻校园，我有机会住进学生的宿舍，和高三学子一道开始久违的早起早睡加午睡模式。

宿舍里一共八张床，我和我的舍友占据了三张，两张睡觉，一张拿块垫子盖住空床板，成了我们的物品床，那些盛放苹果、橘子的袋子，以及抽纸、背包、放衣服的塑料袋摆了一床，其他的床上搁置的是高二学生的物品，我们没动过，让它们保持原状。不过，剩余的一张下铺床上我勉强放了一个鞋盒，里面放着我的护肤品、洗漱用品及洗发护发品，好像有点跟它们抢地盘的嫌疑。

学生们洗的袜子挂得到处都是，用品摆放得乱七八糟，真想收拾一下，又怕孩子们回来找不上。为了挂衣服，我在物品床的上铺床边上拉了一根绳子，又在靠南窗户的两张上铺床中间拉了一根，把洗的小物件挂到上面。一句话，就是想尽一切办法让这个局促的地方再营造出有用的空间。两个凳子一个残破的放脸盆，另一个模样好的放我们的水杯。折腾了一番，对自己的安置还算满意，这才罢休。

我又情不自禁地想起我上高中时的情景，那时衣物很少，一个壁橱就能容得下所有衣物，上下铺的脸盆鞋子都放到床底下，毛巾肥皂和牙具放到没有水的脸盆里，床上简单得就剩被褥。高中时没睡过上铺，大学时睡了两年，那时的床也是铁的。上铺就通过两根朝外的焊到床柱子上的铁棍爬上去，每次的攀爬都会引来强烈的震颤，夹杂着咯吱咯吱的响声，有点费劲，一旦爬上去就不愿再折腾着下来，有什么需要，喊两声，自然有下铺的同学代办了。

每周回家一次，我都会带回一罐头瓶子咸菜，那是母亲专门腌制的白萝卜，只有咸度，香味无从谈起。用清水洗洗，自己切成大咸菜条。同学们也都会带咸菜到学校，就放到壁橱最下面开放式的空格里。周日下午在家吃过饭回到学校，晚饭就不怎么吃了。盛得满满的咸菜瓶子到周三就见了底，剩下的几天就靠面汤泡馍。

见我干嚼馒头，要好的同学看不下去了，阿莲、小薇曾多次接济过我，把节省下来的咸菜分给我吃。阿莲跟我住邻村，我们初中就是同学，周末结伴回家，返校有时也一起。阿莲母亲炒的咸菜特别好吃，油多，还加了面在里面，不怎么咸，像菜一样，吃过多次依旧吃不够，那份来自舌尖上的记忆始终无法忘怀。还有小薇，每次也会拿好多吃的，记得有一次，小薇的姐姐来看她，给她带来的东西，我都没怎么见过，自然跟着沾了光，吃了个撑肠拄腹。也有两个合计着吃的时候，多是对方的好吃，先吃掉她的，再吃我的。

高二那会儿，课程还没那么紧，晚上躺在床上，我们会你一句我一句地扯大天，我很少发言，就听舍友谈心目中的白马王子，谈着谈着就谈到班里新来的一个帅哥身上，那不就是谁谁谁的白马王子嘛；谈某女老师今天的内衣带子溜下了肩；谈体育课上谁老盯着谁看，喜欢的表情都写到耳朵上了；谈谁被班主任训了一顿，还挨了打……真是八卦满天飞。

从理调文，让我拥有了更多的同学，那时的感情是纯真的，也是令人难忘的。要好的并不多，感情深的就那几个。

一个是跟我同一天生日小我两岁的露露。虽然我们只在高一军训期间待过两星期，但却结下了一辈子的友情。我很喜欢露露，她特别爱笑，笑声甜美，声音温柔动听，尤其是她那条过腰长又粗又黑的大辫子，散开如瀑布般披满后背。别说男生，就是我都移不开眼。她是通校生，那次跑到我们宿舍玩，还给我捎带了家里做的水煮花生，看吧，吃货总会很容易就被拉到一起。这可不怪我，中国是个美食大国，我一个小子民，免不了在这样的俗套里打磨。

军训结束后，露露离开了一中，上了东营的商业技校，学了财会，这着实让我难过了好一阵子。三年后，我们在东营相会，露露已经上班了。看着她和同事住的大通铺的集体宿舍，条件确实有些简陋，好在可以自己做饭。她也来学校看我，我们就挤在一张床上，叽叽咕咕，想想就能把牙甜倒了。露露结婚比我晚，她结婚时我已怀孕三个月了，不过我们俩的孩子是在同一年出生的，相差也不过半年。时光在有知有觉中也过得飞快，如今，两个孩子一个大一，一个高三，我们都已不惑之年。她住在东营，不远不近的距离。因为工作忙，各自都有家庭，联系很少，但雷打不动的是每年的三月初一，我们都会通过电话或者微信互祝生日快乐。

两个要好的理科班同学梅子和秀秀有几年杳无音讯，后来都被我挖了出来。梅子的干练和智慧是我所不能及的。她家就住西关，离学校很近，所以蹭饭这事便时有发生。梅子是家里的老大，父母忙生意，她便是主厨。现在的她全家居住青岛，但时空丝毫没有阻隔我们之间的感情，隔三岔五地会打来电话。每年她回家，我们都会聚聚，谈谈自己，聊聊家庭。她更像我的姐姐，是我人生路上的指引者，本来想今年我们仨聚聚的，因为疫情而作罢。来日方长，机会还有很多，说到这里，先停一下，我给她打个电话，有几天没听她叨叨了。

秀秀则是豁达开朗，嘻嘻哈哈，有啥说啥。清风拂面的夜晚，我们仨下了课，漫步在一中那条由南贯北的水泥路上，我和梅子不说话，只听秀秀一个人白话儿，不时引来我俩的笑声。上大学那会儿，我和秀秀都在东营，虽然距离有点远，但还是利用周末时间不是你来就是我往地聚到一起。幸福的时光一眨眼就过去了。毕业后秀秀和梅子到我工作的学校看过我一次，打那以后，便失去了音讯，一晃就十几年。心里总有一根弦，想把秀秀找出来。于是，从前年开始，多方打听，无果，她就像消失了一般，没人知道她的音讯。偶然的机会，我听在公安局上班的同学说，找个人应该不成问题。于是在翻看了无数个秀秀后，突然想起她高考时用的另一个名字，方才从人海中把她捞了出来。当我颤抖着双手拨通电话时，多么希望这个是我想的秀秀啊。电话那头传来声音，那熟悉的声音，瞬间让我哽咽起来，我因激动而语无伦次。当我说清楚一切后，她也是唏嘘不已，声音也跟着语塞起来。就这样，我找到她，从此不再让她玩消失。

小薇是个苦孩子，家住花官镇张铺村，幼小时就丧失了母爱，跟着叔叔长大。她阳光友善，总是笑眯眯的，个子高高的她偶尔有点小迷糊，忘事儿。小事情小迷糊，但在学习上她一点都不迷糊。刚入高二那年我转到文科，小薇是晚我几天转来的，她英语特别好，后任英语课代表。转文后，我有一段时间从三班的宿舍搬到了四班（理科班），这才认识了小薇，后来又调到七班（文科）宿舍，小薇转文后一是文科没有空铺，二是她也舍不得四班的舍友，所以依旧待在原来的宿舍。我俩在一起有两年的时间，虽不在一个宿舍，但都在一层楼上。吃过饭，我们结伴去教学楼，放了学，一起去打饭，一起吃饭，晚上嘛，要是床足够大，我也不拒绝跟她同床共枕。

高三那年，临近高考的几天时间，为了给同学们减压，班主任允许我们在下午两节课后可以自由活动，我们更是形影不离，到办公楼后面的草地上找个地方学习。后来小薇考上了油田师专的英语系，那时我们也有往来。毕业后我被分到花官初中，我一阵高兴，这回又可以和小薇在一起了。没想到，我去了，她却没了音讯。后来通过学生才打听到她的消息，原来她去了威海，投奔她的家人去了。我很失望，怪她不够意思，也不跟我打个招呼。但后来想想，她应该去威海，一家人在一起，互相照顾，多好，心里也着实为她感到高兴起来，这也算是命运设计的一次巧妙的错过吧。

你看我的这几个好朋友都各奔东西，想见一面都难，近处的也就只有英子了。英子是我转文科后同住一个宿舍的舍友，个不高，一张白皙的脸，圆得像个大苹果。偶尔我们会一起在课外活动时，到校园外面去散步。印象里，那是一个三月天，返青后的麦苗没过脚踝，好多同学到麦地里去踏青。春风轻柔地抚摸着肌肤，阳光明媚，绿意盎然，踩在松软的土地上，惬意极了，满坡里都是三三两两的同学，引来田地的主人跑来驱赶，像哄家畜一般，我们赶紧离开，一番好心情也烟消云散。

高考结束后，英子复读了，从此失去了消息，再后来知道她一年后也进了油田师专的英语系。工作后，我们也没有来往，前些年，我去陈官办事，她帮了我大忙，便联系得多了起来。她培养的孩子很优秀，以全县第一名的成绩考入一中的自主招生班，我就利用自己的便利给孩子买点吃的。三年后孩子考上了北大，真的是出人头地了。后来赶上全面放开二胎政策，英子要了二胎，更忙了。前年，她在县城买了房子，偶尔会搬到广饶来住，我们就约到一块，边看孩子边散步聊天。

说了这么多，我都有点想她们了，多么希望时光能逆行，回归到那个青春岁月，挽素手，搭其肩，站在晨光里，看对方明眸皓齿，笑意迎面，光那一排背影便可生出万千情愫。

感谢岁月，在那段青涩的时光里留住了你我！

那事

一大早，楼道里便传来孩子们的脚步和说话声，眼皮紧得要命，伸手扒拉枕边的手机，心里还暗自抱怨：才几点啊就起来了。摸到手机牵到跟前，极不情愿地把眼皮拉开一道缝，瞄了一眼，才五点多，又把手机无力地搁置一边，眼皮像抹了胶一样又粘到一起。直到室友喊我：小书，还不起啊。看时间六点十分了，也该起了，要不耽误吃饭了，不吃饭可以，不是还得值班吗，于是骨碌着起床。刹那间，回归的感觉更加真切。

跑操

上学那会儿每天早晨也都是五点多起床的，不管是数九寒天，还是夏日炎炎，那是雷打不动的规定，除非下雨下雪，所以我们睡觉前，都会祈祷：明早老天爷开开眼下点雨吧。

高一那会儿，跑操是在南边的操场。那时的操场都是土场子，好在都用电夯夯实过，否则还不得尘土满天飞。记得有天周末回家，多住了一晚，周一一大早起来就往学校赶，结果还是迟到了。到了操场扔下车子，跑进队伍里，发现自己脚上穿的是大姐的皮鞋，还有点跟，那跑起来就费劲了。跑着跑着，偏偏鞋带又开了，赶紧往里边跨出一步，蹲下身子系鞋带。站起时队伍已经跑远了，我站在原地等队伍过来，引来无数侧目，一圈下来刚加入进去，跑操结束。我在心里为自己庆幸了一下，紧接着又提心吊胆起来，怎么跟班主任解释啊。问秀秀和梅子，她们说今天班主任没过来，哈哈，真是撞了大运！

到了冬天，那西北风好像专门跟我们作对一样，刮得那个强劲，犹如一把把锋利的小刀，割得脸生疼。手上没有手套，冻得缩到袖筒里，一百个不情愿却不得不迈开双腿往前跑，于是，将一腔的怒火从喉间迸射，“一——二——三——四——”向着寒风吼过去，抗击着，自以为得胜，脚步竟然变得轻松起来。

毫无疑问，那几年的早操，确实磨炼了我们的意志。

再谈打饭

学习是每天当中最重要的事情，然而记忆里剩下的多是与吃有关，毕竟民以食为天啊。

每逢假期后返校，同学大多是在家吃饱后到校的，晚饭除了喝面汤外，馒头就被挂到床头上的网兜里。那馒头硬邦邦的，因碱性太大，黄乎乎的，个头小得像一个个没长好的土豆。农村的孩子知道父母不易，舍不得扔，于是就攒起来等周末带回家喂给家畜。我是下午没吃饭的，馒头要么泡到面汤里，要么一点点地撕着吃，我似乎饿慌了，还挺喜欢那碱的味道。

三点一线式的高中生活确实有点乏味。如今很多人在班级群里谈到的也多是吃饭的事，比如周三打包子总是让很多同学两眼放光。打包子是需要饭票的，饭票既可以买，也可以用多余的粮食换。大多数人不知道这事，得向学长请教。我们平时打饭，都是以班级为单位，交足粮食后大家一块儿轮着打饭，当然，男女也需分开来打。

到了周三中午，刚一下课，值班打饭的女同学就会提着提前拿着教室的铁皮桶、竹篮子和一根木棍，犹如两个“要饭的”急匆匆地冲出教室，小跑着奔向食堂；男生因为人多，吃得也多，打馒头都用一米见方的大簸箩，因为太大，是不能把那家什搬到教室的，于是疾跑着去宿舍拿；手里有票的同学就更急了，用飞跑一点也不夸张，即使这样，到了餐厅窗口，眼前已经卡了十几堵墙，都是高三高大壮实的同学，他们的教室在一楼，自然少了下楼的麻烦。大家吵吵嚷嚷的，把小窗口围得密不透风，前面还有回头招呼同学的：“哎，把你的票给我，我一块儿捎出来。”于是，又上演了一出在脑袋上递票的戏，队伍本来就歪歪扭扭，还有插队的，惹得后面排队的老翻白眼。也有看不下去的，喊了嗓子“不自觉”，前面那个刚拿到票的高大壮实的男生回头就开骂了：“谁说的，说啥呢，再说弄死你。”后面的赶紧低头没有了声响，只能忍了。

也有打起来的时候，就为了一口吃的，值得吗？不过被打的人看到的不是吃，而是秩序、素质。

暑假后开学的第一天，轮到我和小薇打饭，我们从宿舍里拿上桶、竹篮、棍儿，到了食堂，小薇领馒头，我排号进入伙房。伙房工人拿着大铁勺往大锅里一扤，扤了一大勺面汤，将大勺转了半个圈，倒进桶里，我看着面汤，突然，一个异物出现在半倾斜的铁勺里，一声“哎——”从我喉间滑出，伙房工人此时也看到了，他毫无表情地端着勺子往里走去。

我正看着桶里的汤发傻，提着馒头的小薇过来了，伙房工人也若无其事地端着勺子回来了。他又扤了一勺汤，想要倒进我们桶里，我赶紧提起桶摆着手说：“不要了，不要了！”小薇不解地说：“这么少不够喝啊。”我冲她使个眼色，推着她一起挤到外面，找到下水沟将面汤倒掉，才把刚才所见告诉给她。

小薇问：“那咱们回去咋说？”

“实话实说呗，她们肯定都不想喝老鼠汤，再说刚回来，吃饭的也不多。”

回去一说，同学们都没啥意见，只是那糊了面的桶可就惨了，被我和小薇擦洗了好多遍，最终放出了冰铁原有的光泽，喜得班长了不得，一个劲儿地夸我们能干。

惊悚的往事

然而，生活并不是波澜不惊的。高二那年发生的事，现在想起都有点瘆人。

那时，女生宿舍楼南边有一片荒草地，一道不高的围墙成了学校和村子分界线。有一天晚上，睡梦中的我们被宿舍楼里传来的惊呼声惊醒，大家窃窃私语，不知道发生了什么。再听，声音没有了。

第二天，便听说有男人从女生宿舍楼南面的玻璃窗爬到宿舍里了。大家不免提心吊胆起来，有那么几天，晚上睡前都会商量一套应急的措施，有的拿根床上掉下来的铁棍顺在身体一侧，有的负责大喊，靠窗的必把窗户关严，即使如此，在经过一整天的学习压力和忙碌中，最终还是一一睡去，好在那样的事情在我们毕业前没有再发生。后来听说，事情报给学校，校领导很重视，派人勘察，并加派了巡夜组，才让我们得以安枕。

但好景不长，没过多久，女厕所里又不安全了，一个大男人，不好好做事，大清早或夜间跑到厕所里吓唬女孩子，真是恶心至极。

记得那是一个深秋的早晨，有点凉，跑完操，大家都回教室了，我有点内急，跑去上厕所。

天灰蒙蒙的像没睡醒的孩子，惺忪着睡眼。我急急地钻进教学楼东边的大公厕，进门分东西两边，往东边看看，觉得有点黑，西边有路灯的照射明亮很多，于是改去西边。刚蹲下，就听东边有女孩子的惊叫声，我心里暗想：坏了！霎时，尿意全无，迅速提起裤子。与此同时，一个人影闪进来，像怕人看到真实面目，又像被惊吓到一样，双手抱着头缩进靠门口的墙角里。这时，传来那个被惊吓到的同学从东边拐出来匆匆地跑走的声音。此时就剩我一个面对那个陌生的人。我大着胆子往门口走，离那人更近了，确信那是个男人。

我给自己打着气，攒足力气，从胸腔里迸发出一句话：“你走！”看他不动，又吼了一嗓子：“你给我走啊！”不知道是他被我的底气吓到了还是怕我的声音会引来更多的人，总之，他跑掉了。

我站在原地待了一会儿，才想起上厕所的事。等走出厕所，凉风一吹，这才一下子清醒。瞬间，后怕向我袭来，感觉头顶上的头发不自觉地根根立起，这难道就是传说中的头发根发参？而且脊背发凉，感觉脸部缺血。如果有镜子的话，肯定脸色苍白，毫无血色。

空空的校园没有一个人，我扶了扶墙，定定神，向教学楼走去。

好不容易回到班上，害怕占据着我的身心，整整一个上午我都魂不守舍，直到我将此事告诉给小薇，得到她一个拥抱才慢慢好转。

现在想想，自己当时哪来的勇气，还喊他走，如果那人不走呢，我想我这么识趣的人，一定是他不走我走喽，哈哈！

吃结余

换个轻松的话题，再来说说吃。

三年辛苦迎来了高考的临近，学校里要吃结余了。听到这个消息，全班振奋，哦，不，应该是全级振奋。那伙食放到现在，餐厅里样样都有，可放到那时确是我们买都很少买的。早晨有油条、油饼、鸡蛋、粥，中晚有馒头、包子和菜汤，对我们每一个住校生来说，无疑就是山珍海味，同学们都是含着笑吃的，吃得嘴角沾油，三天的海吃，那叫一个“爽”。

高考完了，班主任托班长给了我十块钱，说是我之前交的忘记关灯的罚款。十块钱啊，两周都花不完的，失而复得，岂不是幸事，嘴咧了半天才收拢，同学问：“你咋这么高兴？”我笑而不答。

说鼠

在《回归之那时记忆》里提到了老鼠，老鼠作为四害之一，早就有“老鼠过街人人喊打”的说法，并家喻户晓。

鼠胆

上高一时，就听班里的男生说宿舍里的老鼠很凶，晚上在躺着二十多个青春年少的小伙子的宿舍里横冲直撞，肆意妄为，不仅在地上乱窜，还发出瘆人的撕咬声，有时竟然匪夷所思地爬到上铺，吓得男同学嗷嗷乱叫。

住校期间，也听舍友谈起，她是28级的学生。当时的住宿条件和男生宿舍一样的不堪。她睡下铺，晚上就听到老鼠掏洞的声音，吓得她整晚整晚地睡不着。白天往床底下一看，一大堆土，都顶到床箅子上了。试想，床再低，也得有三四十厘米高啊，舍友在佩服老鼠能干之余，不得不搬到上铺跟同学挤着睡。夜晚躺在床边上，浑身硌得生疼，还要对上铺的同学的好意感激不已。这都是老鼠惹的祸。

高二升高三的暑假期间，我们有二十多天的时间在学校补课。宿舍楼被封，只好住到闲置的平房里，十几个女生住在一起，真正体会了一把男生住宿条件的简陋，果真是名不虚传。

白天上课，中午可以休息会儿，大白天的就有老鼠造访，不，对老鼠来说，它才是这里的主人。老鼠从房门口进入，不光一只，还携家带口呢，根本就没有什么探头探脑，而是大摇大摆，它们搊着四条小短腿，来去自由。我选择的是下铺，小薇住上铺，她睡得很香，因为是白天，外面蝉噪声很大，还有风声。我被老鼠的“吱吱”声惊到了，于是，也顾不上天气的闷热，蒙上毛巾被，眼不见心不烦。

到了晚上，可就热闹开了。静静的夜里，老鼠在屋里像开运动会一样撒起欢来，不仅叫得欢，还啃咬东西，声音刺耳难听。班长起初拿东西敲床柱，要么往老鼠身上扔东西，想把它们驱走，可无济于事，最后我们偃旗息鼓，它们得胜猖狂，熬得我们不知道啥时候都沉沉睡去。

早晨起来看着彼此的肿眼泡，无可奈何地相视苦笑。

捉鼠

我是极怕鼠的。晚上走夜路，都不敢回头，听到路边沟底有动静，都吓得起一层鸡皮疙瘩。

因我家住在村边，家里的老鼠很多。每每看到，要么喊母亲，要么看着它明目张胆地从眼前跑过，唯恐避之不及。家里的粮食被老鼠掏洞的掏洞，嚼碎的嚼碎，恨得母亲牙根痒痒，但是她到处找都看不到老鼠的身影。遇上母亲的老鼠没有一个有好下场的，她手底下有啥就用啥，没有东西就手脚并用，直至将其处死为止。

记得有一天晚上，有只老鼠跑到主屋寻食，啃咬东西的声音被母亲听到，母亲拿起鞋底扔过去，老鼠逃之夭夭。可能是大老鼠到主屋里尝到了甜头，第二天晚上，母亲又听到屋里有老鼠的动静，于是，决定全家总动员捉老鼠。

第三天，天还没亮，母亲就早早地起床，确定老鼠还在屋里后，开始检查到底哪里有窟窿，能让老鼠跑到屋里来，结果在窗台一角的纱窗上发现有个洞，确定这就是老鼠的通道。母亲找来东西把窟窿堵住，又喊我们起床，要求我们配合她捉鼠。

一家人严阵以待，母亲先把家具搬到一边，从里间屋拿出早就准备好的三块木板，随后把里间屋门关牢。母亲交代捉鼠的事项，她让父亲、我和弟弟一人拿一块木板，对接到一起，紧紧地跟着她的脚步往前挪，一旦看到老鼠，就合力把老鼠圈住，剩下的就交给她。

母亲一手拿着竹竿，一手拖着铁锨，在我们的配合下开始了地毯式排查。沙发底下、橱柜靠墙处都一一排查，没有。最后锁定床底。母亲扭头朝我们看了一眼，见我们都紧紧跟着，就把竹竿伸到床底下，开始从里向外横扫。八只眼睛紧盯着床底的两边，一阵横扫过后，终于听到一声长长的“吱——吱——”声，老鼠再也受不了竹竿的横扫，从床底窜了出来。老鼠真是狡猾，它窜出的地方正好冲着窗户，可没想到面前会立着木板墙。我们看准了，实行合围，将老鼠圈到木板阵里。老鼠急了，猛地跳将起来，足有一米多高，好在我们的木板够高，即使这样，我还是被吓了一跳，不由自主地往后退了一下，木板出现一条缝，多亏弟弟反应灵敏，迅速靠拢。

老鼠很大，不算尾巴也有二十多厘米长，一身灰黄色的毛，看着就让人反胃。因为人多，我不怎么害怕了，反而饶有兴趣地观察起临难的老鼠来。老鼠变得仓惶不安，眼睛已经失去了窥探，取而代之的是急躁和绝望，母亲不断地立起铁锨向老鼠杵，一边杵一边还念叨：“叫你祸害人，遭恨的东西。”老鼠蓄力再次跳起，竟然跳向母亲拿着的铁锨，像拽到了救命的稻草般扒住铁锨把儿不放，还没等我们反应过来，它便瞬间跃上母亲的手腕。多亏母亲早有准备，手上都戴着棉手套，手腕上套着套袖。母亲手疾眼快，用左手抓住老鼠的尾巴，老鼠回头咬向母亲，而此时的母亲已经向一边跨出了一大步，用力抓住老鼠尾巴一甩，将老鼠从右手臂上撕下来，妈呀，老鼠被母亲抓着倒挂起来，四爪悬空，我想这回老鼠肯定没招了。但它再次出乎意料地回卷身体咬向母亲。母亲没给它机会，手臂抡了几个圈，在地心引力的作用下，老鼠直直地在空中划了几个圈，被狠狠地摔向用砖铺就的地面上，只听老鼠“吱吱吱”地惨叫，母亲没给老鼠喘息的机会，麻利地抄起铁锨，把铁锨头对着老鼠脑袋连拍数下，老鼠的声音越来越小，四肢抽搐了数下，终于躺在那里不动了。

我们目睹着母亲捉鼠杀鼠的全过程，眼睛盯着地上一汪鲜血发呆。父亲少有地赞叹着："你还真行！"说着弯腰拎起老鼠尾巴打开门往外走，母亲也跟着走出去，过了片刻，就听母亲大声喊："你们都来看看。"我们到了外面，没看到有啥啊，母亲指着窗户外边的窗台说："这么高的窗台，没有别的东西依附，它竟然能上来，都成精了。"我们这才顿悟。

这些年，老鼠也没少光顾母亲家，母亲为了对付老鼠，什么老鼠夹、老鼠药、粘鼠板都用过了，后来家里没有了粮食，老鼠也就少了很多。

药鼠

工作以后，学校把单身教职工安排到学校最后面的平房宿舍里，我和小敏两个人一间宿舍，一说平房有点条件反射，不自觉地会想到老鼠。对老鼠的憎恶和恐惧在我心里是不相上下的。

晚上睡觉听到窸窸窣窣的声音，心里发紧。早晨起来跟小敏说起屋里有老鼠，她说："听到了，今天是集，去集上买点老鼠药吧。"

老鼠药貌似是叫"毒鼠灵"，用玉米粒拌过，撒到屋里的角落里。

到了晚上，可就热闹开了。真不愧是毒鼠灵，老鼠被药得上蹿下跳，有一只难受得跳到我床上，我吓得用被子蒙上头，心想：它这是要找我寻仇吗？被子被我拽得露了脚，老鼠竟然从被子末端钻进我的被窝，我浑身鸡皮疙瘩都起来了，一掀被子，爬起来，立到床上。此时，小敏拉开电灯，就见一只十多厘米长的老鼠，蹦跳着从我脚下经过，它的爪子竟然踩到我的脚趾上，我"啊——去——"

地惊呼着。老鼠跳到地上，竟然抽搐起来，片刻后，不动了。

小敏看着一动不动的老鼠，又看看一动不动的我，打趣道：“它死了，你还不收拾收拾睡。”

经历这么多，每每看到年画上可爱的小老鼠，我却怎么也喜欢不起来。

成长与责任
——读《走夜路大声唱》有感

今天看到海荣写的《一部关于成长的好书——〈走夜路大声唱〉》，读后，引起我对这本书的关注，从网上购得一本一睹为快。和海荣一样，我印象最深的是顾老师告诉季林和麦小贤的话："一个人，只有经历过原以为不能克服的事情，才会知道，一个人只要有勇气，真的可以改变很多事情……一个家庭的强大美好，不只是大人的责任，也是孩子的责任。"

詹姆斯多伯森说："尊重他人的、有责任感的孩子，产生于爱和管教适当结合的家庭中。"每个人的成长过程都不是一帆风顺的，思想的成长与对家庭力所能及的劳作是相辅相成的。现在的孩子大多自小娇生惯养，一切都由家长代办，自然，在成人后，想让孩子干点家务就有点困难，因为他们自小就对家务劳动缺乏主动性。不得不说，这是家庭教育的失败，从这方面来说，我也是一个失败者。然而，感谢父母对我的塑造，少年的我，在家务劳动和承担家庭责任方面，自诩做得够好。

二十世纪八九十年代，生活条件差，家里孩子多，又都处在长身体的时候，母亲几乎每天蒸一锅干粮，喂饱六个大食量的胃。自改革开放以来，村里家家户户都分到了土地，生活条件渐渐好起来。父母都是普普通通的农民，自从有了自家的土地，他们便开始精心打理自家的庄稼，干劲十足。都说"穷人家的孩子早当家"，一点没错，我们姐弟几个从小目睹父母的辛劳，体验生活的艰辛，懂得"幸福生活"的来之不易，从内心深处就产生了奋斗与吃苦的自觉。

我从六七岁就开始烧火做饭，上学后也不例外。在学校里我是学生，放了学回到家我就是火头军，吃完饭就是刷碗工、饲养员。给牲口割草也是夏秋两季常干的活，特别是搬家后，父亲开始饲养牲口，如此一来，放马或放牛、割草就是我每天的常规项目。除去这些，节假日里还有几件让我记忆深刻的事情，当时的我为家庭尽了一份力，承担了一份责任，从另一个方面看，这些事也促进了我的成长。

走街串巷卖大葱

那是 1985 年暑假中的一天，从中午开始下的雨终于在下午四点多钟停了。

雨后的天空一尘不染，空气清新无比，太阳拨开云层，露出一张柔和的笑脸。不久，一道彩虹在东边的天空上架了起来。孩子们雀跃起来，朝着彩虹的方向奔跑。绕过一个个院落，甩下好几条胡同，跑到空旷的土地上以便观看更完整的彩虹。疯了一阵，没等彩虹消失，大街上便传来家长们的呼唤声，大家一哄而散后悻悻地各自归家。

我和二姐刚到家门口，见母亲站在那里跟二婶聊天，与此同时，一股冲鼻的葱味扑面而来。母亲见我们回来，便吩咐我们："雨停了，刚才我到地里发现葱都倒了，就干脆刨出来了，一时半会儿也吃不了，怕时间长了坏掉，你俩闲着没事，用车子推着卖了去吧。"二姐看看我，我看看二姐，一副没听明白的样子。母亲又重复了一遍，我俩都问出了同一个问题："上哪卖啊？"一旁的二婶说："推着去城里太远了吧。"便把目光投向母亲，母亲说："在周围村里转转就行，卖多卖少也不打紧，剩下的咱自己吃，卖的钱归你们，买点学习用品啥的。"我一听立马来了精神，我一直想买一本小画书，这下就有着落了。于是，抢在二姐之前答应下来。二姐考虑了一会儿问："那卖多少钱一斤呢？"母亲跟二婶一商量，给出了均价：两毛钱左右，实在卖不了，一毛七八也行。"可我们不懂秤啊，咋办？"我问。

母亲说："这好办。"

进了家门，我们先着手把放在天井的两捆大葱分开，去掉干枯的葱叶，母亲用秤把葱分成一把把，有一把一斤的，也有一把两斤的。收拾干净的葱和我的食指差不多粗，一端顶着绿油油的葱叶，葱白很长，根部支棱着一簇宛如张飞脸颊上"虬髯"的葱须，带着点雨后的泥土，看着就鲜亮。

母亲从过道里推出推车，我俩把二十来斤的葱放到车上。母亲找来塑料布将葱盖好，又从屋里拿出了一个钱袋，递给我，沉甸甸的，我抖了一下，硬币相互碰撞着发出哗啦哗啦的响声，脑子里不由得想起阿凡提摇钱付款的故事。

二姐推着车，我提着钱袋子，走出家门，一路向东，再往南，朝着东李村的方向走去。

路上我俩面色凝重，各怀心事，一语不发。田野里的玉米苗喝足了水分，一改往日蔫头耷脑的样子，个个仰仗着脖子，如治愈后的罗锅般高出了好多。

刚进东李村，二姐就对我说："老三，你喊啊！"

我说："你喊吧。"

二姐说："我推车，你喊。"

"那好吧，喊啥啊？"我问。

"你说呢？"二姐反问。

我酝酿了半天，憋得脸红脖子粗，也没喊出来。二姐也不说话，把车子放到路边，看着我。

"走吧，"接着"卖——葱——了——"顺着我的喉咙滚了出来。

二姐面露喜色，推起车子往村里走。就这样，我俩开始走街串巷，做起了平生第一次生意。

事情并没有那么顺利。没走多远，就看到我们班主任正搬着自行车跨出门槛，吓得我赶紧往前跑。估摸着老师走远了，才敢回头。二姐倒是不紧不慢地推着车子走过来，我这才又扯起了嗓子。转了一圈，在东李村根本就没开张。两人有点儿灰心丧气，但不能就这么推着回去啊，于是向殷家庄进发。

村头，有几个人在说话，老远看见我俩，可能对车上的东西感兴趣，等走近了，有人打招呼，问：干啥的？我说：卖葱。在他们的注目下，我们走进村子。

走到大街上，我又亮出了嗓门儿，“卖——葱——了——”村头儿说话的人中有一个赶上来问价钱，还跟我们讨价还价，并道：“跟你们说，这天又快下雨了，卖完快回家吧。”我也心里起急，有母亲的最低价挡着，我一口答应他还的价。二姐本来想阻止我便宜卖出的，但被我的回应憋回去了，就拿冷眼旁观。不管咋样，我们算是开张了。

陆续地又有几个村民听到我的叫卖声，走出家门，买走了好几把葱。我一边找零钱，一边给人家拿葱，忙活了一会儿便无人问津了。于是继续往里走。二姐一边走一边嘟嘟：“你卖的价格太低了，回去咋跟妈交代？”“你看这天阴的，再不卖怕是都得推回去了，价格是有点儿低，可也没超出妈的底线啊。”我说。

我一边走一边吆喝，走到村东头，竟然再也没遇到过买主，没办法，两人又往回走，下一站西李村。

在西李村卖了两把，天渐渐黑了下来，我俩商量着往回走，剩下的几把拿回去自己吃。我点了点兜儿里的钱，除去本钱挣了三块多点儿，现在来看确实微乎其微，可那却是我们挣的第一笔钱。

回到家，跟母亲一汇报，母亲连说：“不赖不赖，刚才有一阵天很阴，我还担心淋到你们呢，好在没下起来，回来就好，回来就好。”

我把钱交给母亲，母亲本想给我俩零花钱的，我俩都没要。

周末卖玉米

第二次做生意是骑车卖玉米。那是刚升入高二的一个周日，时值处暑，玉米正是籽粒饱满尚未成熟之时，也是煮玉米最好吃的时候。

中午，外出的母亲兴冲冲地回来了，一进门便喊我，见我正忙着收拾上学的行装，嗫嚅着同我商量："听说今年的玉米价格好，煮熟的鲜玉米很好卖，你上学还早，跟我去掰些玉米煮了卖吧。"

说实话，我真不想去，一是怕耽误晚自习，二是磨不开面子。可又一想，母亲不会骑车，大姐已然出嫁，二姐又干建筑，我不去谁去？一种家庭的责任感让我无法拒绝；再者，我上高中虽然省吃俭用，但还是家里花钱的大户，每次跟母亲开口要钱时都憋老半天，这不正好给了我回报家庭的机会嘛，于是欣然同意。

我载着母亲来到自家的田地里。成片的玉米棵子站着方队，横竖成行。微风吹过，玉米叶子随风摆动，活像一个个亭亭玉立的姑娘正在翩翩起舞，一边舞蹈，一边唱着"沙沙"之歌。又像一个个侍卫，拉着一把把大刀，舒展着边缘的芒刺，横在玉米间隙里，一排排一列列的，互相拉着手，随时准备拦截闯入者，严阵以待地守护着玉米棵子腰上的果实。一尺来长牛角似的玉米棒子插在茁壮的茎秆上，半大熟的玉米包裹着竖条纹浅绿色的外衣，鲜嫩粉红的樱须形似女孩子的羊角辫。

为了抵抗玉米叶子的拉刺，我和母亲都身穿长裤长袖上衣，脖子里系上一条毛巾，头上戴着草帽，手缩进袖子里，攥住袖口钻进地里，四下寻找大个的玉米。

母亲告诉我识别玉米的方法，我按照此法鉴别既不老又不太嫩的玉米。瞅准了一只又肥又嫩的大玉米，紧走两步，左手扶住秸秆的中端，右手牢牢抓住玉米，用力把它从玉米秆上掰下来，随着一声清脆的"咔嚓"声，玉米稳稳地落在手上。接连数声后，玉米纷纷落入尼龙袋子。不大会儿的工夫，袋子满了，我将袋子拖出玉米地，母亲也掰了一袋子钻出来。我们把袋子抬到车子后座上，母亲用绳子缚好，在后面扶着，我推着车子往家走。

等我们回到家，把玉米从袋子里倒出来，母亲开始忙着刷锅添水，我扒玉米。先扒去玉米厚厚的外皮，留下内里的玉米皮包裹着均匀分布如珍珠般的玉米粒，后将玉米须抽离，最后下锅，点火开煮。

随着热气的升腾，香味也散了出来。母亲搬出竹筐，铺上一层洁净的塑料布，上面又铺上一层干净的笼布，再把煮熟的玉米捞出，放进大盆里沥水。最后将熟玉米一个个摆进竹筐。在母亲的帮助下，我把竹筐绑缚在自行车的后座上。拿上零钱，推着车子出了门，在母亲的目送下向边城（潍高路以南立交桥往东至义务段）方向骑行。

听母亲的话，附近的酿造厂，外贸公司等单位的家属区无疑是卖鲜熟玉米的最佳去处。

从第一家外贸公司开始，进门很顺利，我一路走，直达家属区。卖东西少不了吆喝，自从出门，我就做好了心理准备，所以很顺畅地亮开嗓门开始招揽生意：“卖玉米了，刚煮的鲜玉米嘞。”刚开始，没人出来，我刚要走，有人从后面喊我，我心中一喜，生意来了。

一开始五毛一个，接连卖了一大半，筐里只剩下几个了，我就一块钱仨处理掉了，这一趟竟然没用多久就卖完了。

高高兴兴回到家，母亲一看喜上眉梢，忙活着又煮了一锅，这第二趟可就费劲了。

我骑车又来到了外贸公司家属区，有好心人提醒，院里的人差不多都买过了，建议我到别处去看看。于是，我又来到生产资料公司的门口，正要进去，却被看门人制止了。看门人五短身材，很粗壮，三四十岁的年纪，一脸的横肉。他问我干啥的，还说闲杂人等不准进。那面孔像谁欠他两百吊钱似的，极为严肃，丝毫没有商量的余地。我不再说话，推着车子就走。又到童装厂转了一圈，没开张，心里有点起急。经过好几个单位门口，丝毫看不出有什么生意可做。

当我再次走到生产资料公司门前的时候，我又停了下来，靠近门口，从筐里拿出两个玉米给那看门的，说：大叔，你就让我进去吧，我只去家属区。这回他的脸色立马缓和了，重复地强调说：你进去可以，只能到后边儿的家属区卖，不能在生产区吆喝。我满口答应，骑上车子往里走。

令人失望的是进去了却没有人买，难道是周末都不休息，没人在家？我把车子一撑，顺着胡同对着每家住户都吆喝两声。这招很奏效，真有人出来买了，只是买的人不多，而且这里的人显然没有外贸公司的人和善。没办法骑车离开，走到门口儿，看门人嬉皮笑脸地说，棒子很香，下次再来呀。我心里一阵闷哼，恨不能哼他几个跟头，甭下次，我再也不来了。

我又跑了几个单位，一直等到卖完了才回家，用时是第一次的两倍。

回到家，母亲满意地夸我能干，但我心里却不怎么舒坦。

暑期打工

第一次给人打工是在高二的暑假，也就是1993年的夏天。

放假了，骑车走在回家的路上，考虑到长长的假期，还有学校布置了“社会实践活动”的任务，就和同行的阿莲商量结伴找个地方挣钱去，顺便完成学校布置的实践作业。

第二天，我去找初中同学小云玩，她已经下学两年了，正在冰糕厂上班。我把打工的想法告诉她，她答应明天上班后问问老板的意思。翌日上午，她便跑到我家，告诉我下午就可以上班了。

中午，吃饭时，父亲给我分配劳动任务时，我说我要去冰糕厂打工。父亲坚决反对，说：你这憨大虎实的，出去会吃亏的，还是在家里安安稳稳的，替家里干点活吧。我扔下饭碗，跑到屋里抹眼泪，憋在屋里不出来。母亲心疼我，劝父亲，最终父亲同意了，我才破涕为笑。

下午和阿莲骑车去了冰糕厂。一进大院儿，注意力便被一阵吵吵嚷嚷声吸引过去，很多商贩推着后座上缚着冰糕箱子的自行车正排队等候在出货口。我们无暇顾及，往里走，找到小云。她领我们先去见老板，然后带我们参观了冰糕厂的生产车间和冷库，并介绍了生产流程。

直到现在，我对冰糕厂的设施仍记忆犹新。院子里放着很多大水缸，上面盖着大大的盖子。其中一个是调配缸，刚打开缸盖儿，就见里面黏稠的红色的冰糕原液，上面蜂拥而起的蚊子，让我大跌眼镜。霎时我的心摔成了八瓣，不自觉地手捂胸口，差点吐出来。心想，冰糕是这么做的吗？妈呀，我可不想在这样的地方做这样肮脏的东西。小云赶紧把盖扣上。抱歉地说：“这是个废弃的缸。”接着又开了好几个缸盖，确实，除了那个废弃的缸外，其他的缸都是洁净的。

厂区不算大，一会儿就转到了车间，车间里也有几个缸，缸里盛着调配好的冰糕液，白色的浓稠的液体没有一丝杂质。

有人用大铁勺子把冰糕液舀到铁模子里，再把铁模子放到盐水池里。盐水池里冒着散发着咸味的冷气，使得两间屋大的工作间里异常凉爽，把大热的天隔离到室外。盛着冰糕液的铁模子在盐水池里排着队，等待冷冻成型。利用这个间隙，工人们将冰糕棍儿插入一个个小窟窿眼里。一二十分钟后，冰糕液冷冻成型，铁模具们按顺序被请上工作台，工人们把冰糕取出放到宽大的不锈钢台板上，用包装纸包裹好，码好放进纸箱，送进冷库。

小云对着冷库门，说：“我带你们进去看看。”想进冷库，必须穿上棉大衣。小云给我们拿来大衣，我俩有点兴奋，相视一笑，接过大衣，急急地穿上，在小云的带领下进入冷库。一进门，冷气便铺天盖地地向我们压过来，好像一个巨型冰怪终于等到了鲜美的食物，张开大嘴往下吞。我不自觉地打了几个寒噤，牙齿咯咯地碰撞着。四周都是一箱箱码得整整齐齐正待出售的冰糕。

临出冷库时，小云顺手从冷库里拿出几只山楂冰糕给我们，说这是这里最好吃的冰糕了。我一想起刚才看到的水缸里的蚊子，就对这冰糕没了兴趣。小云看出我的心思，说：“放心吃吧，这些不是废弃缸里的原液做的，这山楂冰糕比较稀缺，在外面一般是买不到的。”我这才接过吃了起来。

参观完了，就该干活了。我和阿莲加入工作队伍，加液，搬模具，插棍儿，包装。一下午没怎么歇着，感觉腰酸背痛，估计是搬铁模具累的。那确实是个累活，一起一蹲的，又那么沉重。干活的虽然不少，也都是跟我差不多大的姑娘，还有几个曾经还是同学。但我在弯腰搬模具时总感觉背后有人冷眼旁观，说话时也是打着哈哈，生分得很。我是个为人做事都很实诚的人，没有那么多的弯弯绕绕，总感觉大家都在一起干活，互相帮衬。可没想到，我越想和她们打成一片，越是融不到一起，她们拿我当傻子呢。

第二天，阿莲没去上班。我坚持了八天，后因学校有事，结束了这次打工历程。

短短的八天里，让我见识了很多，有功于心计，有冷眼旁观，也有见风使舵。没想到在这几个人形成的小团体里，也隐藏着一个小社会，真是让我大开眼界。不过，社会的历练确实能让人快速成长，从这方面看，我得感谢这短短的八天。

打工让我收获了四十多块钱，我一点没留，全数交给了母亲，虽然不多，却是我劳动所得，希望能补贴家用。

所以说，苦难对于个人的成长未必就是坏事。“一个人，只有经历过原以为不能克服的事情，才会知道，一个人只要有勇气，真的可以改变很多事情。”

福窝

1994年，我跨进大学的校门，住进崭新的宿舍楼，值得高兴的是，冬天一到，宿舍教室暖气烘烘，再也没有冻过手脚，更令人欣喜的是伙食的变化，一切都让我感觉惊喜贴心与温暖，俨然掉进了福窝里。

大学的伙食着实让我欢喜了很长时间，不仅菜品丰富，饭食也花样百出，油卷、油饼、包子、油条都有。打饭的窗口后面摆满了大盆，大盆里各式各样的炒菜冒着热气把香味送出来，餐厅里被各种香味包裹着，吸吸鼻子，陶醉在美味中。

那时，一栋教学楼容不下过多的新生，我们的教室被安排在平房里，不过也好，对面便是餐厅。

大学的学习跟高中比，简直是轻松加愉快，课余时间也多，操场上到处是三三两两散步的学生。上午第四节多是自习，很少上课。上自习时，离放学时间还有十几分钟，有人便拿出快餐杯摆到桌上，等待的过程总是漫长的，于是，快餐杯便与桌面发生碰撞声，引来一阵哄笑。逢老师上课又遇拖堂，同学便悄悄拿出快餐杯放到桌角上，以提醒老师要吃饭了。

吃饭前的心急促使着同学们下课铃还未响就冲出门口，被学管处抓了现形后便改为踏着铃声出教室了。因为近水楼台，我们班的同学总能抢先出现在餐厅，早早地打上自己喜欢的饭菜，有的坐在餐厅里吃，有的拿回宿舍吃，再也不用在楼道里吃了。

冬天，暖气一送，盖一床被就能过冬了。

经常逡巡在打饭的窗口，盘算买啥更合口味，吃啥最经济。早饭是最便宜的，一个馒头一份粥，三角钱，午饭和晚饭比较隆重，吃得也多，一个馒头一份菜，最便宜的菜四角一份，偶尔也换成六角的给自己开开荤，这样，一天下来不足两块钱，一个月五十块钱就够了。

因为年轻，消化快，下了晚自习，肚子就饿得咕咕叫，这时，大家都会吃点东西以慰藉快速蠕动的肠胃。吃的东西不过就是方便面、火烧、零食，印象最深的是用暖瓶下面条。

你见过用热水瓶下面条吗？大学时期，我是常吃这道饭的。面条是指干挂面，几毛钱一斤，能吃三四次，比起到餐厅打饭经济了许多，而且连吃带喝，很舒服，就是少了油水，所以很适合作宵夜。

一个空暖瓶里装上两三两面条，拿到开水间，支付五分钱的水费，将滚烫的开水冲进暖瓶，大约冲至一半，用力摇晃，让面条和水充分接触，这样避免面条粘在一块，十秒钟后，将热水倒出（因为有看管人员，所以给她的感觉就是在涮洗暖瓶），再冲热水，热水也不宜太满，然后盖上壶盖，提回宿舍，闷三五分钟，将大部分水倒出，最后晃动着暖瓶将剩余的水和面条倒进快餐杯，就可以食用了，如果能配上点小咸菜，就完美了。

提起方便面，我就想起广饶县的广丰方便面，说起来，这个厂已经倒闭十几年了。当年的广丰方便面还是很受欢迎的，尤其是在集市上销售的碎方便面，可是我的最爱。碎方便面用塑料袋盛着，四块钱一包，一包五斤，能吃一到两周。

抓一大把放进快餐杯里，放入调料，用热水一冲，盖上盖，闷几分钟，把盖掀开，一股浓浓的方便面所独有的味道扑面而来，咸香中弥漫着一丝清甜。极富弹性的碎面在香气里卧着，吸饱了水分之后，变得有些肥胖，表层飘着一层油花，把人的味蕾和肠胃都调动起来了。吃上一口，碎面软软地滑过唇齿之间，盛开着倾城的味道，这味道中还夹杂着香菜的新鲜，和葱花的清香，实在是极为好吃的享受，而且用勺子舀了就可送进嘴里，的确方便，只是少了弯曲的弹跳口感和吸溜吸溜的声响。

工作后，在乡镇中学待了八年，那里生活条件极差，没有自来水，得自己到伙房的水池子里打水，教室、办公室、宿舍一律是平房，还透风撒气的，取暖的设施只有炉子。一入冬，学校就会发炭，每人两百斤在宿舍里烧，办公室另外供给。伙房的饭菜自是不敢恭维，于是又开始怀念起那个福窝了。

馋嘴丫头

也许是年龄到了，经常会被某个事物勾回到小时候，在三四十年后的今天，一些曾经的往事总能让我魂牵梦萦，嘴角弯弯。

见瓜说瓜

五月中旬，随着队伍走进大码头镇，好久未有的触动频频来袭。我也是从农村走出来的妮儿，曾经目睹和参与过多少年的春耕秋种。即使现在，父母在村里居住，对村里的管理模式并不陌生，然而，面对参观的东河口村、小刘桥村、房家村时，还是惊讶于它们的现代化。

车辆停稳，下了车，眼前是东河口村的种植基地，走进他们的瓜棚，一股热浪扑来，一时竟有些窒息。先不说赤着的胳膊如何毛孔张开，也不说瓜棚里人影晃动，光喘气这一个问题，就够人忙活的。戴了口罩的口鼻好似又加了一层 N95，实在是捯不过气来了，迅速把口罩拉到颌下，连喘几口热气，顿时，热气完成了里应外合，浑身上下都因被热气包围而暖洋洋了。

气息喘匀后，才看到瓜架上的瓜蔓和瓜。现在的农村已今非昔比，什么都讲究科学种植，尤其是果蔬都被请进大棚，架到半空，一改曾经的匍匐在地，不仅产量高，而且想啥时候吃什么也都不是难题。

瓜棚高大威猛，沿着大棚的边沿还有专门的运输车和运输轨道。瓜的品种虽不多，但也够吃了，什么甜瓜、羊角脆、哈密瓜，都无一例外地倒挂在瓜架上，小的青涩可人，大的成熟饱满，那份甜脆总让很多人欲罢不能。好多姐妹品尝后大声四寻求工作人员的帮助，开始采摘购买。

说实话，在众多瓜里，我最喜欢吃的还是西瓜，这些小瓜是不怎么讨我喜欢的，这不仅是口味的问题，还与我个人身体素质有关。看着一个个悬挂在瓜蔓上的瓜，年少时放风偷瓜的往事便萦绕眼前。

二十世纪八十年代初，一到春天，各家都会在自家的地里偷着种上点小瓜，为什么非得偷着种呢，这得从头说起。

那时候的瓜秧是匍匐在地上的，瓜多种在地头，不仅为了管理、采摘方便，还为瓜的成长提供充足的阳光，要知道光照时间越长，瓜就越甜。然而这一方便不打紧，也给馋嘴手贱的家伙提供了方便。

到了夏初瓜熟时节，满地的瓜遮都遮不住，一眼就能识别哪个熟了，哪个该摘了。主人每天视察，就等瓜熟蒂落摘回家，一家老小甜甜心眼子。但老虎也有打盹的时候，总有嘴馋的管不住手脚，专挑大的熟的摘去吃，摘了也就摘了，吃了也没啥，偏偏那个气人的不懂得怜惜，把瓜地踩得一塌糊涂，这还不算，还把瓜种和不能吃的瓜把儿扔在地头，气得主人在地里大骂那个遭人恨的王八羔子。渐渐地大家都学聪明了，瓜地就从地头悄然移进地里去了。

我因为肠胃不好，吃瓜会闹肚子，但这并不影响别人爱吃，再说，母亲也不会因为我一个就不种瓜了。母亲在棉花地里套种了瓜苗，但是因为光照达不到，瓜不开个儿，即使有长开的甜度也不够，母亲也就失去了种瓜的兴趣。

这年夏初，我们姐妹仨在棉花地里打杈子。时近中午，太阳如火球般炙烤着大地，棉花地里密不透风，渴得我们嗓子眼冒烟，仨人商定干到地头歇会儿。

我是个干农活的“劳模”，等我到了地头，那两人早不见了踪影。正当我坐在树荫里擦汗歇息的时候，老大老二回来了。老大神秘兮兮地问我：“老三，你渴不？”

“嗯，这样的天能不渴嘛。”我说。

“你吃瓜不？”她紧接着问。

“吃不吃都行。”我实在是渴得不行，接着又问，“哪儿有瓜？”

“你和老二去摘，我放风。”放风？这不是去偷嘛，可又一想，不偷难道还有人给你送嘛。老二站在一旁一声不吭，我似乎有点明白她俩的用意了。

“俺不吃也不去。”我坚定地说。

“说实话吧，刚才俺俩去踅摸了，邻村的地里种着一大片瓜，熟的不少，要不这样，你放风，俺俩去摘。”她这话说得好像那瓜是自家的一样，我也终于悟透了她俩的真实用意。

“还是别村的，不好吧？”我实在找不出别的话了。

“抓不着都一样，抓到了跟你没关系。”老二终于发话了。

我是最不情愿干这样的事情的，正要拒绝，那两人像猴子一样头也不回地蹿出去了。唉，虽不情愿也不能让她俩被人抓了不管啊。于是，我两眼不眨地望向大路，心里祈祷着，千万别有人来，盼着她俩快些回来。

大路上偶有从北往南走的行人，我吓得心提到了嗓子眼，目光一直盯着那个人，好在他没拐弯，有惊无险。

终于，两个人手里拿着几个银瓜回来了，我们一顿大吃，满足后，抹掉粘在嘴角的瓜瓤和瓜种，又钻进了棉花地。

麦香

小满后，小麦的籽粒开始灌浆饱满。

自从父母的土地被政府征用后，我有好几年没进麦地了。

五月底，回家的路上，我被路边田地里的几个稻草人吸引住了，心中不觉纳闷，怎么这个季节还有稻草人啊，种的什么稀罕作物，竟然让主人家如此看重。仔细一瞧，原来是麦子。见过在谷地里下稻草人的，也见过在芝麻地里扎稻草人，还真是第一回见在麦地里设稻草人。不管怎样吧，麦地确实成功地勾起了我的欲望，这欲望源于生命中根植的那份养育，还源于某种熟悉的庄稼叶脉上的记忆。

前些年自家种地时，因学业或工作，总是错过燎麦子的最佳季节，当然也是因为生活条件好了，对那份来自童年燎麦子的记忆搁置了吧，总之是很少再吃燎麦子了。

从六七岁起，我就是家里的火头军。放了学就忙着烧水做饭，所以没少吃燎麦子。那时根本不懂什么小满芒种，估摸着麦仁颗粒饱满了，出了家门到伸手可及的邻村麦田里掐一把，不仅是方便，大概还与这“偷”来的别有一番滋味有关吧。

把麦子码齐，将十几厘米长的麦秆用麦叶缠结实，手拿着麦秆就着做饭灶膛里蹿出的火苗燎一下。先燎去麦穗上的麦芒，再通过烧烤麦麸将热量传递给最里层的麦仁。麦芒一旦跟火碰到一起，瞬间便化作一缕青烟不见了踪影。接下来就是炙烤外麸，不断地翻转麦秆，以免因受热不均匀。直到外麸都被烤得发了黑，方才罢手。此时，有麦香萦绕，飘出饭屋，飘向院子，竟然把守在院门外的小黑狗招了回来。

把面目全非的麦穗放到地上，松开缚着的麦叶，摊开来。待热气散得差不多时，抽出两穗交与掌心，两手对搓，有热气生出有些烫手，却抵不住麦香的诱惑，于是，继续搓。感觉掌心里的热气膨胀得快爆开了，这才把捧着麦仁外麸内麸还有麦梗的掌心摊开。此时的掌心上已是黑黢黢的，用牙齿将麦梗叼出，再两手倒几下，嘴里鼓起一口气，朝着麦麸猛吹。一时麦麸横飞，最终也不得不臣服于万有引力，落到地上。反复搓几次，仍有小部分的内麸对麦仁不依不舍，只得用手将其分开。终于搓出香喷喷的麦仁，一口捂进嘴里，这一捂不仅把麦仁送进了嘴里，连同手上的灰也没放过，一并按在嘴唇周围，犹如长了一圈的胡子。没有别人，也就不怕讥笑，吃是最关键的，哪有工夫看胡子，麦仁越嚼越香，这款带着童年独家味道的记忆温馨而甜蜜。

我对电动车后面的女儿说：“咱去麦地看看？”

“看看就看看。”女儿的回应让我立刻刹了车闸，停好车，我们一起走进麦地。

田野里的小麦，绿里泛着黄，齐刷刷密麻麻地占据一方，锋芒尽露，大有你敢碰我，我就刺你的架势。它不知道我曾经吃过它好多代的祖先，并且还会继续吃它和它的后代，我对此丝毫没有愧疚，但有感恩之心。伸手触摸它的锋芒，刺刺拉拉的，包着外衣的麦粒鼓鼓的，摸一下，邦邦硬，心下竟一喜，生出一个贼主意来。

我掐了几穗麦子，装进衣兜。扭头间，发现女儿正在往口袋里塞东西，被我一看，脸颊微红，随后不好意思地“嘿嘿”一笑。回家后，我们把口袋里的麦穗掏出来，展现给父母看。家里不种地也有几年了，面对这“稀罕”东西，父母也来了兴致。

不一会儿，母亲不知从哪里抽了把麦秸，就地点火，父亲用夹子夹着麦穗在火上燎。见火候差不多了，我拿起簸箕，将燎好的麦子揉搓去皮，这一搓一簸一吹，手黑了，眼累了。簸箕里一小撮麦仁绿莹莹的，透着亮光，宛如雕琢好的玉石粒儿，好看极了。它们有的仰面朝天，露着凹陷的肚腹，传递着快乐的气息；有的卧着，像一只只小虫，大有冥思苦想状。看着绿色莹润的麦仁，竟然不舍得下嘴了，最终欲望战胜了理智。我用拇指和食指将麦仁一小捏一小捏地分开，分给父母和女儿，自己也捏着几粒送进早就巴巴地张开的嘴里，慢慢咀嚼，香甜中带着一点劲道，熟悉的味道充盈着口腔，乃至咽喉，满满的尽是熟悉的味道。

眯着眼，摇着头，原来幸福竟然如此简单。

青玉米

久居乡镇学校，每天的茶余饭后，与同事漫步在学校西边的田间小路上，看着眼前的庄稼地，欣赏着落日的余晖，日子过得还是蛮惬意的。

学校周围都是附近村民的田地，种的作物不过就是小麦玉米棉花大豆，然而，更多的是此地的特产——大蒜（花官蒜薹因味香纯正、适合冷藏的独特品质远近闻名，并作为特产被记录到教科书里）。还有一家种了小瓜，正值瓜熟的季节，瓜香四溢，馋得我直流口水。偷？于心何忍！买几个尝尝还是可以的。说到偷，不免想起那晚偷玉米的经历。

那是秋天的一个傍晚，吃过晚饭，天气闷热，恰巧停电（在那个穷乡僻壤的地方，停电是很正常的），室内是没法待的。于是，坐在门外和几个同事聊天。说着说着，便把话题转移到玉米身上。平说：“学校西边的玉米满粒了，咱们去弄点，回来煮着吃，咋样？”一说到煮玉米，有人的馋虫就被吊起来了，一个劲地咂嘴，最后多数人同意去掰玉米。

有人打开手电筒开始在屋里找袋子，有人去换鞋。我心里是不愿意为了一口吃的而去涉险的，打小没偷过人家的东西，要说没干过呢，也给人放过风，不过直接下手还是没有过的。禁不住大家的怂恿，跟在他们后边，出发了。

夜色很美，月光清凌凌地投在眼前的玉米地里，小虫们不知疲倦地叫着，使这夜色愈加清静。路旁的树木静静地立在那里，好像长着眼睛，盯着我们从它身边经过。来家沟里的水哗哗地流着，仿佛在表达着什么。我脚步迟疑，前面的几个人见我拖拖拉拉，又给我做工作。

香开玩笑地说：“你不去不行，回头再举报我们，咋办？”

丽说：“走吧，没事的，你看着，我们掰，回去给你吃大的。”一句话引来一阵笑声。

平赶紧打嘘，压着嗓子说：“小点声，别让人听见。”

我也只得硬着头皮往前走。

我们小心翼翼地跨过横在来家沟河面上的一根预制管，然后顺着大路，来到一片比较偏远的玉米地，主要是为了不让人家发现。

简单分了一下工，我又顺理成章地成了放风人，他们则都雀跃着去掰玉米。

掰玉米需先沿着路边下到田里，看着他们下去，斗着嘴钻进玉米地，我开始在大路上来回地走。

做贼的感觉真是不好受，心里像揣了一只兔子，怦怦直跳。我左右观望，百无聊赖，一会儿看看月亮，一会儿望望远方，一会儿又走到沟边看黑暗中的水流，河水犹如一条白色的带子发出哗哗的响声。初秋的夜色很是撩人，只是我心神不定，与这风景少了些默契，多了几分违和之感。

路上偶有晚归的村民，我就紧张得不行，提前告诉他们，“有人来了！”等人家走了，再告诉他们，“好了！”

终于盼到他们出来了，平探出脑袋，犹如惯犯般先左右瞧了一番，见一切正常，才招呼着大家一起爬坡上来，袋子里半浅不满的。

平说：“收工！扯呼！”于是，平扛着“劳动果实”往回走。

刷锅、扒皮、倒水、点火，煮起来。不大一会儿，香味便冲破铁锅，在室内外缭绕。

出锅了，大家各自拿着吃起来，边吃边说：玉米很香。

丽一边吃一边说：“你们知道我们掰的是谁家的玉米吗？”

“不知道啊。”香说。

“是我家的。我不好意思偷人家的，就领你们进了我家的玉米地。明天回家，跟俺娘说说去，别让她瞎捉摸，骂错人，哈哈。”

“你咋不早说啊，要知道是你家的，我就直接下手了，何必像做贼一样在路上忐忑不安。”我道。

“哎，咋觉得这玉米吃起来更香了。”平的话引来一阵笑声。

◎ 第三辑

禾芗

生机无处不在，
每一种草木都有静默的呼吸，
活在自己的位置上，
白也好黑也罢，就像此刻，
遍地葱茏在黑里，
暗暗涌动着力量。

春来荠菜香

时令虽临近雨水，却被一场倒春寒闹得风寒料峭。走在孙武湖边，不经意地，被路边草丛里稀稀拉拉探出头来的小脑袋瓜吸引了，用脚尖扒拉了一下，竟然是“拨雪挑来叶转青，自删自煮作杯羹。宝阶香砌何曾识，偏向寒门满地生”的荠菜。

源于对荠菜饺子的垂涎，我和乔木来到湖边的一处树林。刚进树林，一片空旷裹挟着嫩绿闯进视线，荠菜们把浑身的绿色挤出来，密密麻麻的小绿拼接而成一大片一大片的嫩绿。

多久没见到室外的绿了，视野的饥渴被一片片蔓延开来的绿意充斥得顿时饱满起来。菜菜们挤着身子带着响声地往上长，几滴露珠滑落，浸润到湿黑的泥土里不见了。

树林里一片静谧，几只喜鹊穿梭其间，清脆的“喳喳”声响彻树林，在半空回旋，似在发布着什么好消息。

树木在入冬前就被修剪了树枝，酷似当下时兴的板寸。被剪下的树枝零零散散地横在地上，散发着凄凉与无奈。结了冻的土地已经融化，耳边传来土壤在喝饱了水分后，满意地张着嘴巴快乐的咂嘴声。即使没有荠菜，仅这一片静好也让我心生欢愉。再看脚下的菜菜们，一盘盘的荠菜饺子便从脑际连蹦带跳地盛到眼前。

值得一提的是，这里的树林除了树，就是一片几乎没有杂草的土地，仿佛是一片果园。嫩生生的荠菜，在微风中挥动着它们绿色的手掌，招呼我，欢迎我。我踩着松软的泥土，脚步轻捷地一步步迈向它们。

找到一个能下脚的地方，蹲下身子，塑料袋往边上一放，右手拿着镰刀开始成片地从底部横扫，左手配合着提拉捡拾。我将其中一棵比较大的荠菜握在手里，往上一提，荠菜拖着一条白生生的根跳了出来，那细长的根上还生有更细的根须，活像老鼠尾巴。这白生生的荠菜根，让我不由得想起小时候捡的茯根。

那是秋耕时，土壤里翻出来的一条条细长白嫩的茯根，父亲说茯根可以蒸了吃，味道还不错呢。于是，我们就跟在马拉的犁后面，捡拾茯根，竟然捡了一大捆。中午便吃上了人生仅有的那次茯根大餐，真的如父亲所说，又甜又面。虽然过去很多年了，但在记忆里依旧鲜活如初。

想着想着，我放下镰刀，左手拽着菜叶，右手食指拇指一捏，把荠菜根一撸，截了一段放进嘴里。感觉不甜也不面，倒是荠菜味浓厚。我伸着舌头将荠菜根吐出很远，口腔里还有些许土腥味。乔木笑了，我拿眼斜他，他还是止不住地笑，还说："潮妮子，剁成馅煮熟了才好吃呢。"

我俩各守一方投入了一场没有约定的竞争中。镰刀挖，用手提拉，甩下泥土，再挖，再提，再甩，在不断地重复中，我们也不住地挪移着脚步，寻找更大更多的荠菜，塑料袋被荠菜渐渐地填满。

说起荠菜，品种也并不单一，有板叶的，也有散叶的。大多数的荠菜很嫩，还处于苗状，在凹凸的地段生长的荠菜会大一些。也有的从中间鼓出一包小花骨朵儿，零星的几棵顶着白色的小花，颤巍巍地在春风里得意地笑着。

脑海里闪出以前学过的张洁的作品《挖荠菜》，文章一开头是这么写的："我对荠菜，有着一种特殊的感情……"我对荠菜也很有感情。小时候，虽然没经历什么大灾大难，也没遭遇到过吃了上顿没下顿的年月，但父母都是过来人，对往事有着刻骨铭心的记忆。

听母亲说，生活困难时，荠菜就是救命草，不仅好吃而且有营养，跟宝贝似的。饿得眼睛发着绿光的人们都把目光投到土地上，有点绿色，就被干瘦的手指抠出来直接塞进嘴里咽下去，连树皮都被扒光填了肚子。每年春天青黄不接之时，就容易闹饥荒。不管地里有没有野菜，母亲都会跟着姥姥提着篮子去挖野菜，好像只有这样，才能让空着的肚子看到希望。

还记得那年春天，我怀着八个月的羽，跟着母亲一起到麦田里挖荠菜的情景。正是春和景明时，麦苗泛着绿，春风和煦，柳枝摇摇，一望无际的田野令人心旷神怡。站在麦田里，春风拂面，像母亲的手那样柔软。田埂上、麦垄间星星点点的荠菜让我不得不屈膝俯身，有时候直接跪到地里，向一侧倾身，右手拿着镰刀挖，再用右手捡起扔进不远处的篮子里。母亲见我行动费劲，就让我只提篮子，我便围着母亲转。母亲挖菜很快，眼也尖，一会儿工夫，就装了大半个篮子。

母亲用荠菜炒鸡蛋，包水饺。直到现在，年逾古稀的父母仍然以挖野菜为乐趣。挖得多了，吃不了，就打电话让我们回家拿，或者用热水一焯，一团一团地装进塑料袋放进冰箱冷冻，啥时候想吃了随时拿出来化开吃。

“哎！想啥呢，那么出神？”乔木的叫喊声把我拉回到现实，看看各自挖的一大袋子荠菜，我们心满意足，于是收拾收拾离开。

沉甸甸的荠菜在袋子里骄傲地晃动着，我打定主意要拿出一袋子给二姐，父母这一冬天住在二姐家，这么鲜嫩的荠菜正合他们的牙口，现在老两口出不来进不去的，当然也挖不着荠菜，更甭说吃了。

饺子好吃，菜难择。那么一袋子约五六斤的荠菜，我足足用了八个小时才择完。一手操着小剪刀一手捏着荠菜根，像大夫做手术一样将荠菜的根部切除，再扯掉干黄腐烂的败叶，偶尔瞟一眼电视上播放的影片，那个身影，活像个机械师。

我将择好的荠菜放到水盆里，用清水冲洗了四五遍，然后投入烧开的热水里，焯一下，再捞到笊篱里沥水。这才去忙活着和面、炒鸡蛋、切火腿、择洗韭菜。一切准备得差不多了，开始切荠菜，横着切、竖着切、再剁，直到荠菜变成碎末才放入菜盆。又将切好的韭菜放入其中，菜盆里红的火腿，黄的鸡蛋，绿的韭菜、荠菜，白的葱末。再放入盐、鸡精、香油、酱油。等馅调好了后，便迫不及待地包起心心念念的饺子。

忙活了半天，终于可以坐下来吃饭了。将一个饺子塞进嘴里，随着牙咬舌拌，一股熟悉的味道溢满口腔，滑入咽喉，唇齿间的荠菜香久久不散。最吸引我的还是那面皮里裹不住的绿，成功地勾起食者的味蕾，让人迫不及待地频频下筷，吃它个沟满壕平。一盘水饺下了肚，胃一下撑起来，打了个饱嗝，心想，这两天的工夫没白费，一家人吃得很舒坦。

这几年，人们似乎更加热衷食用这道乡间野菜了，因为它不仅有营养，而且天然无公害，关键是唇齿留香，令人难忘。

捋榆钱

捋，以五指持物，表意。本义为用手握住条状物向一端滑动。

——题记

生活捉襟见肘时，食物匮乏，虽然没有到啃树皮的程度，但在初春，青黄不接之时，适时地挖摘田野树木送来的时令根茎、叶果，填饱肚皮，也是常有的。特别是叶、皮、果都可以食用的榆树，种植的就更普遍了，基本家家户户都种有一棵或几棵榆树。

随着社会的发展，生活水平的不断提高，餐桌上的琳琅满目慢慢替代了来自田野树梢上的野食，那些像榆钱饭一类的粗糙的食物渐渐地退出餐桌，连带榆树也渐渐地淡出人们的视野，以致再次回头寻它，却也一时难觅。

尽管如此，榆钱的味道形成的惯性记忆还是会让很多人不能忘怀，特别是上了年纪的人怀念起旧时的榆钱面子、榆钱巴拉子，那种根深蒂固的滋味泛起时就像犯瘾一般，使这份来自榆钱的记忆历久弥新。于是，每逢榆树开花结果之时，人们便四下寻觅，捋来做出记忆中的食物以慰藉味蕾和精神上的空隙。

阳春三月是榆钱挂满枝头的季节，头脑里很容易就勾勒出榆钱满枝的画面，突然很想吃榆钱面子啦，可到哪里能捋到榆钱呢？问母亲，得知现在家里种植榆树的不多了，即使有也不好意思到人家家里去，以前桥头的那棵榆树也已被圈起来了；问同事，说公园里有，但不允许采摘；最后问到小哥，他倒是打包票说带我去。

我之所以大费周折的捋榆钱，是源于一篇文章。偶然的机会让我再次读到了刘绍棠老先生的作品《榆钱饭》，一看到题目我就很想知道，老先生说的榆钱饭到底是怎么个做法，它与榆钱面子、榆钱巴拉子在做法上有何不同？他充满情趣的描述，饱含欣喜的情感流露令我感叹不已。最终我在文章的后半部分得到了答案，文章是如此描述的："九成榆钱儿搅和一成玉米面，上屉锅里蒸，水一开花就算熟，只填一灶柴火就够火候儿。然后，盛进碗里，把切碎的碧绿白嫩的春葱，泡上隔年的老腌汤，拌在榆钱饭里；吃着很顺口，也能哄饱肚皮。"

周日，跟小哥约好，下午直达住处，没想到小哥中午喝大了，无奈之下，只得麻烦小哥的父亲跟我走一趟了。

在爷的指引下，我们来到南十里堡村东头的一个大棚处。

我从车上拿了一个红色塑料小桶，往口袋里装了一个大塑料袋，跟着钻进大棚。大棚四周都有铁丝围拢，棚顶搭建构造严密，宽阔的大棚里，零散着些许竹竿。要到达对面，须从铁丝中间钻过去。轻松钻到大棚东边，大棚边缘自行生长着很多大大小小的榆树，它们围着大棚站了半边，形成一道天然的屏障。

爷选中了那棵树冠最大榆钱最多的榆树。抬眼看去，心里真有点发怵，一人高的棚顶和榆树紧挨着，只有爬到棚顶，方能拥有那半边的榆钱。

爷含笑望着我，说："你能爬上去吗？不行我上啊。"我知道爷是在将我的军，便笑着说："嗨，你是知道的，爬树可是我的老本行了，怎么说也不能让你这八十岁的老人爬树啊，尤其是在我面前。"

给自己打了打气，往手心里啐了口唾沫，左手扒树，右手抓住棚沿上的铁丝，右脚踩着低处的铁丝，左脚蹬树，借力使力，倒出右脚，膝盖打弯放到棚沿处，两手拉着棚顶上的铁丝，倒了两把，嘿，我竟然登顶了。

棚顶每隔三十厘米就有一根碗口粗的竹竿，摸准了脉象，我一脚踩一根竹竿，宛若打了胜仗的将军立在棚顶。极目远望，一股愉悦与自豪的感觉充盈着整个身心。

春风可劲地吹，草木欢欣，有花的炫耀花，有叶的亮出叶，都有舍我其谁的心气儿。冷暖交替，置身树木中的榆树忍不住把藏起的宝贝拿了出来，像一个富豪摇晃着手中的金钱，一串串地在阳光下闪着光泽，在枝头的低处高处喧哗诱惑。指甲盖大小的榆钱，被风吹得翩翩起舞，它们扇动着比纸还薄的羽翼，似有振翅欲飞之感。

捋一把榆钱，放进嘴里，黏糊糊的，带着丝丝的香甜，还有一股熟悉的味道。

嘴里正嚼着榆钱，“宁哎，给你桶！”爷的声音传来。我蹲下身子，接过桶，拽过一根较近的树枝，把桶挂到上面，开始捋榆钱。用手握住枝条向一端滑动，手及末梢，手掌就再也容不下更多的榆钱，致使几片榆钱轻轻滑落，随风飘远。如此，我便开始接连不断地重复起捋榆钱的动作。不多会儿，榆钱便填满了塑料桶，我提起桶，把榆钱倒进大塑料袋。

约莫有半个小时，榆钱将塑料袋塞了个满满当当，看着翡翠般的榆钱裹挟着点点的紫色花萼，禁不住用手抓了一把，又慢慢张开，榆钱便从我的指缝间滑落，掉进塑料袋，心中不禁感叹，这就是在困难时期人们的救命食粮啊。

回到家，按照刘绍棠老先生的叙述，挑选、洗净、搅拌……开始学习另一种手艺。

乐安晨语

清晨小风徐徐，阳光温暖明亮，清脆的鸟鸣声，宛转悠扬。刚刚结束高考的女儿牵着我步入乐安公园。

时至六月中旬，公园里虽已过了繁花盛开的时节，但仍有淡雅的紫薇、火红的石榴、满树粉嘟嘟的合欢花、多彩的月季、清雅的夏菊，含蓄而又光鲜地绽放，芬芳的香气把幽幽的公园溢满；婉转的鸟鸣与不远处的舞曲与太极音乐揉和到一起，断断续续地敲击着耳鼓，空气也变得生机勃勃起来；映入眼中的翠绿、墨绿、青绿已经完全脱了鹅黄的底子，葱茏葳蕤着，不再浅薄，不再稚嫩，把浓浓的生命力极尽展现，让人置身于这样绿的氛围中神清气爽；蓝的天，白的云，东方的旭日染红了一片朝霞，交织成盛夏最美的风景。

穿行在弯弯曲曲的石板小路上，眼睛耳朵乃至鼻翼都被夏的神韵陶醉着。娘俩边走边聊，时不时地斗个嘴，让清晨的散步弥漫了些许“火药味”。

荷花池旁，晨起的人们在健身器旁抻拉筋骨。几朵荷花则静静地鹤立池中。微风拂动，摇曳着她的衣裙，在水面映照着美丽的倒影。从荷花池往南，有一条小路蜿蜒向前，将高大的树木一分为二，接着又圈成一块一块的方阵。

“哎，妈，你看那是啥鸟？”女儿的手指向右前方的草坪处，我仔细寻找，在树木间草地上竟然看到一只蹒跚踱步的野鸭，样子甚是悠闲。

“是只野鸭，可能是落了单。”我放低了声音说，唯恐惊到不远处的小东西。

“会不会是飞禽园里跑出来的？听说飞禽园的鸟主翅都被剪了，飞不远，要是被人捉了去，那就惨了！”女儿皱着眉头担心地说。

“这个不好说，不过，你看它自由自在的多好啊，人和动物之间就该这样和谐相处。”我道。

“可是，还是有很多人为了一己私利或图一时痛快，残杀动物，有捞金鱼、网鸟的，更可恨的是那些偷狗、杀狗的。”女儿愤愤地说，随后又道，“妈，我要去飞禽园问问管理员，如果是园里走丢的就让他们把野鸭带回去，至少待在园里它是安全的。如果它是一只真正的野鸭，那最好的选择就是给它自由。”女儿下定了决心般用坚定的眼神看着我，等待我的答复。

“好，这样做是最好的。你跑得快，我就不去了，慢慢走着等你。”我回应道。

女儿转身向二百米外的飞禽园跑去。

没过多久，女儿赶上来，气喘吁吁地说：“管理员说园里的飞禽不少，野鸭应该是外来的。”

“嗯，这样你就放心了！”我说。

“嘿嘿！”女儿憨憨地笑了。

此时有阳光穿过合欢花落在女儿的脸上，发出金黄色的光芒。

浓浓桑葚情

刚进村子，我便被胡同口的那棵桑树吸引住了。

正值暮春时节，树上的桑叶嫩嫩的，有的还攥着小拳头，绿里透着黄，小指肚般大。稀疏的树叶间密密麻麻地倒立着像愣头小子似的“小刺猬”，罩着青黄色的外衣，如黄豆粒般。仔细一想，五月正是葚子成熟的季节，过不了多久，又可以吃到鲜美的葚子了。情由心动，不禁口内生津，去年摘葚子的情景浮现眼前。

那是五月下旬的一天下午，下班后，我一路南行回了老家。父母正在院子西边浇地，见我回来，母亲拿起拔的青菜，往家走。说话间，来到屋里，母亲放下手里的菜，径直走进里间屋，不一会儿，端着一盘熟透的葚子放到我面前。

我挑了一个个头大泛着亮光的丢进嘴里，边吃边说：“嗯，好吃，真甜！”转头又说：“妈，以后这些吃的东西你们自己吃就行，别留了，留坏了，多可惜啊。”

“这次摘了不少，俺俩又吃不多，估计你们也该来了，给你们尝尝鲜。”母亲道。

“对了，妈，树上还有葚子吗？我去给羽摘点吃。”我问。

“有啊，我带你去摘。”母亲答道。

“嗯！”

说干就干，母亲拿上一个塑料袋，又找出一根一端绑着铁钩的木棍让我拿着。

母亲在前，我边走边说：“妈，听说经常吃葚子能显著提高人体免疫力、美容养颜、延缓衰老，还能使头发变得又黑又亮呢。”

“哟，原来这东西这么好呢。”母亲感叹着。

娘俩相跟着来到胡同口，紧挨着路边便有一棵葚子树。

我接过母亲手中的长棍，开始“摘葚子”。说是摘葚子，实际上是打葚子，因为低处的都被路人随手摘去，只有那些高处的依然密密麻麻。地面上散落着一些熟透的葚子，有的已经干瘪，有的被尘土裹身，面目全非。抬头望去，树枝散乱，枝叶茂盛，果真是“桑之未落，其叶沃若”。

大自然的馈赠，不仅满足了人的味蕾，也成为小动物们的食粮，这不，正在树上啄食的鸟儿主动让位，飞到别处去了，搞得我心里生出了些许歉疚。

葚子有绿里透着红的，有红里泛着紫的，还有紫得发黑的，像一条条变了色的虫儿，或青涩张扬，或紫黑发亮。那成熟的葚子发着亮光，在枝头上闪动。伸手摘取几粒黑又亮的，拿在手上，饱满得一不小心就要爆裂一般。扯着小绿梗将它拖着放进嘴里，舌尖碰触，满口生津，软软的，甜甜的，心底不由得升起一股幸福感，瞬间灌满心田。

我举起木棍，朝着又熟又多的枝条下手，用木棍顶端的铁钩勾住高高的树枝，晃动几下。只见一个个肥硕的果实从天而降，顷刻间，啪啦啪啦的声音便响了起来。再换根树枝，摇晃几下，直到母亲说，好了，我才停了手，与母亲一齐俯身捡拾地上的葚子。

葚子落到地上，浑身沾满了黄土，有的还沾了几根枯草叶，有几颗熟透的葚子不堪重负，落地后被摔成几瓣，浸染了周边的薄土层。母亲说：“土不脏，用清水一冲就干净了。”

片刻后，手上便被葚子的汁液染成了紫黑色。突然意识到我的唇、舌、齿此时也定是被紫色沾染，真是很滑稽可笑了。

葚子不断地把一个空瘪的塑料袋撑起来，最后竟有大半袋，看着我们的劳动果实，心里满是喜悦，再次体会到了收获的滋味。

正当我捡最后一点葚子时，手指不小心碰到一块玻璃茬子上，顿觉一阵疼痛，鲜血立即涌了出来，顺着手指缝往下滴。我“哎哟”一声，对面正在捡葚子的母亲警觉地抬起头问：“咋了？”话音未落，起身，两步就跨到我跟前。母亲蹲下身子，边埋怨边扯过我的手，把我受伤的手指含到嘴里，用唾液浸润受伤部位，丝毫没有顾及我手上的灰尘血垢。这一场景，似曾相识，直触心尖。小时候，因不慎也曾划破过手指，母亲也是这样帮我处理，她说唾液能消炎杀菌。

我刚要抽回手，母亲瞪了我一眼，我才乖乖地又做了一次小孩。母亲的俯身，让我最近距离地看到了她花白的头顶。七十二岁的母亲，头发依旧浓密，却已是花白一片。母亲老了，还在为我这个已是不惑之年的女儿处理伤口，不自觉地，眼前起了一片水雾。

不一会儿，母亲站起身，对我说：“行了，收拾东西回家，给你上点药，包起来。”

回到家，母亲放下东西，命令我洗手，她进了屋。等我洗完手，母亲一手拿着一个马勃(中草药，可作外伤止血)，一手拿着一块白布，还有一个白线团从屋里出来。马勃是干瘪的，撕了一个口，里面全是棕色粉末。母亲对准我的伤口撒了一些，然后缠上白布，再用白线扎紧，做完这些，还没忘嘱咐我：“先别碰水啊！”

我嘿嘿一笑，说：“知道了，老妈！”

吃过晚饭，跟父母聊了会儿，便起身欲走。母亲把清洗好的葚子挂到我的车把上，说：“你的手不能碰水，我都给洗好了，拿回去和羽吃吧。孩子现在上高中，学习压力大，很辛苦，多给她补补。”我点点头，伸出双臂，抱了抱她那娇小的身体，耳语道：“谢谢老妈！记得吃药，少干活，别太累了。”

“你在干啥呢，站那么长时间还不回家？”一个熟悉的声音把我惊醒，扭过头，母亲不知什么时候笑着站在我的面前。

美丽校园我的家

秋天的早晨，校园里人影穿梭，有课的老师急急地冲向教学楼，时间还早，但那份责任驱使着他们要赶在学生前面进入教室。

刚刚用过早餐的学生正不疾不缓地走向各自的教学楼，他们脸上洋溢着灿烂的笑容，或交谈，或沉思。时间如此静好，就连飞旋在头顶上空的鸽子在划过一道弧线后越上楼顶，停留在楼沿儿上，静静地瞧着下面默不作声。

随着短暂的音乐声结束，校园里安静下来，四周变得空旷起来。秋天将校园装点得光彩夺目。办公楼前的八棵八角海棠最是惹眼，被压弯的枝丫仍不遗余力地将一串串海棠果高高地挑起，红彤彤的果子点缀在万绿丛中，极为养眼，正是万绿丛中点点红哩。轻轻摘一颗，两手对搓，怕别人看到似的，迅速塞进嘴里，随着一声脆响，酸酸甜甜的汁水在口腔里蔓延开来。

“仕子情深”与“盛世学子”两块石刻分别拥住了两棵不同的柿子树，一棵呈伞状，结满了贡橘一样的小柿子，小灯笼一般在红黄绿的树叶里摇来晃去，只可惜伸手不能及，据那偷吃了这“禁果”的笑说，这棵树上的柿子是极好吃的；另一棵一边倒地斜刺着冲向天际，中间弯出两个杈，越往上越尖，这棵树叶子很少，但结的果实特别多，一挂挂的，像极了乐谱上的音符，此刻，耳边似有音乐响起，是贝多芬的《命运交响曲》。两只喜鹊飞来了，一只登到最高处，喳喳地叫着，如哨兵般左右巡视，一只落在树间，头时起时伏地啄食着柿子，像极了小鸡啄米。

两棵柿子树中间的德馨厅上，朝阳爬上书本模样的建筑装饰，映照出无数道金光，被几十米高的旗杆反射，变得冷而刺眼。天是蓝的，云是白的，旗杆顶端的国旗迎风招展，蓝白红互相衬托着，与飞舞的鸽子构成一幅动人的画卷。

学子林里的山楂、石榴也都挤着报数，红绿掩映，张灯结彩般。鸟儿是极喜欢校园里这些果树的，夏天可以乘凉，秋冬可以啄食果子。这些秋冬遗留下来的果实可是鸟儿们打牙祭充饥的食粮。这些天才的评审员，在树间穿梭，专挑香甜的果子吃。抬眼瞧去，这边树上果实稀少，而那边的依然果实累累，再摘两颗尝尝，定会信服鸟儿们的判断。

万强园的法桐、宿舍区的黄栌都用各自的身姿和色彩渲染一方。尤其是在高高的树杈上稳稳地搭建着的喜鹊窝，吸引了多少赞叹的目光，为一中的校园增加了更多的吉祥、安然与灵动。

菜园子里绿意盎然，萝卜们破土而出，顶着翠绿的小辫子披散垂肩，扭着腰肢跳着集体舞，那姿势像极了广场舞大妈；韭菜密密麻麻地占据了大片土地，秋天的韭菜透着清香，老远就能嗅到饭桌上那热腾腾的、薄薄的面皮里若隐若现的绿色所散发出来的扑鼻香气。

红白相间是学校的建筑基调，教学楼、办公楼、实验楼、科技楼、宿舍楼，楼宇林立，连廊则把一栋栋楼房巧妙地连接起来，使人穿行其中，构成一道道楼上、楼下的风景。男女宿舍楼分列两边，中间矗立的餐厅里时不时地飘出缕缕饭香。

餐厅南边有两个园子，分别是牡丹园和芍药园。每年的三月份，牡丹吐新绿，芍药破土钻红芽，再待一两个月，牡丹花开了，雍容华贵的各色牡丹娇艳欲滴，让人不得不由衷地发出“不愧国色天香”的感叹。牡丹未败，芍药花又开。蜜蜂提着篮子来了，蝴蝶翩着翅膀也来了，真的如赶趟一般呢。

上二楼连廊处，你会看到蜿蜒向上的紫藤，枝叶盘曲，拧着劲儿地向上长，一直爬到廊顶再倒垂下来。五月份，紫藤花开，那一穗穗的紫藤花宛若紫色瀑布一般。“从空中垂下，不见其发端，也不见其终极。只是深深浅浅的紫，仿佛在流动，在欢笑，在不停地生长。紫色的大条幅上，泛着点点银光，就像迸溅的水花。仔细看时，才知道那是每一朵紫花中的最浅淡的部分，在和阳光互相挑逗。”

我庆幸，每天都能在美丽的校园里踯躅，以校为家，为一朵花开，为一枚叶绿而欣喜不前……

雾里看花

清晨，在鸟鸣声中睁开双眼。顺手牵过手机，五点一刻，心中暗想：又这么早！趿拉着拖鞋上了趟卫生间，回来还想蒙头再睡，翻来覆去，却怎么也睡不着了，干脆爬起来，穿好衣服，准备去晨练。

习惯性地望了望窗外，外面朦朦胧胧的，下雾了？揉了揉还有点惺忪的眼睛，确定是有雾，还不小。恰在此时手机屏幕亮起，打开，是高师兄在群里发来了晨起问候，附带着一张脚踩链子鞭的照片，本来犹豫的心坚定起来。

穿上一件外套，骑着电动车出了小区，雾气越来越浓，似乎好久没见到真正的雾了。雾气随风飘动，在晨光里氤氲开来。对面晨练的人出现在视野里，渤海班的拳友们没有因为有雾而人员减少，站得整整齐齐，跟着王老师的节奏手起手落。越往前走，视线越模糊，可见度甚至不到二三十米，经过的车辆都打开了四闪。心下盘算：不能打拳了，干吗呢？哎！眼前一亮，计上心来，看花去，雾里看花定是别有一番情趣吧。

到了乐安大厦北边的绿化带，我把车子停好，往深处的水系走去。这几年，每到花开，总少不了在周围逡巡。现在正值六月，也是荷花开放的季节，水系中有几处荷花，唯有此处开得最好，今天不同，有雾做伴，荷花必将是另一番景象。

踏过一处草地，不远处，一簇荷花映入眼帘。岸边垂柳依依，耳边传来悦耳的鸟鸣声，打破了清晨的宁静，尤其是几声“喳喳”的喜鹊叫确有醍醐灌顶、喜上眉梢的功效。水面平静无波，刚一落步，“扑通！扑通！”两条小鱼儿敏捷地翻了个水花，逃到水底去了。

只一会儿，水面再次归于平静，泛出淡淡的绿色。

对岸的金娃娃萱草开得正好，和着岸边的景物倒映水中，却因了雾而朦朦胧胧，朦胧了水，也朦胧了周围的景物。开败的荷花褪去花瓣，遮不住的莲蓬莲孔向天，犹如一个个麦克风，一曲《荷塘月色》正通过麦克风袅袅响起。荷花中有正亭亭玉立的，宛若仙子下凡；有含苞待放的，正孤芳自赏。荷叶像一把小伞撑开来，含着的几颗露珠随着荷叶的颤动而微微滚动，一颗水珠咕噜着滑进水里，不见了。还有几片荷叶向内卷合，没有张开，此情此景不禁想起了一句诗，“惟有绿荷红菡萏，卷舒开合任天真”。

拍了几张照片，因心里还惦记着前几天晚上散步时看到的格桑花，我又驱车到了乐安公园。

公园里人很少，大概是因了雾的缘故吧。沿着曲径通幽的小路边走边看，眼前出现了一片景观让我驻足不前。都知道玉兰花是在春天开放，而我眼前出现的紫色玉兰花却绽放在六月，而且我清楚记得，春天花开时还在这里拍过照，这些树居然在六月二次开花，在北方也着实罕见。紧挨着，还有六七棵高大的玉兰树，枝叶茂盛，郁郁葱葱，一朵朵紫色玉兰花错落在绿色里，优雅绽放，因了绿叶的衬托，更显得娇媚动人。其间有一朵玉兰花半开半合，姿态像极了荷花，只是颜色比荷花更浓烈，我的心醉了，踯躅在树下，痴迷留恋，久久不愿离开。

好不容易迈开双腿，没走多远，竟遇上了商老师，她已跑了两圈，因为有雾没再继续，汗水打湿了她的头发。商老师虽然退休好几年了，但身体很棒，经常参加马拉松比赛，令人敬仰。说了几句话，我们便各自离开，没想到，等我拍完格桑花、睡莲后，在荷花池再次与她相遇。爱美之心人皆有之，商老师也是被荷花拖住了双腿。荷花池里绿荷叶，红菡萏，在朦朦胧胧的雾里，宛如仙境。

我喜欢漫步在晨光里，喜欢在黄昏时分，光线柔和的时候，观赏大自然的美丽景色，经常与好景致撞个满怀，醉了心，迷了眼。此时，心里不禁画了个问号：这次是雾里看花，下次呢？

雨中即景

雨滴从上而下犹如一颗颗豆粒砸进水洼里，渐次开出并蹄莲，泛出无数涟漪，扩散开去，这朵还在酝酿，那朵又开，不急不忙得赶着趟。

面前的餐厅及其两边的宿舍，还有我所在的办公楼与教学楼之间的连廊保持着一贯的沉稳，静静地矗立着，对雨的从天而降似乎是司空见惯，雨来了不过就是给它们洗把脸，汇聚多了，便会顺着檐子拉成一道道雨帘，遇到大雨眼前就是水帘洞了。

喜人的是花草树木，喝饱了，打着饱隔，舒展着腰肢，浑身上下油光光的，简直舒服得不行。雨水洗去多日附着在枝叶上的灰尘，它们笑了，笑声让雨听到了，于是，更加起劲地下着。

急的是赶来上班的同事，为了不挨雨淋，把车子开到离签到最近的连廊前，急火火地下车，签完到又急火火地驱车离开，一车刚走，另一车又至，倒是谁也不碍谁的事。

一只麻雀蹦跳在没有积水的路面上，它正在觅食。逡巡了一会儿，展开翅膀，飞到宣传栏的横梁上，嘴里衔着一点馒头渣，因为不远，所以看得清楚。

有从校外拉着画具回宿舍的学生，在小雨里不疾不缓地走着，貌似很享受的样子。也有零零散散的学生一手遮雨，快速地跑进教学楼。

小风飕飕地吹着，比开空调舒服多了，空调板上的空调外挂机也没闲着，几只鸽子缩在上面，利用墙体和上面的空调板挡风遮雨。

随着上课铃的响起，校园里再次安静下来，鸟的叫声更加清晰，头顶上偶有幼鸟在啼鸣，我似突然醒悟般有意无意地寻觅起那只冒雨觅食的麻雀，然而，它早已不见了踪影……

撑一把伞，走在教学楼之间大理石铺就的路面上，头顶上方的树叶上汇集的大水珠滑落到伞面上，敲出啪啪的响声，随即淹没在从教学楼里传来的读书声里。时光如此静好，竟让我心生不舍，如此让时光静止该有多好。看树叶翻转，树枝摇摇，风声雨声读书声声声入耳，物动人动心动动动生情，自叹一声：痴人也！

雨停了，天依然阴沉着，似乎还没下过瘾，潮湿的空气里夹杂着些许凉意，不好，赶紧以手遮面，“啊——切——”一声惊走了树上栖息的鸟。

回到办公室，坐定，抬头便见窗外的绿。栾树、杨树把一簇簇的树顶呈现出来，一枝枝铺散开，伸着脑袋向上长，毫无保留地把干净的浓浓的绿拿出来。树干左摇右摆，满树的枝叶便活了起来，把一缕缕清风送进室内。

雨又来了，起身走到窗前。透过树的间隙，红色的塑胶跑道上十几个体育生还在刻苦练习，小雨岂能阻挡他们的脚步，在雨里呐喊，奔跑冲刺，披荆斩棘，向着人生的巅峰奋力前行，这才是风雨人生。

离歌

一大早，站在阳台上，雨滴落在房檐上，发出啪嗒啪嗒的敲击声。玻璃窗上斑斑点点，大滴的水珠宛如一只只小虫，在玻璃上一路向下，留下蜿蜒的曲线。再往楼下一瞧，路面上的积水一洼一洼的，泛着淡淡的光，我莞尔一笑，果然又是一个阴雨天。

跟女儿吃罢早饭，驱车一起进了校园。女儿下了车，在我“小心路滑”声中，迎来车门的一声闷哼。我哑然失笑，看向窗外，透过淋淋的玻璃窗，女儿的一个鬼脸兀自闯进我的视线，我嘴里念叨着：“小坏蛋！”朝她咧嘴一笑，她的背影便模糊在了视线里。

来到办公楼前，停好车，顺手拿过一把红折伞，下了车，到办公楼签到，撑伞走出楼宇，在校园里漫步前行。

暮秋时节的雨还是很有情趣的。雨很小，几乎听不到雨打伞面的声响；雨很细，密密地斜织成千万条丝线挂在眼前。有小风拂面，丝丝滑滑，轻柔得如轻轻滑过的丝绸，带着些许秋的凉意。路面上湿湿的，因地势的不平，偶有积水汇集，水洼里浮着几片新落的树叶。

樱花树、法国梧桐、银杏树上的叶子已经红黄相间，色泽的绚丽胜过春日的姹紫嫣红，却少了浓得化不开的艳丽厚重，取而代之的是淡雅明亮与宁静幽远。动态的美更是迷人，鹅黄如绸的银杏叶在空中打着旋儿，如飞舞的小伞在我眼前飘落，一片，两片，三片……飘落的银杏叶有的卧在草丛里，有的栖身于树下，有的则跌落水洼。即使生长在同一棵树上，终了，也会有不同的去处。

草还是绿的，经过雨水的洗涤，绿油油的。红黄绿交错着，高处的、低处的，在雨雾中，多了几分朦胧，多了几分诗意，形成一幅秋雨图，美得人睁不开眼。

那落到水洼的银杏叶可就惨了，身上沾满污水，脏兮兮的。心下一紧，真想把它们收集起来，撒进流水中，看它们随波远游，抑或葬于树下，让它们真的如了“落叶归根”的愿。只是一抬头，到处都是飞舞的树叶，何其之多，我又怎能顾得过来呢。疼惜而又无奈，不禁生出“夕阳无限好，只是近黄昏”的感叹。

远远地，透过雨雾看天空，朦朦胧胧的，不禁想起朱自清先生在《春》里描写雨景的句子来，我愿做那个撑起伞慢慢走在雨中的人，欣赏着北方烟雨中的景致，“像牛毛，像花针，像细丝，密密地斜织着，人家屋顶上全笼着一层薄烟……稀稀疏疏的，在雨里静默着”。

学生们有的打着伞，有的光着脑袋，从宿舍楼或餐厅向着教学楼走着，跑着。一个面目清秀的女学生从我身边擦过，她手里拿着一本书，在草坪处停下脚步，眯着眼仰面望着，嘴角漾起甜甜的笑。看了一会儿，似乎有点失望，而后，眼眸低垂，旋即，蹲下身子，小心翼翼地把书夹到腋下，轻轻地捡拾起草坪上的银杏叶。不大工夫，就捡了七八片。她一手托着鹅黄鲜亮的树叶，一手从校服口袋里掏出一块纸巾，展开四四方方的纸巾，把银杏叶平铺到纸巾上。我把伞撑了过去，学生抬头看我，笑着说：“谢谢老师！”

“你捡银杏叶干吗呀？”我问。

“给俺妈带回去，她以前都没见过银杏树，光听人家说，银杏叶的形状和颜色都特别好看，我看这叶子落下来了，还很新鲜，这周大休，明天就可以带回家给俺妈了。”她一边擦拭着树叶，一边自顾自地说着。

“嗯嗯，好有心的闺女，为什么不等你妈明天来接你的时候，亲自来看呢？”我随口问。

“俺妈不能来！”正当我疑惑的时候，她停顿了一会儿，接着说，“俺妈出了车祸，在床上躺了好多年了……”学生脸上的表情黯淡起来，眼里似有雾气升起。片刻后，她快速眨了两下眼睛，脸上又明朗起来，麻利地把树叶擦拭干净，夹到了书里，起身跟我告别。看着她走远的背影，心里默默地祈祷：“孩子，祝你的妈妈早日康复！”俯身也捡了几片银杏叶，托在手心里，想：回去当书签也蛮好的。

走到实验楼与教学楼之间的连廊处，头顶上飞过一只麻雀，扑闪着翅膀，躲到教学楼的台阶上避雨。它被雨淋成了落汤鸟，似乎有点冷，时不时地蹦跳着，张开翅膀扑棱了两下，想甩掉身上的雨水，一边踱步，眼神还游移不定地望着天，应该是在盼着天晴吧。

我亦抬头望天，感觉有转晴的迹象，于是加快脚步，向科技楼走去。

路边的法桐叶子被风刮得一片狼藉，厚厚地堆成了小丘，草坪上也是的，散散地铺满了一方天地。干枯的褐色，没有了一丝生机，脑海里又浮现出昨天狂风大作、大雨倾盆的情形。一片一片的树叶被秋风扫落又卷起，在空中飞舞，这秋天的肃杀之气果然了得。

说来也巧，没过多久，天真的放晴了，外面的天空明亮起来，太阳慢慢地钻出云层，展露笑脸，潮湿的空气也随之渐渐褪去。

心下挂念起昨天在阅览室窗前看到的枫叶，这会儿一定好看极了。拿上钥匙，迅速爬到四楼，打开阅览室的门，径直走到窗前，真的不负我望，眼前的情景着实让我眼前一亮。

阳光下，一树枫叶，如繁花般，或深或浅，或明或暗，随风而动，似水波熠熠生辉，又像彩绸五彩斑斓。为你点赞，虽然你们即将凋落，可依旧在生命的最后时刻绽放异彩！为你点赞，你装点了秋天，让秋多了几分妩媚，更加动人！为你点赞，因你如此桀骜不驯的姿态，更为在离别时的那份洒脱！不禁赋一首小诗：

离歌

狂风卷起千层浪，
歌舞欢腾作鸟飞。
五彩斑斓妙笔绘，
归根落叶俱成灰。

青黄覆雪

“金英翠萼带春寒，黄色花中有几般？凭君语向游人道，莫作蔓菁花眼看。”白居易在诗中称赞的便是迎春花。和刘敞所说的“黄花翠蔓无人顾”不同，白居易劝人们“莫作蔓菁花眼看”。

迎春花又名金腰带、清明花、小黄花等，另外，迎春花与山茶花、梅花、水仙一块儿被称为“雪中四友”。

清晨起床，打开窗帘，楼下高高矮矮的事物一览无余。地面一地潮湿，些许的水洼验证了昨晚下雨的事实。然而，草坪上、车身上还有积雪覆盖，今年的倒春寒来得可谓是接二连三。打开手机，朋友圈里被雪覆盖着的绽放的迎春花依旧俏丽，朋友说：雪，辜负了梅的邀约，与春相拥。我回复道：雪是多情的，既吻了梅，又爱上了迎春。想起这几天来，在朋友圈不断看到作为春天第一花的迎春花在护城河、植物园、孙武湖边、乐安公园等处各自绽放，拉开了广饶春天的帷幕。

我在家里待不住了，出门看花去。护城河边，桥头处，确实有星星点点的黄颤立枝头，护城河的迎春花多是与石头相伴的，那么多的石头之所以摆放在河边，除了防护美观外，还有一个美差，做迎春花的护花使者。寒气袭人中，只有躲在石头缝向阳的迎春花如近水楼台一般率先亮相。短短的枝条绿色盈盈，斜斜地探向小径，孩子般招呼着路人，枝头的小花也配合地微笑着吹起了喇叭，果然，驻足者络绎不绝。

沿着河边弯曲的小径往前走，河水静静地流淌，柳树们虽然弯曲，却不无献媚地探着身子将一头秀发垂在河里，柳芽集聚着力量等待时机破壳而出。泛黄的柳丝倒是不慌不忙地以水为镜理云鬓。岸上的腊梅花已经凋零，没精打采地耷拉着脑袋，水面上漂浮着一骨朵一骨朵的绿，似是浮萍，却冒着白沫。如此种种，让迎春花因了水韵和绿蒙蒙的背景而更加美丽动人。拿手机拍照的工夫，一支半开半合的迎春花横在旁边的石头上，孤零零地躺着，花依旧新鲜漂亮，没开的花苞咕嘟着嘴，似有无限的委屈要向我倾诉。拍完照，顺手拿起不知是哪个不懂怜香惜玉的留下的一枝，折了花却又弃之不顾，怜惜之余也有喜悦，于是毫无羞愧地带它回家。

如果说护城河的迎春是与石头相伴而生的话，那么植物园的迎春花就是抱团从生。

这天，我俩到西苑小区南边的植物园散步，听说这边改造一新，于是在边走边看中，周边的植被和设施便陆续地展现，果然是修葺一新。红色平坦的绿道蜿蜒向前，草地上枯黄一片，各种树木蠢蠢欲动，暗暗地积蓄力量，萌动着。

行至尽头，沿路南行。不久，便看到小路两边的迎春花，他们不管祖宗辈的还是重孙辈地都挤到一起，互相搀扶，互相支撑，竟然撑出了一个一米多高直径五米多的大圆盘，又像一个个的大蒲团，上面翠绿的枝条有的调皮地斜插着几朵小黄花，有的长到高处，禁不住长辈的强拉硬扯，不得不弯下腰身形成拱形，于是，一圈的小花划了一个弧线，高高地摇曳在大蒲团的上方，一枝、两枝、三枝……热热闹闹地，竟在大蒲团上方绕成了错综复杂的阵型。

孙武湖边的迎春花则是蜿蜒在栈道边上的。从北到南一溜全是，虽有水泥台护着，仍然没遮住迎春花探过来的翠绿枝条上的朵朵金黄。听着脚下踩踏木栈道的“咚咚”声，迎着风，远望湖水连天，近赏旖旎春光，闻着花香，美哉。

再说说乐安公园的迎春花，一棵棵地独立着，盆景样的，枝条少了前几处的翠绿，却多了几分傲骨，东一棵西一棵地散落在公园里，无论在哪里，都能成功引起路人的注意，皆是因为它是新春第一花。

这几处的迎春花虽各有千秋，个人觉得还是河边的迎春花最惹眼，既带着石的惬意，又有水的灵性，尤其是青黄覆雪，水珠晶莹欲滴，最是靓丽。

初冬第一场雪

一连数日的阴霾天使本就寒冷的天气，变得更加潮湿而阴冷，冷色调灰白的云层好像在酝酿着什么。

下班了，走出办公楼，一出门，便被迎面扑来的雪花给惊到了。虽然早有天气预报说要下雪，但今年初冬的雪说来就来，还是给了我一份惊喜。真是“不知庭霰今朝落，疑是林花昨夜开”。

雪下得不大，地上刚蒙了薄薄的一层，须臾就消失不见了，然而，旧的不见，新的又来，因着这须臾的空当儿，地上的雪却渐渐地多起来。我跳下台阶，仰起脸，望向天空，有无数的小黑点洒落下来，小雪片落在我的脸上，睫毛上，衣服上。伸出双手，掬一抔雪花，一股凉凉的、滑滑的感觉由掌心蔓延至我的全身。

这冬天的精灵啊，果真是魅力无穷。看吧，飘飘洒洒的，细的像盐，却少了雨的缠绵，多了几分轻盈，有小风相伴，也是斜斜地飘下来。在房舍、树木、草丛、车上、人身上短暂地停留，转瞬便隐身不见了。我从兜里掏出手机，想捕捉雪花的踪迹，但都失败了，她们实在太活泼了，不等我对准焦距，就从眼前溜走了。

时至下午，雪下得大起来，到处蒙了一层银装。最惹眼的就是冬青了，叶子上托着厚厚的雪，像张开的棉花，参差不齐，在绿叶的衬托，光线的折射下，变得淡雅素净起来；蔷薇的叶子还未落尽，枝蔓上形成了一条条、一挂挂的雪串儿，风一吹，挂不住的便簌簌滑落；小草还是绿的，调皮地从雪缝里探出头来，在白色的世界里彰显着它的生机；校门口的两棵果树上，红里透紫的果子依旧挂满枝头，雪压海棠果，红白掩映，分外妖娆。心下不禁生出“冬雪满空来，触处似花开”的情致。

次日清晨，太阳踏着云梯，将火红的脑袋露了出来。因着这场雪，气温降了很多，冷风着脸，有点疼，到处都有冰的覆盖。路面上覆着一层薄冰，透着青栩栩的水泥地面。枯萎的落叶上有雪卧着，也有冰结在上面。即使冰雪覆盖，也挡不住上班的脚步，脚下已有薄冰，行走不便，须格外谨慎。

路上的人行色匆匆，徒步上班的人突然多了起来。穿过马路，一路前行，路边的树木，禁不住天气的乍冷，被风一吹，树叶乃至小的树枝齐齐地脱落下来，跌落到白雪覆盖和小草外露的草坪上。

走进学校，校园里如往昔般安静，孩子们都已经坐在教室里开始了一天的功课。鸽子们盘旋在校园的上空，不时地落下啄食广场上抛撒的食粮，一切都那么的和谐静谧。

初冬的第一场雪啊，你来得比往年更早些，驱走了阴霾，让大地一片光明。

怎一个情字了得

世上谁人不爱雪，作为大自然的精灵，它洁白如玉，晶莹剔透，成就了“散满天涯色，乘春四望平”“大雪压青松”“雪裹红梅”等人间盛景，深得古今中外文人雅士的钟爱，留下众多古诗名篇。因了雪，有了与雪有关的娱乐活动，像堆雪人、打雪仗、用竹筛捕鸟等，令孩子们雀跃，也为枯燥乏味的冬天添加了生机和活力，这其中的妙味，怎一个情字了得。

不经意间，窗外已飘起了雪花，姗姗来迟的雪密密匝匝，在灰暗的天空中急速地落向地面，凌空划过无数道弧线，随风旋转、飞舞。

站在窗前，欣赏着室外的飞雪，心情大好，地面、房屋、操场、草坪、树木，渐渐地被蒙上了一层白。看看表，该下班了，迅速穿好棉衣，和同事一起走出办公楼，踏进雪的世界。

雪花迎面扑来，扑簌簌地如鹅毛一般。仰面，伸出双手，在雪地里与她亲密接触。睫毛上、脸颊上有雪花轻抚，丝丝凉意让我欣喜不已，一会儿，融化成细密水珠从脸庞滑落，这顽皮的精灵哟。

吃过晚饭，想到门口超市买点东西，顺手拿了把伞出了门。风小了很多，雪依旧不急不躁地下着，地面上已经覆了厚厚的一层，在路灯的映照下，散发着莹莹的光芒，车上盖了一层雪被，用手指量了量，已有三指深。

我撑开伞，在安静的夜色里，踏雪而行。雪已没脚踝，幸亏我穿的是高筒靴，才避免了雪灌鞋帮的事件发生，即便如此，还是无法掩饰对这场大雪的喜悦之情。

四周万籁俱寂，路灯发着银白色的光芒，射下一方舞台，舞台中央，雪花飞舞，轻盈而舒缓，曼妙而欢快。耳边有轻微的风声和窸窸窣窣的雪落声，还有令人愉悦的踩雪声，随着连续不断的“嘎吱嘎吱”声，身后深深的脚印如两排音符随着我一路向前。

走出小区，高高的路灯泛着淡黄色的光辉，与地上的雪反射出的光交相呼应，把整条大街照得光亮异常。透过灯光，往前看，千万条雪线密密地斜织着，宛若天女散花般密密麻麻，心里一时竟生出想抓住它们的念头，可是，想法总归是想法，不能付诸行动。于是，把眼光投向路上跑着的车辆，来往的车辆无不披着雪，小心翼翼地跑着。左右环顾，竟发现自己一个人走在大街上。影子因着灯光或短或长，在我前后变换着，还蛮有趣的，独自欣赏着属于我的这份景致，怎不惬意。

感觉伞越来越重，于是，把伞斜置于地上，不禁赞叹这雪的丰厚，只这么一会儿的工夫，伞面上已积攒了足足一指深的雪，我敲击伞的内侧，伞面上的雪纷纷跌落。再次撑起来，伞就没那么沉了。这万籁俱寂的夜和这难得一遇的瑞雪，在我头脑里竟然酝酿出一首小诗：

夜空飞雪

漫卷昏黄飞玉树，
轻盈沾面锁银珠。
琼花踏碎天街舞，
素裹银装胜帝都。

回到家，女儿还在写作业，我便拿起桌边的相册翻看起来，相册中的几张照片让我想起多年以前的一幅画面。

那是2004年的大年初二。一早起来，拉开窗帘，被窗外迎面扑来的白雪皑皑震慑到了，那场景大有“忽如一夜春风来，千树万树梨花开”的盛况，令人心花怒放。四周都被白茫茫的雪覆盖着，分不清哪是草坪，哪是路。心下又不得不对今天的路程担起心来，刚下过大雪，路上不好走是肯定的，但回娘家的日子不能改，于是，骑车带着三岁的女儿早早地启程。

路上，我小心翼翼，好在天不冷，路上少有人走，不算滑。一进家门，院子里已经打扫出了一片空地，南墙附近的雪依然干净纯白。

小孩子，天生对雪没有抵抗力，下了车子，女儿就对雪下了“毒手”，在雪里胡蹿乱跑。我把车子停好，跟父母打过招呼，心头那蠢蠢欲动的念头便再也按捺不住，打着“哄孩子”的由头开始与孩子玩起雪来。

看着厚厚的雪洁白如玉，脑子里生出堆个雪人的念头来。于是，给女儿穿戴好，教女儿怎么滚雪球，先捧了一大捧雪，攥成球状，在厚厚的雪层上滚起来，雪球越滚越大。女儿学着我的样子也滚起了雪球，动作虽有点稚嫩，可也像模像样，玩得很开心。过了一会儿，一大一小两个雪球成型了，我把大雪球蹲到雪堆厚的地方，拿铁锹铲了很多雪堆到雪球附近，一边加雪一边拍，最后砌成一个圆台。

女儿疑惑地问：“妈妈，你这是要干什么呀？”

我笑着说：“我要给你做一个雪人，你要不要啊？”

女儿高兴地拍着小手说：“要！要！”

我指着圆台对女儿说：“这就是雪人的身子，你滚的雪球做雪人的头，好不好啊？”

“嗯嗯！”女儿点头应道。

我接过女儿的小雪球，经过再次滚动，做成雪人的大脑袋，把它蹲到圆台上。

“你看看，雪人的脑袋上还缺什么啊？”我问女儿。

“嗯——”女儿支支吾吾不知道说啥。

我指着自己的五官提示她：“你看妈妈的脑袋上有啥？”

“啊，我知道了，有眼睛，鼻子，嘴，还有头发。”女儿眼前一亮，脱口而出道，说完还很有成就感地冲我笑笑。

“你说对了，那我们现在就去给雪人找眼睛，鼻子，嘴巴。”

四下搜寻，我们找来了炭块，胡萝卜和红辣椒。先用小树枝在雪人脑袋上抠了三个窟窿，两个炭块当眼睛，胡萝卜插在眼睛下面做鼻子，将就辣椒的弧度做成了红嘴巴。雪人初具模样，女儿兴高采烈，要我给雪人做上手和头发，我说：“雪人喜欢冬天，不怕冷，不需要头发，为了让它更像人，我把我的帽子给它戴上。”

随后，我又找来两把不用的笤帚疙瘩，在雪人的身体两侧斜着插了进去，一个欢呼跳跃的雪人就做成了。女儿把自己的围巾摘下来，执意要给雪人围上，说雪人露着脖子会冷的，拗不过小家伙，于是在雪人的脖子上加了一条红色的围巾，红白对比，好看极了。

正当我蹲着身子聚精会神地欣赏自己的作品时，突然，感觉脖子一凉，伸手去摸，抓出一点还未融化的雪，接着，一个小雪蛋打中我的棉衣，旋即，女儿咯咯的笑声传来，我随手抓了一把雪，向小坏蛋冲去，顿时，欢笑声充满了整个院子。

跟孩子疯了一会儿，我抱起女儿，女儿把小嘴一噘，在我的脸上猛啄了一下，我一边说笑一边把头埋到她的胸前，轻轻地拱她，弄得她前仰后合，笑声不断。

母亲不知什么时候走了过来，笑着说：“哎呀，看把你娘俩乐得，一会儿准备吃饭了。哎，咱家很多年没堆过雪人了，这个雪人堆得好！”

“那以后下了大雪就堆雪人。”我说。

“好啊，好啊！”女儿拍手附和。

三个人都笑了，女儿指着雪人说：“姥姥，妈妈，你们看，雪人也在笑呢……”

太极情缘

不打太极好久了。

晚饭后，到乐安公园散步，目光不由自主地被一个个练太极的团队吸引过去。身着太极服，脚蹬太极鞋的爱好者们，舞动着双拳和手里的家什，一脸的认真，一身的投入。看着看着，心中那份对太极割舍不掉的情愫再次泛滥。

我是从 2011 年二月初二开始学太极的，那年我三十七岁。

春节过后，我坚持晨跑。由五村遗址公园改道乐安公园，途经百姓大舞台时，竟发现有一人在台上讲解，一群人在台下一步一动地做动作，从招式上看，他们学的是太极拳，我心中一喜。返回时又驻足看了很久，还顺便问了一个动作极其标准的大姐几个问题，没想到这个大姐就是以后朝夕相处的大云。

按照大姐所说，我在二月二早晨来到舞台，和一众素不相识的人一起开启了人生中的太极之旅，也因此结下多年的太极情缘，友情如一杯陈年老酒，时间愈久愈醇厚。

在李老师的言传身教下，我们 11 级太极 2 班二十多名学员将一套杨氏 24 式太极拳学完了。太极让我找到了一条适合自己的运动方式，从此，一早一晚的练习便占据了我的业余生活。

练太极前必须做热身活动，抻拉踢劈是对腿的基本要求，振振胳膊，转转腰，也是重中之重。那时看老师们打一套拳练一套剑，满心的敬佩，尤其是看到他们把腿抬过头顶更是唏嘘不已。暗自鼓劲儿，我也要做得和老师一样好。

功夫不负有心人，一段时间后我的腿功大有长进。腿抬得越来越高，最终能立在墙面上，下叉也是说来就来，动作亦是有模有样，一度被老师请上台当作样板在台上做示范。

一年的时间，我学习了两套太极拳，两套太极扇、三套太极剑，还有太极刀、柔力球、太极掌、五禽戏、八段锦等内容，有点应接不暇，脑子里装得满满当当。从内心来讲，我还是比较喜欢太极拳和太极剑，更想静下心来打拳练剑。

我在学习太极的队伍当中算是年轻的，曾经有人跟我开玩笑，怎么这么年轻就学太极了？我笑答：因为喜欢。因为年轻，记性自然要比其他人好一些，再加上我的勤奋好学，不会就问，回家再看网上的教学视频，就比别人快一步，每逢学习新动作，就有很多拳友跟在我后面练习。

2012年春夏之交的早晨，众人正在广场上练拳，看有人窃窃私语，并不时地把目光投向别处，我也随着望去，见一个身影在舞台北边闪展腾挪，刚柔并济，打的套路竟与我和大云私下学习的陈氏56式太极拳很相似。几个人不约而同地停下，走了过去，近距离地观摩。此人稳健的步伐，尤其是他发力时的弹抖劲，着实让我们大开了眼界。等他打完，我们上前询问，这才知道老师姓柯，福建莆田人，他打的是陈氏老架一路。

几天后，我们又见柯老师，说出想跟他学习陈氏太极拳的愿望，柯老师问我们学过陈氏太极吗，我和大云说私下学了一点。于是一起练了练56式太极拳，柯老师给我们做了指导，并答应教我们陈氏老架一路，可把我们几个高兴坏了。

2012年7月初，陈氏太极队便在广饶乐安公园诞生了。

有了一年的太极功底，再学习陈氏老架一路不是太难，但也不易，一个动作，要重复好多遍才能记住，仅起势就让我们学习了好几天。起初，柯老师因没带过学生，缺乏经验，他演示完动作就让我们自己练，我们都没看明白，不知道咋打，柯老师才慢慢教起来。遇到不明白的地方我们也经常问，柯老师认真解答。教的认真教，学的认真学，功夫渐渐上了身。那段时间，我们学习的劲头都很足，早晨早早地到公园练习基本功，然后温习旧的，等柯老师到了再打给他看，合格了再学新的。

早晚学拳，白天上班，不知不觉，暑假到了。

暑假里，学校组织假期旅游，我决定带着孩子一起去河南云台山。只可惜分身乏术，出去玩儿势必会耽误太极拳的学习，几天的行程，老师不会因为我一个人停止教授进程，也不可能放了大家的假，只能回来再补了。

旅游回来后，除了加紧学习，更多的是补习功课，我愈加勤勉，基本功在那时达到了顶峰。老架一路 74 式学完后，为了庆祝陈氏老架一路学习结业，我们特别邀请了广饶县武术协会相关领导、广饶县太极拳泰斗前来检验，请专业摄影师拍照留念。

2012 年国庆节后，因家里的变故，我终止了太极练习。

再返拳场已是两年后。还记得那年冬天，我在舞台北侧的廊角处见到大云，因天气寒冷，场地上的人愈加稀少。跟着大云打了一遍老架一路，许久的僵化，使得肌肉承受不住如此剧烈的运动，咬着牙跟下来，为这两年的闲散付出了代价。天气冷，身上出了汗，和大云聊了几句，便趁热乎劲往回走。深一脚浅一脚地回了家，全身的骨头像散了一样，坚持了几天才恢复过来。

后来，我在学习老架一路的基础上，又学习了老架二路，重修陈氏 56 式太极拳，还学习了两套陈氏太极剑，跟老高学习了新架一路和反打老架一路，通过各种方式体悟太极的意念及气息的运行。

自从学了太极，不仅身体较之前好了很多，且精力旺盛，还考了两个证。2011 年冬在一中一校区体育馆参加了一次武术表演，有意思的是我打的太极拳，却拿了一个螳螂拳的段位证，直到 2015 年到市里参加太极拳四段的段位证考试，才刷新了螳螂拳三段。

我学习太极拳的初心是强身健体，愉悦身心。自从拿了四段的段位证后，再有什么考试我就不怎么参加了，一是觉得没啥用，二是想一心一意地练习太极拳。有时也会跑上舞台，一展身手。为了这台上几分钟，没少在台下排兵布阵，集体展示不仅队伍要整齐，动作也要协调一致。排练过程中没少闹笑话，但大家都很认真，功夫在排练中不断拔高。

学习太极让我结识了一帮太极人，他们有医生，护士，公务员，银行行长，商人以及单位领导。

柯老师当年是六七十岁的人，但他挺直的腰板，矍铄的精气神，却让人感觉他比实际年龄至少年轻十多岁，这就是太极的魅力所在。柯老师自幼生活在海边，为了防身，从小习武，四十多岁开始拜师学太极，他常说的一句话是：一定要坚持打太极，太极是个好东西。柯老师曾获得很多大规模比赛的冠军。除了太极，他还练就了一手好字，他说，练太极对练习书法帮助很大。柯老师是值得敬重的，他给广饶太极带来了一缕清风，丰富了广饶太极的拳种，尤其对我们几个他的学生来说，受益终生，永不忘怀。

任哥是我们里边最大的，他好久不练拳了，比我还懒，但为人正直，朴实厚道。拳场上，他穿上太极服，一招一式，一丝不苟，绝对的“大师”范。虽然基本功上有点稀松，但做得极其认真，属于粗线条的。在酒桌上，任哥一样的有范，不用劝，大口喝酒，大块吃肉，让人看着就高兴。在酒桌上，我基本不喝酒，但也有拗不过的时候，还是任哥及时救场，让我躲过了几劫。我是十个人里最小的，他是最大的，大如兄长一般，此刻，突然有向他行一个抱拳礼的冲动，哈哈。

大云是我们的大姐大，是个敢说敢为且主意很正又不满足现状的人，她不断进取，从杨氏转学陈氏，在陈氏上狠下功夫，还曾经数次跑到陈家沟跟张东武和徐勤兰学习，回来后，带给广饶太极人一套完整的功前操，并毫无保留地把学到的拳术和剑法教给大家。她曾在多次比赛中拔得头筹。现在的大云可是广饶太极界响当当的人物，不仅学生众多，还当选太极协会的副主席。在我人生困顿之时，大云也曾伸出援手，妹妹深表感激，对此，也默记在心。

小云是个神人，学起太极来那叫一根筋，也可以说是转战南北了。她先学杨氏，后学陈氏老架，又去学陈氏混元，最后她认定了陈氏洪派，找到了实用拳法，也算是没白混这些年。她学太极这么多年，见谁都劝人家学太极，拉上老公一起拜了陈中华为师，双双成了入室弟子，结果，老公竟然比她还迷太极拳，说起来，这也算是她最骄傲的地方了。小云对我帮助很大，至今还记得刚学太极那会儿，因不懂步伐的重心转移，右腿膝盖曾一度积水，小云开车跟我去医治，一帖膏药焐了半个月，正值仲夏时节，热自不必说了，心里也是因了小云的热心肠而暖烘烘的。

良和涛是拳场上的开心果，爱开玩笑、讲故事，讲着讲着就把玩笑指向芳，多亏芳大度，不跟他们计较，说不在乎吧，却又口口相争，有时还会你追我赶，一争一闹间，把个拳场闹得乐翻了天。

文不言不语，却很有思想，他是做过大手术的人。自从打了太极，身体的抵抗力明显提升了很多。他也是个有恒心的太极人，雨天在家练，晴天在外练，亦是风雨无阻。

老高，武术奇才也。身体虽然偏胖，动作却是异常的敏捷，翻跟头，下叉，闪展腾挪都不在话下；他还看着网上的视频、书上的理论，自学了多种拳法，新架一路、新架二路，悟出一套自己的理论，枪、剑、鞭玩得那叫一个好；不仅如此，他还能反打、倒打老架一路。

英和良是夫妻档，英学习既认真又刻苦，拳剑都打得呱呱叫，是很多人学习的楷模。她认真起来，把墙上的玻璃当镜子照，一边练一边看自己的动作到不到位，一时在整个拳场传为美谈。明和涛也属于夫妻一起玩太极的，本着出来锻炼身体的目的，一直坚持不懈。他们家的院子里瓜果菜蔬样样都有，偶尔我们也会分一杯羹。

除了大师兄，还有一个比我懒的就是军。她那一副弱不禁风的骨架，一腔打三天渔，晒两天网的热情，唉，我都愁得慌，不，我也替自己愁得慌。

在我熟悉的太极友人中，我是不够坚持的一个，说起来有点儿自惭形秽，身上原有的那股太极精神丢了。柯老师的谆谆教诲，没忘，只是心有杂草，暂时无法割除。其他人都在不同的地点接受新的，或依旧打着旧的，始终没有放弃。也许是经历多了，心里顾及的东西也多了，冷落了太极。但不管怎样，曾经的太极群还在，兄弟姊妹们的感情还在，场地上的每一瞥都鲜活地定格在脑际：十几个人排成三队，一袭白色太极服，在绿树的衬托下更加的鲜活，一掤一捋一挤一按，满满的精气神。练太极八年，八年前的我们都还那么年轻，真是岁月如刀，不知不觉间，脸上和看不到的躯体里划下了道道伤痕。

盛夏时节，大家捎着水，活动间隙喝上一通，聊几句或交流一下心得，有时侃侃大山，嘻嘻哈哈待到九点，才各自回家。还记得那年盛夏的一个晚上，我们聚餐，饭后正是平时打太极的时间，于是又一起到了拳场。当时我穿着带跟的凉鞋，看着别人打心里痒痒，打吧，又被鞋子牵绊着，不能尽兴。后来干脆把鞋袜脱了，赤脚上场。当时，太阳的余温未退，地面热乎乎的，很舒服，只是打的时候，不敢擦脚，要是硬擦，定会将脚皮献给土地公公。任哥那晚喝多了，骑着电动车摔倒在拳场上，发出很大的声响，估计跌得不轻，待大家停下，他说了声没事，扶起车子上去就走了。好在是摔在拳场，不是公路，在此提醒，禁止酒驾，嘿！

要是换成数九寒天可就不同了，站在那儿脚不住地跺，却始终是暖和不过来。于是赶紧练功前操，打几套拳，身体微汗，趁热乎各跑各的路。

说起来打拳最舒服的时候就是春秋两季了，但若未经历过寒暑那极冷或极热的劲儿，又难以体会春秋的舒适。

我也曾早晨起来，自己在小区里找个场地练习太极，只是坚持的时间不够久。到现在为止，也有半年多的时间没有活动了。写到这里，不免将心中的杂草按了数按，重拾太极的想法如冲破牢笼般愈加强烈。振振双臂，挺挺腰身，一口丹田气顺着脊背直达百会。

长了短了

想理发很久了，只是迟迟做不了决定。

这天，闲来无事，莫名地下了决心，走进一家无名理发馆。

坐在理发店松软舒适的理发椅上，看着理发师抓捏了几下我的头发，问我想理个啥发型，我说：理短就行，你看着我的脸型设计一下吧。理发师先从镜子里瞅了我几眼，又用手在我耳边比划了几下，随后给我系上围布，抄起剪刀对着我的头发下了手。不一会儿，一头的长发随着此起彼伏的咔嚓声，顺着围布"唰唰"地滑落，在理发椅周围撒了一圈。

此刻，我心里竟无一丝波澜。想想奔五的我，从有记忆到现在，发式的改变也就那么几次，这次算是心里最平静的。

小时候多是短发的我，皆是母亲操刀修理，因为小，不懂什么好看不好看。从二年级开始，母亲不再给我理发，任由头发生长，后来就扎起了马尾。一开始自己不会扎，母亲又忙，就让大姐帮我。大姐老嫌弃我头发多，多得抓不到一起，好不容易抓到一起了，却又勒得我龇牙咧嘴，直喊疼。大姐一生气，把梳子一扔，不管我了，还是在母亲的要求下，才又抓起我的头发，杀猪般地给我梳头。这次头皮再疼，我也不吭声了，生怕她烦了扔下一头乱发的我再次走掉。

母亲要是有空，也会给我梳头，母亲梳头的动作很温柔，扎的麻花辫松松垮垮，一边编辫子，还一边说：头发是有生命的，不能太紧，紧了头皮被拽得很疼，时间一长头皮会受损，导致头发会过早地脱落，而且，分道不能在中间，会变秃的。

后来，我也慢慢学着自己扎辫子，起初扎得毛毛糙糙，时间久了，糙也就顺手拈来了。

自从二姐从姥姥家搬回来后，我确确实实地享受了很多回二姐式的梳头。她拿我的头发当试验田，什么麻花辫、高马尾、飞机头，手法不轻不重，摆弄得我老打瞌睡，惬意极了。

初三时，学习紧张，二月二那天，母亲命大姐带我去理发店把头发剪短，那还是我第一次去理发店，大概是母亲觉得她的三妮长大了，知道爱美了。

理发店的名字我还记得，叫青青发廊，位置在电影院附近，菜市场的北边路东。店面不大，玻璃上涂着粉的绿的油漆，错落有致，门口周围还挂着彩色的霓虹灯，装饰虽没有现在的那么高大上，但在那个年代也算不错了。

理发师先揪着我的发辫，掂了掂说，能值几个钱，问我，卖不？我拿不定主意，多是舍不得，毕竟它们在我的头上蓄长了六七年，可拿回家又有什么用？即使卖又能卖几个钱？我用眼神把决定权交给大姐。大姐说，拿回去吧。

理发师拿起剪刀的那一刻，我将眼睛闭上，于是被人揪着的发辫随着咔嚓几声，便与我断绝了关系，我的心也跟着揪了几下。

“当”的一声，理发师让我睁开眼，一条近半米长的发辫被掷到眼前的玻璃桌上。镜子里的那双眼睛开始盯着曾经属于自己身体一部分的发辫，许久不曾离开。直到店主问理个什么发式时，我才从没有生命力的辫子上抽离，再次把决定权交给大姐。大姐说，她是个学生，就理个学生头吧。

店主一阵忙活，剪剪修修，最终理了一个学生头。理好的头发齐额包耳，衬着一张稚嫩的小脸还蛮好看的。理完发，拿着我那被剪下来的发辫回家，交给母亲，希望有机会能换几毛钱。后来，这条发辫曾几次被母亲拿给收长头发的，几次又被拿了回来，最终经过几个夏天，生了虫子，扔掉了。

好看的学生头长了一段时间就变样了。因为长时间扎马尾，头发开始尽显不羁的狂野，在耳朵两边与后脑勺处肆意妄为起来。理发还得花钱，离城里又远，实在不想麻烦，于是任发舞九天，以至于毕业照、毕业证和老身份证上都留下那时的爆炸式短发。

上高中军训前我才把伸向四周的头发理掉，理后显得倍儿精神，趁军训的中午时间，我穿着军装到照相馆拍了一张英姿飒爽的单人照，照片上的自己一脸的喜气。

高中毕业后，我蓄起长发，直到生孩前才又理短，2002 年又慢慢地蓄长，截至 2020 年 6 月 13 号，共十八年的时间，一直都是长发。

长发有很多好处，最重要的就是可以变换很多发型，什么高低扎马尾啦，编麻花辫啦，丸子头等，还可以烫发、拉直，满足一个爱美女人的心理。只是我对直了弯、弯了直的头发，真的伺候腻了。掐指算来，也有几年没拾掇头发了，平素里多是扎一个马尾，方便省事。我的脸型还是很适合长发的，但随着年龄的增长，头顶上因长期扎马尾，揪得发缝两边的头发越来越少，发缝也就一天宽似一天，母亲的那句话在三十多年后真的应验了。某天，女儿突然说：妈，你的头顶上有点儿秃了。这才更坚定了我两年来想理短发的决心。

理短发还有一个很重要的原因，那就是白头发。如今，染发的人群越来越多，不仅女人，男孩子也染，不仅白发的染，黑发的也染，染成黄的、棕的、红的，还有漂染，年轻人就是赶个时髦。爱美的我每每看到黑白两段的头发，禁不住再次启用染发剂。碍于染发剂的化学成分，每到冬天我就有把头发剃光、买个发套扣上的念头，既好看，又省得染发，还可以当帽子戴。另外，还有可能让黑发重生。

让我做出理短发决定的另一个原因，就是最近在一家理发店修头发时，那店长的技艺应该不赖，可能是想让我夏天更凉快儿些吧，给我理短不说，还给我打了薄，这薄打得那叫一个狠，参差不齐也就算了，想把头发打弯儿，夹起来都做不到，不长不短的小马尾在脖颈上扫来扫去，热且难受，恨不得一把揪下来扔掉了事。

自从理了短发，引来很多诧异的目光，是嫌我丑了，还是一时不适应呢？我想应该都有。女儿就说，很难看，再留起来吧！文友说，像扣着一顶帽子。

“你的头发是真的还是假的？”外甥咧嘴笑着上前用手抓了几下，结果他很失望地说：“我还以为是假的呢。”唉，想想真是罪过，难为大家的眼睛了。一开始看到镜子里变了样的自己，脸一下子就方了，也接受不了，可事已至此，还是习以为常吧。我那硬而粗的头发啊，真的像一顶帽子扣在头上。

不过理短发的好处还是很多的。先不必说洗头梳头省下多少麻烦；也不必说大热天晚上睡觉，不用将后面的头发撩起；单就是戴帽子一扣到底就能让人爽得不行；还有冬天的棉袄，也不会因长发扫来扫去，在帽子边上、衣服领上还有后背上留下一道道污痕；不再因耳际的发丝龇牙咧嘴而苦恼，为买什么发饰而头疼……

生活本来就是多元的，长了短了，发型而已，当然一个发型会体现出不同的风格，但无论怎样，都改变不了本人的内在修为。也就是说，长发的是我，短发的也是我，不会因为发型的改变就变成另一个人。

也许有一天我会再蓄起长发，也许……这长了短了的不过随一时的兴起罢了，给枯燥的生活加点料。换一种发型，改变一下自己的心情，不过就是让我们的生活更加丰富多彩。

修鞋记

鞋架上有一双休闲凉鞋，乳白色，里外全皮，镂空鞋面，舒适且有弹性，白天上班，晚上散步我都喜欢穿它。

去年夏天的一个晚上，我和女儿在操场散步，突然被什么绊了一下，差点儿摔倒。看看地上，没发现有啥异常，再往前走，又绊了一下，这才把目光放到鞋子上，蹲下身子仔细查看，原来是鞋底开胶了，没办法，只得扶着女儿，踢踢踏踏地回家。一路上，一个劲地气自己，下决心回去就把鞋子扔掉。可第二天提起鞋子时，又有点不舍，就到一家精修鞋店，花四十元把它粘好。

夏天刚到，我又穿起了这双鞋，几天后发觉这鞋子又出现问题了。鞋带儿上的粘毛和刺头老粘不到一起，走几步就分开，可把我害惨了，几次三番地停下脚步，弯腰，扣鞋带，尴尬极了。于是，趁中午下班的时间跑去修鞋。

我是这么想的：鞋带儿是个附件，找个一般的修鞋匠就行，于是来到乐园市场。

市场上熙熙攘攘，卖菜的多，买菜的少。市场南边儿靠路边坐着一排修鞋配钥匙的老工匠。他们长年累月地蹲在这里，靠自己的一双手和一点儿手艺养活着自己及家人。从这一点来说，我是极尊敬他们的。

十一点多的骄阳如火球般炙烤着大地，发出耀眼的光芒，好在有风，一顶顶的大伞下面，老工匠们边说着话，边干着各自的活儿。

我极力寻找着一个老工匠的身影，以前配钥匙、修鞋，我都找他。他七十多岁了，耳朵很背，只是在家待不住，用他自己的话说：出来干点活解闷。我不知道老人姓什么，但老人为人朴实，对待顾客也很热情，言谈之间让人倍感亲切。尤其是他干活认真，有时虽没有那么细致，却也足够结实。在几个工匠中没找到老人，我也只能另寻他家。

我在一个靠外边的摊子前停下，老板很悠闲的样子，看我过来，忙招呼："修鞋还是配钥匙？"我把鞋子递给他，并把问题告诉给他，他好像没听我说的话，像大夫一样翻看着鞋子，最后确诊是粘毛的问题，他那认真的态度着实令人敬佩，但接下来他的举动却让我再也敬不起来。

在确定问题找到方案后，他拿着鞋子的手往边儿上一丢，我的鞋子便被倒扣在地上，周围是土地，还有凌乱不堪的修补工具及材料，我有点心疼我的鞋子，我自己都没如此粗鲁地对待过它们。心里已有几分不悦，但口气还是很委婉地问道：修好需要多少钱。他说四元。便宜，姑且让他修吧。我又问多久能拿鞋，他说十分钟。抬眼看看卖菜的，顺便捎点儿回去，十分钟也够用了。

买上菜，看看时间，刚巧。便推车走到鞋摊前。一打眼，便看到我的鞋子纹丝没动地倒扣在地上，心中的小火苗开始往上蹿。老工匠正在配钥匙，往旁边一看，一个戴口罩的小伙子坐在老工匠的伞底下，看情形是配钥匙的。因急着回家做饭，我的语气也有点儿着急："师傅，我的鞋怎么还没修啊？你说十分钟就好的，这可十多分钟了。"老头儿头也不抬地说："人家来得早，这就弄完了，等等吧。"

我无语了，来之前也没看到这个小伙子啊，以前我也配过钥匙，分分钟的事儿，我站在太阳地里，自言自语道："唉——我急着回家做饭，早知道你忙，就找别的师傅做了，那几个师傅都闲着呢。"

小伙子看了看，一边说："我去那边买点东西，一会儿就回来。"一边起身离开。

老头儿见他离开，忙拿起我的鞋，讨好般地说："他走了，我先给你修。”我没说啥，心里思忖：这老头儿不愧是老江湖，见风使舵的本领可真是老道。

我支好车子走到伞底下，享受一会儿片刻的阴凉。

正修着呢，小伙子回来了，老头儿有点儿不好意思地抢白道：“她急着回去做饭——”没等他说完，小伙子操着一口东北腔说：“没事儿，没事儿，做饭要紧，我这闲着没事，等等，没事。”说完又坐回到原来的马扎上，和老工匠唠起了嗑儿。我心中感激他的大度，也不知说啥好，就没搭腔。

本以为鞋子的粘毛需要拆下来，再把新的砸上去，没想到老头儿的懒汉子做法也实在是到了家。他剪了一块儿新粘毛，压到鞋带原来的旧粘毛上，用他的修鞋机匝好。六七分钟完活，省事儿，果真是一分钱一分货，一分钱一分手艺啊。

看鞋快修好，我跟老头儿要二维码，他说没有二维码，得现钱。我又跑到卖豆腐的那儿兑换了四元钱，付了账。不偏不倚，又见那老头儿将修好的鞋随意丢到路边，火气直往上蹿，想要发作，转念一想，他这么大年纪，也不容易，鞋子都修好了，较啥劲啊。

于是，用塑料袋把鞋装好，对着那个小伙子说了一声：“谢谢，让你久等了。”在小伙子友好的说话声里，骑车离开。

回到家，边做饭边讲给女儿听，女儿说：“老头儿不容易，小伙子挺好，您就消消气吧。”

方寸之间

广袤的鲁北平原上，冬日的夜晚，小北风裹挟着漫天的雪花，敲打着我家的窗玻璃。

室内，火炉上蹲着的胶锅里咕嘟咕嘟地喘息着，还伴随着一缕缕升腾的热气。

父亲不时用竹筷搅动着胶汁，他举起竹筷，两眼注视着从上面流淌下来的胶汁，胶汁像蜂蜜一样拉着线，不一会儿，汇成一滴砸进胶锅，只一瞬，便融进胶汁。

父亲将竹筷放到暖气包上的胶碗里，转身去忙别的活计。

禁不住我的再三讨要，父亲正学着做一个相框。长条凳上顶着一根儿刨好的边框，父亲坐到板凳上，脚蹬麻绳，将边框斜放，固定好，从身后摸过刨子，仔细地将框边儿去棱，一下，两下，三下，直到形成四十五度的坡脚，他才松开脚，放刨。旋即又拿起边框，左眼闭，右眼睁，看完这头儿再调过去看，不满意就再刨，直到满意为止。

父亲站起身去炉边拿起其他三根刨好的边框，对比着，一会儿眉宇紧皱，一会儿又舒展眉梢，似乎已经看到装满全家人相片的相框挂在墙上的样子，眼里露出喜悦的神情。

父亲站起身，去炉边儿看熬胶的火候，这次胶汁沿着直立的竹筷向下垂去，拉出长长的线，发着晶莹的亮光，父亲嘴角微翘，将胶锅提起，倾斜，倒进胶碗……我的眼皮再也支撑不住，沉沉睡去。

第二天一大早，耳边送来一股热流，一个声音响起，把我从睡梦中叫醒，我睡眼惺忪地瞧着俯过来的大脸，父亲正一脸喜悦地看着我，却见我无动于衷，这才又道：“快起来，你要的相框做好了！”

我一阵惊喜，一骨碌从床上爬起来，穿衣下床。果然，暖气包下面的脚地上斜倚着一个方方正正的相框。我笑着回头，对着父亲说：“爸，这样就能放相片了？”父亲挠挠头皮，也笑了，他拿来卷尺，绕着相框量起尺寸，然后出门去了。

回来时，父亲手里托着一块玻璃。利用父亲出门的间隙，我将家里的照片取出，堆到一起，按照尺寸分好类。将玻璃压到相框槽里，把全家福反扣摆在中间，其他的按照大小摆好，父亲把剪好的一块硬纸板递给我，我小心翼翼地将硬纸板压到照片上，父亲又拿来一小簇鞋钉和一把小锤子，在父女俩的配合下，又将照片压紧固定好，将相框翻转过来，一看，我俩都嘿嘿地笑了起来。原来我摆放照片时光顾着反扣，没注意上下，结果，相框里人物，有的站着，有的练起了倒立。于是，又起下鞋钉，重新摆放，最后，照片终于整整齐齐地住进了相框。

最后，父亲在上框的中间拧进一个羊眼圈螺丝，又在屋子后墙靠中间的位置上楔了一个大号钉子，羊眼圈往钉子头上一套，墙上便多了一处风景。

那是父亲学木匠以来第一个作品，也是我们家的第一个相框，这个相框一直挂在我们家的北墙上，直到去年家里因通天然气，墙壁贴了壁纸，它才被放进角落里，可在这方寸之间，仍保留着一份感情，一点记忆，一丝温暖。

夜行

“书宁，别慌，看好路况，慢慢走，没事的。”虹沉稳的声音从后座传来，我心稍安，但刚才的余悸未消。

“哎——坏了！”随着一声惊呼，汽车一个大的起伏，随后便是剧烈地上下跳动、左右摇晃，活像在跳摇摆舞，这是陷进了大水坑呀。

灯光下几个水坑出现在前方的路面上，驾车的我犹如骑在一匹烈马上，手恰似抓紧缰绳般地握紧方向盘，整个心都提到了嗓子眼，一口气呼出，方才惊魂稍定。我左脚轻点离合，右脚半踩油门，继续在坑洼不平的东王路丁庄路段的辅路上行驶。

夜间开车，视野受限，本能的紧张控制着我，更要命的是，雨一直下，一车三人的安全系与我身，恨不能再多长几只眼睛，让我能眼观八路。僵直的脊背丝毫不能放松地继续直挺着，生怕再陷进水坑让美女们也跟着受惊吓。

雨刷不知疲倦地在我眼前摆来摆去，将一团模糊变成清明，不一会儿，视野又被一层雨雾遮挡，就这样，一阵清明，一阵雨雾，让我更是不敢掉以轻心。

又走了大约七百米，快到拐弯的路口时，一辆车迎面驶来，对方司机真不错，他把车靠到一边让我先行，我心生感激，在将远光灯调到近光的同时，按了一下喇叭以示感谢。“书宁，该拐弯了，就在那辆车拐过来的地方。”听了虹的话，我习惯性地打起转向灯，准备左拐，心想：既然人家能过来，我们应该也能出去，看来我们是越过维修路段了。

正心存侥幸，眼前凸现的路况让我大跌眼镜，不，是紧张的神经又加了一根弦儿。坑洼不平的道路让我的心再次揪到了嗓子眼儿，只见前方起伏不平的路尽头硬生生地鼓出了一个大土堆，更准确地说，那是禁止通行的土堆，怎么办？“前面是一道很高的土梁，好难走啊，咱还过吗？”我把问题抛到后排。

“走吧，大不了咱再折回来。”虹继续给我打气。

我把心一横，过！脚踩油门，如斗牛般向着前方顶过去，车一起一伏一颠，又一起一伏一颠，总算过了土堆，眼前又出现了几个三角警示牌，有几个被撞得横在一边。可想而知，我们走错路了，但此时回头为时已晚。后面没有声音，借着前人闯出的路，勉强通过，紧跟着往右一拐，上了公路。

没有路灯，障碍也没有了，宽宽的路上没有车辆，跑起来吧。可我的心总感觉有点不安，因为路面好像是被什么器械均匀地划过，致使车轱辘在碾压路面时，发出呜噜呜噜的闷响。

后面的虹和霞显然是放松了，开始吃起瓜来，清脆的啃瓜声传来，让我的心安静了许多，走吧，大不了再回去。此时，有电话打来，斜眯了一眼手机屏幕，是女儿打来的，任其响着，直到它自己停止。

“哎，不大对啊，前面好像有障碍。”走了一段后，模糊的视线里出现了隐约的黄色光芒，那是车灯打到三角警示牌上反射的光，朦朦胧胧中，似乎还有看不清的东西，那犹如庞然大物般矗立在警示牌后面的障碍，使我不由自主地发出声来。

她俩停止了吃瓜，开始注意前方的路况。车往前走，借着灯光，前方的障碍越来越清晰。近了，近了，果然是一排警示牌，它们像士兵一样立在那里，这还不足以震撼到我们，震撼到我的是那几辆杵在警示牌后面，位于道路中间的推土机，一辆辆高大的推土机犹如巨人般在雨里静默着，脑海里竟浮现出金刚的影子，虽无声却强悍，让我不容置疑地想掉头，自叹我们都是些不撞南墙心不死的主。

返回时没再走那颠簸的辅路，试探着前行，此时导航提示：前方路口左转，进入广青路。我如一头迷路的羔羊，终于冲破山重水复，看到了柳暗花明，心中顿时豁然开朗起来。利用等红绿灯的时间，我给闺女回了个电话，让她安心。

进入广青路后，虹跟霞说：这回好了，走上正轨了，再吃块瓜。真是个豪爽的姐姐。

广青路上车辆稀少，因为是309省道，路况相当的好，路中间高高的屏障犹如大刀将路切成两半，对面偶尔会有车灯一闪而过。起初，刮雨刷还在紧张地摆动，后来，我发现雨好像停了，于是将刮雨器往上一提，让它也歇会儿。刚一会儿，雨又来了，这天气比孩子的脸变得都快。我苦笑着，不得不再次启动刮雨刷。

路边有建筑出现，还有灯光，我猛一抬眼，借着灯光，只见千万点水珠如排兵布阵般从黑暗的雨幕里发着亮光倾泻而下。只一瞬间，随着灯光的撤离，雨幕便消失不见，再也无从寻觅。

车驶进227省道后，我才意识到我们是落在了陈官地界。南去的路再无遮拦，提着的心终于得以归位。对面，北去的车辆比较多，远远的，车灯直直地向我刺来，眼睛有些睁不开了，我就将远光调整为近光。灯光的转换竟然得到对方的回应。在这雨夜里，不相识的彼此因为一个动作让对方感觉不孤单，确也心生温暖。此时，虹对霞开玩笑地说：“哎，霞，你说要是我们俩逼着书宁走高速，是不是会不一样？”

我嗫嚅道：“没跑过高速，有点怵。”“书宁，你是不对的，凡事都有第一次，要是一直唯唯诺诺的，你永远感受不到高速行驶的畅快淋漓，”停了一会儿，她接着说，“不仅如此，生活中许多事也是如此，对，还有投稿，你们不能老在一个圈子里转，得往上走，很多人以为，自己水平不够，试着往大平台投了几次没中，就失去了信心。要学会理性面对投稿，投中了，不代表写得好，投不中也不代表写得不好，有这么一句话‘你永远不知道你的潜力有多大’，不要为自己的失败找借口，要有一股不服输的劲儿，永不放弃才能成就自我。”我暗暗点点头，不得不佩服虹姐的高瞻远瞩。

送完霞和虹，回到自家楼下。停车熄火，顺手牵过手机，这才注意到时间，本来一个小时的车程，我竟开了两个小时，心里不自觉地又纠结起那句话：要是上高速会怎么样呢？也许会好很多，那就期待下次高速冲刺吧！

微笑的空壳

北方的末伏天，气温骤变，让人产生一种瞬间的失重感，好似猛地从盛夏被丢进了深秋，受天气影响的不仅仅是人，还有树上的蝉。

几天前，蝉还在树上铮铮而鸣，而此刻，它凄厉的鸣叫像游丝一样微弱，那声音宛如一曲悲歌让人心生怜意，这难道就是柳永笔下的寒蝉凄切？

秋天的肃杀之气就像一道圣旨，将所有的蝉鸣尽收，人们似乎已经听惯了夏日里蝉的欢唱，竟一时难以适应。不觉想起“明月别枝惊鹊，清风半夜鸣蝉”和“蝉噪林逾静”的情境来，竟生出假如夏天没有蝉鸣会怎样的疑惑。

夏天从蝉发出的第一次声响开始，夏秋之交，幼蝉便再难从地下爬出，成蝉也将从树上纷纷坠落，用生命中的最后一次嚎叫与夏日道别。由此，蝉鸣唤醒了夏天，也送别了夏天。同时，蝉也成为“是谁在敲打我窗，是谁在撩动琴弦”的始作俑者。

在描写蝉的诗作中，我尤其喜欢“落日无情最有情，遍催万树暮蝉鸣。听来咫尺无寻处，寻到旁边却不声”。这首诗是杨万里写的《初秋行圃》，是一首以田园生活为题材的古诗。诗人写落日催暮蝉、蝉鸣声此起彼伏的情景，也写了闻蝉寻声、蝉儿闭口的情形，整首诗通俗易懂、真切传神、趣味横生。虽是即景写景，却亦具有一番清新别致的情趣。这首诗还说明了一个事实：蝉与夏天自古就相伴而来。

每个人的童年皆有“池塘边的榕树上，知了在声声叫着夏天……”的记忆。请问，没有蝉鸣的夏天，还能叫夏天吗？曾看到一则网帖，呼吁“留住蝉鸣，留住乡愁”。便有网友开展“护蝉行动”，捉回家，蜕壳后再放掉。

犹记得去年夏日的黄昏，我在路边无意中看到一只幼蝉，捡起拿回家，交给女儿。女儿把它置于掌心，突然惊呼：“妈，你看，它震动得好厉害，应该快蜕变了，我想让它变出来。”我调侃道：“你舍得这只美味？”女儿不以为然地说：“嗨，这有啥舍不得的。妈，你知道吗，蝉的一生非常艰难，但又很神奇。成蝉将卵撒到树下，卵便钻进泥土，开始寻找树根，利用自己天生的刺吸设备，靠吸食树根里的汁液存活，并慢慢长大。它们在地下生长三到七年，有的长达十年，没有同伴，独自面对黑暗。但它们没有放弃，直到破土而出。”

“出土的幼蝉依然离不开树的滋养，它们寻着树干往上爬，褪去外壳，将隐匿的翅膀伸展开，稚嫩的身躯在一夜之间迅速硬化，不久便穿梭在高大的树木之间。你看，生活在地下的动物有很多，就拿蚯蚓来说，在离开泥土的时候，大多数被晒干或者被别的物种吃掉。蝉的命运则不同，在经过那么长的黑暗后，它见到了光明，嗅到了花香，同时感受着风，沐浴着雨，在酷暑里尽享生命的辉煌。”紧接着，女儿话锋一转，叹了一声，“只是蜕变后的蝉与幼蝉相比，生命却极其短暂，最多活两周就离开树干，跌到地上，不久，便结束短暂的一生。”

“知道的不少啊，你让我想起人的一生，从出生到幼年、少年、青年，直到老年，在人生的关键阶段，奋勇拼搏，犹如蝉蜕，突破痛苦寂寞方能美丽蜕变。”女儿瞟我一眼，一边用手轻轻捏着幼蝉，一边说：“又点化我呢。不过，从蝉的身上确实能学到很多。唉，可是蝉也很可怜，它们的命运本来不济，还要面对重重危险，古有‘螳螂捕蝉，黄雀在后’，现有人类地毯式地搜索炸食，很明显，这两年的蝉鸣少了很多。”我感同身受地点点头。

女儿将幼蝉挂到窗帘上，隔一会儿就过去看看，拍几张照片。

我也凑过去观察，幼蝉用一对强有力的前腿固定住身体，可想而知，此时，它内部的挣扎该是多么的剧烈。终于，它的背慢慢地裂开，娇嫩的蝉破壳而出，干干净净地迎接新生。几分钟后，它脱离躯壳，翅膀由蜷缩的两团渐渐伸展开来，前腿扒住空壳立在上面，完全是一副踩在巨人肩膀上的架势。

看着看着，我不禁陷入沉思：生命的长度，我们无法去估量，只能仅凭着自己获得的经验，一点一点地在有限的时间里去拓展它的宽度。大自然中有些生命转瞬即逝，有些千年不亡。但它们都在努力地使自己的生命发光发亮，尽显风采。我们对待人生，难道不应该像大自然中的生命一样吗？像杉树一样坚持执着，努力向上；像蜗牛一样，即使是那么一小步，也不放弃；像雄鹰一样，展开自己的翅膀，放飞自己的梦想，创造出更广阔的天地；像蝉一样，即使生命短暂，也要固执地等待。

第二天早上，我急着上班，没再理会蝉。中午回家，刚进门，女儿就喊："妈，我把蝉放飞了，让它尽情享受这短暂的一生吧。"

看着窗帘上挂着的空壳，裂开的后背似在微笑。

红色的绿道

车水马龙的城市，需要一个放松身心的地方，除了电影院、咖啡厅，更需要的是一个和大自然亲近的地方。于是，绿道便应运而生。

近几年，城区逐渐大起来，人口多了，在改造老旧小区的同时，一个个新建的住宅区像雨后春笋般拔地而起，让这个小城变新了，变美了。城市洁净，环境优美，少了大都市的快节奏，多了几分舒适与闲情，绿道为小城的绿化锦上添花。

第一次走上绿道是在2018年深秋的东营。那是去揽翠湖的路上，因为下车早了，不得不靠双脚丈量剩余的路。

走在公路边上，大小车辆从身边擦过，轰鸣声此起彼伏，除了危险，还有车辆驶过后飞扬跋扈的尘土问候，扑得头上脸上身上全是，可谓“照顾周全”。

犹疑间，发现路旁的植被里有处红色地带，与公路相伴左右。

急急地钻了进去，眼前是一条路面宽阔平坦有黄色石砖镶边的道路，两旁生出的诸多景观无不让人心生欢喜。

走了一会儿，从指示牌上我才读懂了这条红色的道路，原来还有个养眼的名字——绿道。心里默念着，竟也深切地感觉到了它的奇特：在绿色的草木间一条红色的绿道向前铺展开来，延伸下去，任你想象去，这颜色的搭配有多妙；再无尘土的侵扰，再无烈日的曝晒，亦有美景在侧，更有小风徐徐，心情自然也跟着大好起来。高兴之余，心里就开始念叨，广饶何时才能有这样的绿道啊。

半年后，广饶的绿道也四通八达起来，和同事结伴而行，大家都对绿道的修建赞不绝口。

绿道以宽阔通畅取代了曲径通幽，它不仅为散步慢跑提供了场地，还为自行车、电动车提供了遮阴避日的通道，就连赏花观景者也找到了更多不同的视角。

路边的栾树、白蜡、银杏，绿化带里的青桐、水杉、樱花、海棠形成一道高矮不一的围墙，成功地将柏油路隔在外面，这一隔，竟也隔出了这边和那边的不同景观。这边望着那边是车水马龙，那边望向这边，宛若仙境，还真有点“你在桥上看风景，看风景的人在楼上看你”的妙处呢；站在绿道上，仰面是错落斑驳的枝叶，高大的水杉给人们的视角形成一种垂直尺度的强烈感觉，低头便见左右错落有致的灌木花草，一切都如此的静好，倏忽间，确有飘然欲仙之感。

上班的路仅有一公里，出了小区过一个路口，就可以踏上绿道了。我爱这绿道，爱这绿道上四季变化着的风景。春天杏花、榆叶梅、紫李竞相开放，有调皮的花枝探向绿道，伸手可及，嗅其香，赏其色；小草根根直立，像极了某人头顶上的毛刺儿，在微风里抖擞着满身的戎装；水杉的嫩绿，银杏的葱翠，青桐的萌发，既赏心悦目，又让人心神宁静；夏秋两季，覆满浓浓的绿荫，唯有紫李如半边拱门般弯出一方绿中带紫，紫里透红的荫凉，走在下面，抑制不住地仰头，细碎的阳光穿透密密匝匝的枝叶泻了下来，柔和得让人生出想掬住它的念头，而此刻，正有一窈窕女子身着一袭长裙，撑一把花折伞迎面走来……

深秋时节，绿道上便撒满金黄色的银杏叶，一片一片的宛若小伞般旋转着从天而降。一阵秋风扫过，成千上万的银杏叶唱着歌离开树干，飘落，翻动……我的心尖猛地被什么扎了一下，那是为落叶的美轮美奂而赞叹，为生命的终结而心有戚戚。

连椅是随处可见的，无论有没有人坐在上面，它都可以成为一道风景，或悠闲，或承担，抑或是诉说。

遇上下雨天，因为绿道高出地面，少有积水，加上路面防滑，依旧会吸引很多的路人。吸引路人的还有这边的遮雨亭，有走累的老人孩子，抑或是参加考试的学子，坐在亭下的连椅上小憩。

护城河边的绿道最是怡人。行走间，穿过摇曳的柳枝看向水波荡漾的河面，两岸的景物倒映其中，呈现出一派动感的绿色盈盈；风吹皱了水面，把那荷花的清香送了过来，遥遥地召唤了去；偶有小鱼顶到水面，冒上几个水泡，便在一阵欢愉声中没入水底。站在绿道中的观景台里，抑或是坐在连椅上，观赏着身边的花草树木，水波帘动，路对面雕刻孙子战略思想的石刻及历史人物雕像也适时地进入视野，于是，现代化城市的自然环境和悠久的文化历史便融为一体。

梅花夹道的风景唯孙子文化园所独有，梅园也因梅花而得名。走在绿道上，将一枝白的、粉的，抑或是红的梅花拉近，贪婪地嗅着梅花那浓烈的又夹杂着丝丝甜味的香气，陶醉如仙般地闭上眼睛。每年的初春，树下便云集着一群群的爱花人，他们有的拍摄，有的穿着漂亮的衣裙围绕在梅花周围，欣赏着，赞叹着，久久不愿离去，难怪世称“梅妻鹤子”的林逋会有“众芳摇落独暄妍，占尽风情向小园。疏影横斜水清浅，暗香浮动月黄昏。霜禽欲下先偷眼，粉蝶如知合断魂。幸有微吟可相狎，不须檀板共金樽”的绝唱，也因为此诗，林逋的雕像连同他的两只鹤都被请到了梅园，我想，无论身在何处，只要能与梅、鹤相伴，多一处住所想必他也不会拒绝吧。

最惹眼的是孙武湖绿道上的柳绿花红，桃花的红，柳叶的绿，互相映衬，相得益彰，连绵数里，不知吸引了多少人的脚步。徜徉在绿道上，透过花草树木的间隙，观赏着大水面、大空间、大绿地的孙武湖，碧波万顷，风光旖旎，被风吹皱的水面犹如老人脸上笑弯的褶皱，在阳光的照射下泛出粼粼的白光。

最喜公园里的绿道，可谓一步一景，一会儿玉兰花开，一会儿是似云似雾的黄栌，一会儿鸭子戏水，一会儿牡丹满园……

夜间的绿道则更加安静，一粒粒如豆般的LED灯发出淡黄色的光，把绿道衬托得更加幽静而深远。高高的路灯投射下一束束光柱，透过枝叶筛到地面上，抬头找寻，树上却挂满了金黄色的花。

走在绿道上，它宛如绸带蜿蜒在花草树木间，扮靓了广饶城，也扮靓了广饶人“天更蓝、地更绿、水更清、居更洁”的美丽心情。俯视广饶城，绿道在植被中若隐若现，弯成一节一节的弧状，更像是眨动的睫毛，让整个城市灵动起来。

鱼来鱼往

好久没有大扫除了，趁着周末在家无事，开始忙活起来，无意间发现被丢在角落里沾满灰尘的鱼缸。

我把它请出旮旯，清洗干净，再看鱼缸，透明而有光泽。对着鱼缸端详了好久，眼前一亮，生出主意。

打扫完卫生便回了老家，向老爷子讨要了三条金鱼。回到家，将提前晒在阳台上，用来浇花的一小桶清水注入鱼缸，又去找捞鱼的工具。找了一圈也没找到合适的家什，心一横，干脆用手捞吧。

鱼儿很机灵，身体柔滑，不是被我惊走，就是从我手指缝里逃脱。我耐着性子，慢慢地从下往上用四根手指形成一个网，将其中一条托起，迅速放到鱼缸里。如法炮制，又将其他两条成功抓获。再看鱼缸，三彩游动，穿梭吐纳，不仅激活了鱼缸，就连那些鲜活的花花草草，此刻也像注入了新鲜的血液一般，更加的光彩夺目起来。于是，安静的房间，因这三条可爱生灵的加入，也跟着灵动起来。

因为有了金鱼，我开始为鱼儿们安置场所、备水备食。搬着鱼缸在屋里转了一圈，最后将它们安置在了影视柜的南端。原因嘛，一是好看，二是醒目，更重要的是，鱼儿还可以沐浴到不算强的阳光。同时，距离电视也有一些距离，不至于使电视受潮缩短寿命。

看着金鱼在清凌凌的水里扑棱棱的游动，我灵机一动，何不给我的鱼儿们起个名字：最喜欢那条白的，头上顶着一簇红，宛如印度电影里女子眉心中间点的朱砂，通体的白，却又透着淡淡的体肤红，真的好看耐看，是三条鱼里最机灵的，就叫小白龙吧。其他两条一条是红色，一条是橙色，分别叫红羽和羽橙。它们的形体大小都差不多，随着鱼鳍的抖动，鱼缸也抖了起来。

为了不让鱼儿挨饿，下午，我到市场买了一包鱼食，估计够吃一段时间了。回来后把鱼食一股脑地倒进一个小茶叶筒，用手捏着七八粒散到鱼缸里。鱼食在水面铺散开来，久久地漂浮着，具有很强的诱惑力，可是小鱼们却视而不见，估计是还不太习惯吧，我蹲在地上往里瞧着，心想：我就不信了，你们会不知道吃。

过了一会儿，小白龙游到水面试探性地吞食了一粒，尔后钻到水底。接着，红羽和羽橙也上来，分别啄食了一颗，也钻回水下，搞得跟做贼似的，不会是护食吧？对，应该是它们认为水下进食更安全。看着它们进食，我很高兴，又撒了几粒，转身欲走，却听到身后传来“嘎吱嘎吱”的声音，四处搜寻，最终锁定了鱼缸，不是说鱼没有牙嘛，咋能嚼得如此脆响。又仔细观察了一会儿，确实是鱼儿所为，看着它们那一张一合的嘴，我明白了，原来是鱼利用上嘴唇碰下嘴唇的合力将鱼食磕碎发出的声音。

有了这三条金鱼，我每天回到家，第一件事就是给它们喂鱼食。慢慢地，鱼儿一见我撒鱼食，就争先恐后地钻出水面，吞食后依然回到水底食用。鱼儿吃得多，自然就特别能拉，不长时间鱼缸里就变得污浊起来，这下，我就有事做了——给它们换水。把阳台上晒好的水提过来，换好后再提一桶清水放到阳台上晒，据说这样，鱼儿才活得欢实。

这天晚上，我看电视累了，起身走近鱼缸，被一幕场景给萌翻了。只见鱼儿们脑袋贴着脑袋，除了背鳍扇动，都静静地沉在水底，见我走来，只是稍微动了动。又过了一会儿，小白龙弯出一道水花，跟羽橙嘴对嘴，碰了一下，好像互相问候，又似爱人间的亲吻，那种默契让人动容。

现在的鱼儿们，只要有人靠近就会浮到水面上来，张着嘴巴，似乎是在提醒，该给它们开饭了。撒下鱼食，鱼儿争先恐后地吞食起来，一张嘴竟能吞下三四粒。有时候，我将手指伸进水里，小鱼误以为是鱼食，用嘴碰触我的手指，痒痒的，心下又多出几分喜爱。

有金鱼相伴，它们不仅漂亮，而且机灵可爱，小小的空间就足以让它安身立命。尤其是看着它们在水中游来游去的时候，会触及你心底的柔软处，荡涤尘埃，去除浮躁，让心宁静。

一笼不容二鸟

去年回老家时，提了一只鸟笼回来，鸟笼里的两只黄雀上蹿下跳，啁啾鸣叫，似乎要把整个世界叫醒一般，让人心生欢喜，尤其是那灵动的脖颈不停地转动着，尖尖的小嘴像一枚小铁钉一张一合，配上绿豆粒大小的漆黑眸子，散发着一股子的机灵劲儿。黄雀形如麻雀，其区别就在于上体、腰、翼斑和尾基两侧的黄绿色及黄色羽毛上。

平常见到的鸟儿都是成双结对，我这笼里虽也是两只，但鸟笼却是从中间隔开的。问起缘由，爷说黄雀是不能同在一处的，否则会撕咬对方，甚至将对方杀死。我有点儿半信半疑，因为见过两只在一起的鹦鹉、白眼儿，它们都是相依为命般地抱团取暖，一副恋恋不舍的样子，同样都是雄性，这两只小雀咋就容不得彼此呢？

鸟笼中间的隔栏，是为了避免两只黄雀互相残杀，除此之外爷还在隔栏一侧固定了一块儿硬纸板，所以，平素里两只黄雀只闻其声不见其形。时间久了，它们似乎也很想见见彼此，开始用尖尖的嘴巴啄那挡在中间使它们不得一见的纸板，日复一日竟也不弃。纸板再也扛不住它们的两面夹击，两端都出现了残缺，尤其是搁置食碗的一端，更是惨不忍睹。纸板上的啄痕清晰可见，如锯齿般参差不齐。两只雀儿也终得每日相见。

一天清晨，我正吃早饭，抬头便见那只鸟笼，两只雀儿的表现让我心生欢喜。为了区分两只黄雀，我为它们取了名字：一只叫旭，一只叫虹。透过隔栏旭和虹利用啄出的纸板洞，正在用嘴交流。旭立在横杆上，老练得很，它不怎么动，如王一般沉稳。只有虹忙得不亦乐乎，它蹿上跳下，扑棱着翅膀和旭对嘴。我不知道它们这算不算接吻，反正让我瞧着挺暧昧的。有时候啄一下，虹就跑开，有时候连啄数下，片刻的调整后复又来过。哪怕只是片刻，虹也是欢腾着的。它在横杆上一个劲儿地打磨尖尖的喙，好像是在搞个人卫生，难道是为了讨好旭才让自己更干净吗，总之虹的情形像极了热恋中的年轻人，兴奋得都不知道如何是好，难道它不知道旭也是雄性？曾经的厮杀竟也能忘得一干二净？不会如鱼般只有短时的记忆吧？

女儿是极喜欢小动物的，对这两只黄雀更是宠爱有加。因为疫情，在家时间多，慢慢地将喂养鸟的任务接了过去，我也难得一身轻松，只是偶尔关注一下鸟的状况。

两只黄雀带给我们更多的是乐趣。它们秉承着早起的鸟儿有虫吃的优良传统，每天天刚亮，就与窗外的鸟儿奏响了大合唱，叽叽喳喳好不热闹。它们除了早起，还有早睡的习惯。晚上，灯一关，漆黑一片，它们就安静下来，各自立在各自空间里的同一根横杆上，闭眼休息，犹如闹腾了一天的孩子疲乏了，终于可以休息了。

这天晚上，外面下着雨，我打开客厅灯，想去窗前看看雨势，无意中碰到了鸟笼，把正在熟睡的两个小家伙惊到了，它们扑棱棱地在鸟笼里蹦跳起来。女儿说：“鸟儿都睡觉了，你过去打扰人家，不大地道吧。”我笑道：“这么早就睡觉，哪有现代鸟儿的样子，应该入乡随俗，向主人学习，晚睡晚起。”我俩哈哈大笑，鸟笼里的小家伙瞪着圆溜溜的小眼睛不知所云，懵懂的样子甚是可爱。

为了给黄雀增加营养，女儿用核桃仁研磨成很细的核桃碎，用指肚托着喂给它们。结果两只鸟儿的表现截然不同。虹是个小馋鸟，活泼可爱，对人没有防备，只要用指肚托着核桃碎探向鸟笼，它就会蹦跳着前来啄食。旭就不一样了，无论是谁的指肚托着核桃碎，它都站在远处观望，不肯上前一步。如果把核桃碎放到食碗里，人刚走开它就迫不及待地去啄食，真是一只警觉且有心计的鸟儿。

虹不仅可爱，还很聪明。女儿说几天前她给虹喂核桃碎时，它竟一改往日的作风，没有上前吃，即使跳过来，接着就跳回到后面的水碗上，往返几次。女儿觉得奇怪，于是往水碗里看了一眼，你猜咋着，水碗里竟然没有水，原来它是在提醒主人该给它加水了。

这天中午下班后。我见鱼缸里的水有点浑浊，就打算给鱼换水。无意间看到鸟笼边儿上放着一根筷子，就问女儿："你这筷子是干什么用的？"

女儿说："驯鸟啊。"

我惊异地问："你还会驯鸟儿？咋驯啊？"

"让鸟儿站在筷子上给它喂食。"

"它不跑吗？"

"一开始跑，被我捉回来了，我试着饿它一天。把笼门打开，将筷子伸到鸟笼门口，虹就跳上来了，给它喂核桃碎，它就很听话了。"我毫不掩饰地望着女儿，眼里尽是崇拜。又想起警觉的旭，便借机说："那旭呢，吃你手指肚上的核桃碎了吗？"

"嗨，这都是过去式了，旭就是缺乏安全感，心思细腻，"女儿讲得头头是道，又道，"对了，妈，你去药店买点土霉素吧，我看鸟儿有点儿拉稀。"

"好，不过土霉素是药片儿，你怎么喂给它们呢？"我将心中的疑惑问出来。

"让我想想——哎！把药片碾碎放到水碗里，不就得了，哎呀，我真是太聪明了，哈哈。"看着女儿可爱的样子，我也笑了。

天一热，就想开空调，一开就是半天。结果，第二天中午，刚下班回家，便传来女儿的声音："妈，鸟生病了，好像是感冒了。"我走近鸟笼，果不其然，平时欢快跳跃啁啾不止的鸟儿，此刻都静静地躲在笼子的一角。旭还好些，虹就更没精神了，它将毛羽撑开，小眼睛黯淡无光，一看就是恹恹的。既不啄食，也不喝水，连我走近都懒得理我。"病得不轻啊。"我自言自语道，"是不是该给它们喝点儿感冒药啊？"

"我给它们吃了土霉素。"女儿道。

“那行吧，我的鸟专家，”我又问，“怎么会感冒呢？”

“应该是开空调吹得。”女儿答。

“昨天的空调开得有点猛，鸟儿又离空调那么近，不感冒才怪，以后注意点儿。”我说。

两天后旭呈现出活蹦乱跳的状态。虹也有些好转，进食已经不成问题，好似咽喉发炎一般，没有鸣叫声，旭也仿佛受同伴的感染，很少鸣叫，似乎没有回应的鸣叫，是件很没意思的事儿。

又过了一天，女儿在给虹喂食的时候，我凑了过去，发现虹的身体矮了一大截，腿和爪被蓬起的羽毛遮盖着，一副立不起来的架势，再看对面的旭，活蹦乱跳，爪子有力地抓取着笼杆。我对女儿说：“虹的腿脚是不是出问题了？”女儿看了看，又打开笼门，手一伸，虹便进了她的掌心，趴在那里，不再动弹，可怜兮兮的，眼神里尽是哀伤。女儿一手轻轻抓起虹的身体，另一只手去触摸虹的小细腿，反应无力。女儿不愧是鸟专家，一语中的：缺钙了。

怎么给它补钙呢？补钙，补钙，我一边念叨一边想，突然眼睛一亮，哎，我不是有补钙的胶囊嘛，把胶囊里的粉末喂给虹吃不就得了。

于是，从药匣子里找出补钙的瓶子，看瓶子上的说明，补充钙锌硒，还很齐全。取出一粒胶囊，胶囊都是两半上下扣合的，将胶囊倒置，并轻轻磕碰，然后取下上面的一半，白色的药粉便在另一半里。女儿用筷子蘸了一点搅拌到虹的水碗里，又在筷子头上蘸了一点专门研磨的核桃碎，在核桃碎外面裹一层钙粉，喂给虹，虹啄食着，至于药效如何，且等明日再说。

一日无话，翌日清晨，我又听到了黄雀们婉转的鸟鸣声，悬着几天的心终于落回了原处。

女儿起床后，看着活蹦乱跳的黄雀，突然说：“妈，你听，外面好多种鸟鸣，我发现咱这两只黄雀经常望着窗外发呆，好像是想念曾经生活过的大自然的家了。”

我笑了，道：“这鸟是给你的，你做主就行，鸟是大自然的精灵，人与自然本该和谐相处，放它们回家是最好的选择。”我道。

“真的吗，妈，你真这么想？”女儿有点疑惑地看着我，随后竖了一个大拇哥伸到我眼前。

吃过早饭，娘俩提着鸟笼下了楼。来到小区一处平坦的草地上，女儿把笼子的栅栏门打开，旭和虹从笼子里跳出来，在地上蹦跳着，啁啾着，随后飞上小区的院墙，飞上高大的树木，它们欢腾着，终于可以“雄飞各呼雌，翩翩自相逐”去了。

我正仰头注视黄雀飞走后的天空，耳边传来女儿的声音：“妈，好开心啊，它们再也不会两鸟相残了。”

我用疑惑的眼光看着她，女儿笑着说：“我曾经把它们放到一个空间里，它们真的是用各种方式压制对方，用头抵，用翅膀扇，用嘴啄，可谓是无所不用其极，果真是一笼不容二鸟呢。”

我家小灰（上）

小灰是我家养的一只狗，今年十四岁了，但它依然精神矍铄，体格健壮。一身黄褐色的毛发里掺杂着些许黑毛，亮得像搽过油一样，漆黑发亮的大眼睛炯炯有神，在同类中算得上是帅哥一枚了。小灰的听觉很灵敏，一对耳朵直棱棱地立在脑门上，只要周围一有动静，就会灵活转动，随之而来的便是几声问候式的犬吠，执行着看家护院的职责。

我们家胡同里住着五户人家，除了对门没养狗之外，其他几家都有养，尤其后邻家的狗，样子穷凶极恶，除了自家人外，左邻右舍见着就连追带咬的，特别烦人，相比之下，我家的小灰无疑是极好的。家里的孩子们也很喜欢小灰，尤其是女儿，每次回家都会跟小灰玩很长时间，有吃剩的骨头也都想着给小灰。

去年小灰生病，两眼无神，可怜巴巴的，家里人都很心疼，村里有人给父亲提议，说小灰太老了，这一病可能就够呛了，卖到狗场去吧，还能换个钱花。父亲的一番话说得对方哑口无言：小灰在俺家十来年了，它是畜类不假，可它通人性哩，十来年和家里人都有感情了，也算是俺家的一份子，看它老了，生病了就卖了它，俺做不出来，就算是它有一天死了，俺刨个坑把它埋了，也算没白跟俺一回。

后来，小灰慢慢地康复了，父亲才说起此事，依旧愤愤不平，我对父亲的做法非常赞同，对着老头儿竖起了大拇哥。

都说狗的嗅觉灵敏，这话一点都不假。适逢我们姐弟回家，无论是骑车还是开车，只要小灰没被拴着，它都会第一时间出现在我们面前。记得有一次，我开车到胡同口，离家门口还有五十多米，把车停好，刚下车，一转身，被突然出现的小灰吓了一跳，旋即一喜，一股暖流在心中蔓延。此时的小灰，眼睛一眨不眨地盯着我，站在那里，全然一副迎接贵宾的架势。我拍拍小灰的脑袋，它便摇着大尾巴，张着嘴，粉红色的舌头伸出唇外，嗓子里还发出特别的声音，就像撒娇的孩子，萌萌的，特别可爱。

这天，我骑着电动车回家，戴着口罩、帽子，俨然是个装在套子里的人，我在门口故意弄出动静，想试探试探小灰。小灰的窝就设在门口，凡是有外人或车辆经过，它都很警觉地叫上几声。当时家门虚掩着，门内没有任何声响，我纳闷，难道小灰不在家？推着车子把大门顶开，往里走，就见小灰“扑棱”一下站起来，两眼放光，伸了一个懒腰，神采奕奕起来，摇着尾巴向我示好，脖子上晃动的绳索让我产生了疑问，小灰怎么被锁起来了？

进了屋，我就问母亲，怎么把小灰拴起来了？母亲摇着头说：“嗨，甭说了，小灰惹祸了。”

“惹啥祸了？咬人了？”我急切地问道。

母亲说：“前些日子，玉建家的（我大爷家的孙媳妇）骑车从咱家门口路过，小灰可能觉得是陌生人，追着她下了口，咬住她的裤管不放，把她吓坏了，不住地吆喝。我听到喊声跑出去吓住了小灰，赶紧询问咬哪儿了，我陪你去防疫站打疫苗吧。玉建家的一个劲儿地说没事，只是吓了一跳，然后急匆匆地走了。过了一会儿，我觉得不妥，提了鸡蛋去玉建家，借此看看伤得怎么样，催玉建家的去打针。玉建家的笑着说：没事的三奶，就是咬了裤脚，没咬到皮儿。我看了她的腿，确实没事才放了心。事情发生了，也多亏没啥事，可如果再惹祸那可咋整，这不就拴起来了。”

自从咬人事件以后，父母白天就把小灰拴起来，只有到了晚上才放开它撒撒欢儿。如今，胡同里都用水泥铺了街，平整宽阔，父母吃过晚饭，给小灰松开锁链，打开大门，他们遛弯，小灰撒欢儿。小灰跑够了，就围着父母转，像个孩子似的，不离左右。

我家小灰（中）

小灰老了，只一年的时间，它便衰老得不成样子。耳不聪，目不明，连鼻子都不那么灵光了，只是睡觉比以前多了很多。

时隔几个月后回家，小灰依然卧在门口。大老远看到它似久别重逢的亲人，禁不住大声地喊：“小灰——小灰——”放在以前小灰早就跑到车前摇尾欢迎了，可这回任我喊过数遍小灰依旧毫无反应，我有点儿失望。到了跟前，立在那里，它才慢吞吞地爬起了，摇了两下尾巴，算是打过招呼啦，完全不是以前活蹦乱跳迎接我们的样子。特别是等小灰站起来后，我的心犹如被什么剜了一下，对小灰的不满瞬间消失。

几个月不见的小灰形容枯槁，两眼浑浊无光，一副病态。从前一身油光的皮毛，如今变得宛若枯草一般，一大块一大块地挂在身上，随时都有可能从身上掉下来的样子。我心里一阵酸涩，不忍直视。伸手抚摸它那尖尖的头顶骨道：“苦了你了，小灰。”

我引它一起进了家门，迫不及待地询问母亲小灰的状况。母亲深深地叹了口气说：“甭说了，受了罪了，现在比前两天还好点儿呢，没想到它能挺过来，也就是狗啊，换成人早就完了。”

我把带给小灰的食物——肉骨头扔给它，小灰宛如迟暮的老人，没什么反应。我又近距离地投给它一块儿，它才慢吞吞地衔在嘴里，完全失去了曾经对食物的战斗力。无意间我发现小灰的眼睑下面生出一个如瘤状的东西，黑乎乎的一大块儿。就问父亲，父亲说，那是蜱虫，长的位置不好取，看看再说吧。

几天后，我带着女儿回去。除了不能高接远送，小灰的状态比上次好了些，只是还有点儿懒洋洋的。对于一条狗来说，十五岁也算是高龄了。我心里一阵难过，赶紧把拿给它的食物扔给它，令我高兴的是这次小灰对食物的欲望比上次强多了。

又过了几天，再见小灰，它正首尾相连地盘在门口呼呼大睡。我走到它跟前，蹲下身子用手抚摸它的皮毛，它纹丝不动。我便揪它的耳朵，它才打了一个激灵，睁开眼，定定神，方才露出一股喜悦之情，很明显，它精神状态又好了很多，身上的皮毛也变得光滑起来。小灰从地上爬起来，围着我们转圈儿。我觉得不好意思起来，这次两手空空没给它带吃的，然而小灰依旧跟着我们不离左右。

一家人坐在院子里聊天，它也屁颠儿屁颠儿地在人空子里转悠，头伸向女儿，把屁股给了我，似乎有无限的柔情，又似乎有千言万语，唯有贴在家人身边才觉心安。我一边说话，一边用手梳理小灰的皮毛，它似乎也很惬意地享受着这份抚摸，我笑着对女儿说："你看小灰也会粘人呢。"

吃过午饭，准备离开。当我推车走近门口时，被眼前的场景吸引住了。忙不迭地支了车子，拿出手机拍下这一画面：两扇红油漆的大门，一扇关闭，一扇敞开，小灰卧在半开的门外，抬着头，支棱着耳朵，邻家院墙外的梧桐树将嫩绿的枝叶投放下来。更巧的是，院门口一侧靠墙放着一面长两米，高一点五米的大镜子，镜子将小灰和小灰身前身后的景物一并映在里面，勾勒出一副极美的图画。

小灰对我们的嘈杂声不闻不问，直到女儿上前将它抱起。

走出胡同，再回头，小灰立在那儿，用那双模糊的双眼目送我们……

我家小灰（下）

我这次回家本是喜悦的，但当面对小灰时却再也高兴不起来。

都说猫狗有一种灵性，能预感到自己的时限，它们在感到死亡气息时一般会选择离开，找一个安静的地方离开这个世界，以免家人伤心难过。真的如此，这种说法在小灰身上得到了验证。

小灰走了，带着一副瘦骨，我不敢想，也不希望别人提及，怕自己控制不住地难过，但这两天，它离去前的身影却时不时地萦绕眼前。

我是 2021 年 1 月 9 日傍晚回家的，第二天下午，借周末，跟母亲回了姥姥家。

一进家门，我便四处寻找小灰的身影，呼唤着它的名字。母亲说，小灰听不见，这个时间应该在饭屋里。饭屋里安静得很，在柴火堆里掀开一张牛皮包装纸，小灰盘卧的地方是空的。

我开始满院地寻找，犄角旮旯也不放过，没有，没有！

跑进主屋，先跟姥姥姥爷打了招呼，然后问姥姥，小灰去哪儿了。姥姥说，家里没有，就去南墙根或墙西菜地里看看，天冷，它喜欢到那里晒太阳，这两天不吃不喝，怕是不行了。

我的眼泪涌了上来，不行了？怎么就不行了呢？

我冲出房门，快速跑到大街上，南墙跟没有，菜地也没有，我心里发慌，甚至有点崩溃，默默地念叨着：小灰，你在哪儿？你在哪儿……

含着眼泪再次回到主屋，在主屋打了一个圈的我，看到大人们都在忙着包水饺，又折回到大街上。跑到村头，却茫然不知该去哪里，想想村头，感觉小灰不在那里。于是，顺着菜地南边的一条土路往西李村走去。

一定要找到小灰的想法越来越笃定，我不知道自己为什么往南走，感觉冥冥之中有股力量拉扯着我的脚步。

天幕渐渐低垂，四周已覆上朦朦的暗影。离西李村越来越近，路两旁是西李村的田地，东边是大棚区，西边是一小溜麦地，往里是隆起的一道被机器推起的大土岭，很明显是未完成的项目。在距离西李村配电室附近，从麦地边上的杂草丛里传来窸窸窣窣的响声，声音不大，却直敲我的心房。我心里一颤，是一颤，不是惊喜，因为那动静实在是太小了，不像是一只狗能折腾出来的，要是小灰，那它得虚弱到何种程度。我给自己打气，看看再说。

跨过麦田，走近那片狭小的地带，地上有雪，有枯草，还有疙疙瘩瘩的土块、石子。借着即将消失的灰蒙蒙的光亮，发现草丛里盘卧着的正是小灰。它瘦得不成样子，我的靠近丝毫没有引起它任何的回应，我知道，它的一只眼睛已在大半年前就失明了，嗅觉早已舍它而去，耳朵也因衰老失去了听力，所以，它的世界是空寂无声的，只有一眼的光明让它得以往前行走。

听母亲说，小灰前段时间失踪了三天，姥姥姥爷找了三天都没找到它，后来，小灰竟奇迹般地回来了，宛如经历了大劫难般的小灰沾了一身枯草，拖着一身疲惫，两只眼睛更加突兀，那瘦骨嶙峋的样子让人看了就心疼，不仅如此，它的后腿也瘸了，是什么力量让它经历三天没吃没喝后，又站在了家门口？小灰，你是在等我归来吗？

小灰宛如大限将至的老叟，不知哪天就悄然离去。然而，却在今天，它又不见了，这让我再次产生小灰是在等我回来的想法。

我对小灰有很深的感情。三岁那年，小灰进了姥姥家，成了我的玩伴，我喜欢它，它也依恋我，不知不觉十六年了。因了学业，偶尔回姥姥家的我每次都受到小灰隆重的迎接，不是因为我给它带吃的，而是因多年的情谊。

小灰嘴里发出的呻吟声打断我的思绪。天这么冷，我既然找到它，就不能让它待在这里，也许，这样会违背它的意愿，但作为主人，我真的不想让它死在野外。

我打开手机内置的手电筒，蹲下身子，抚摸它的头，它那柔顺的皮毛此刻却像毛刷一般坚硬，皮毛下面便是触目惊心的骨架。亮光和我的到来在它的一只眼里流露出了最后的神采。它想站起来却在爬到一半后重重地摔了下去，它的后腿已无法支撑只剩一副空壳的躯体。它用嘴探向我，温情地望着。我的眼泪又来了，哽咽着，轻声呼唤着小灰的名字，对它说："小灰，我带你回家！小灰，咱回家！"

我一只手想将它从中间托起，却并不容易，另一只手赶紧迎合着，一不小心，被周围的野草划了两下，钻心的疼痛袭满全身。咬咬牙，顾不上疼痛，把它抱在怀里，我的眼泪噼里啪啦地落到小灰身上，此刻我抱着的哪里是小灰，分明就是一堆骨头。

乔叔不知啥时候赶了过来，见我哭成了泪人，抱着小灰很是吃力，就让我先放下小灰，他回去拉个小车，小灰也舒服些。

等乔叔来了，我们把小灰放到牛皮纸上，再抬到车子上，小灰似乎不想回家，扒着想下来，我的拗劲也上来了，用行动命令它躺好。

回到家，把它安置好，家里人都来看它。乔叔给它喂热汤水，它将头扭到一边，不喝，母亲掰开一个肉水饺喂给它，它也不张嘴。无奈，大家都退了出去，把最后的安静留给它。

第二天上午，母亲打电话给姥姥，询问小灰的状况，姥姥说小灰半夜里就走了……

（注：此篇代入女儿视角写作。）

祖辈传下来的绝活——苇编

仲春时节，小刘桥村迎来了首届梨花节，我有幸再次走进这个省级文明村。

阳光下，三面梨花一麦田像一顶花冠，将村子环住，使其若隐若现，宛如现代版的世外桃源。

我在乡村剧场对面停好车，走进一个普通的农家宅院。

过道门里，院子里，处处是苇草的天下。正当我张口喊主家的时候，东边房门敞开的两间大屋里传来说话声和拾掇东西的响声。迈开脚步走过去，屋里忙碌的正是我要找的人。满屋的苇编物品，散发出苇草的清香，老两口正在寻找、统计客户要的产品。

我说明来意，老两口停下手里的活计，拍了拍身上的灰尘，带我走进主屋。

老汉名叫刘述志，是上一届小刘桥村的支书。他说话声若洪钟，双手粗糙厚重，黑黝黝的脸堂上皱纹堆起，古稀之年的他个头不高，身板直挺，骨骼结实，当年参军时的英姿犹存。

老汉倒水泡茶，又一通忙活。他端着茶碗呷了口茶，竟习惯似的讲述起来："别看我是个庄户人，也喜欢看书哩，对我们苇编的历史渊源尤其感兴趣。你知道《诗经》吧？上面的'蒹葭苍苍'的'蒹葭'就是苇草。这是我儿子回来，我让他给我从手机上查的资料，后又抄到本子上的。"

他从沙发后背上拿下一个本子，掀开第一页递给我。这是一个普通的笔记本，上面书写着一段虽不漂亮，但却极其认真的文字，我不自觉地读出了声："古人席地而坐，所以席是常见用具。细分之，铺在底下的叫筵，覆在上面的叫席，通称筵席。《周礼•春官注》：‘筵，亦席也。铺陈曰筵，籍之曰席。筵铺于下，席铺于上，所以为位也。’哎，《三字经》里也有提到呢，‘香九龄能温席’，虽然这里的‘席’指的不仅仅是席，而是席被。不过这个是宋朝的事，有点晚了，但也有咱席的踪迹呢。

“据我了解，现如今全国有三大苇编产地，北有白洋淀，南有连云港，中间便是咱山东，咱广饶大码头镇的苇席也有六百多年的历史，咱村的苇席在本地那是响当当的，就我们家来说也有上百年的传承。老辈人在威海设了店铺，利用海上交通的便利，咱家的席不仅在国内倍受欢迎，还远销韩国、俄罗斯呢。

“说起苇编，原料至关重要，咱用的苇草是从桓台县的马踏湖采购的，那边的苇草又粗又高，质地优良，编制的苇席冬暖夏凉，而且苇席越用越亮，泛着红光，我们叫国苇，编出来的席多用于炕席或装饰，及遮盖用。小刘桥村也产芦苇，村里人都叫二苇子，原料细矮，编出的席小，质量差，多用于仓库铺垫用，还可以盖房编草帘。

“我家院墙上斜靠着几捆苇草，一捆两百根，一根两毛钱，也有稍矮点的一毛五一根。因路途远，价格贵，俺老辈人苦思冥想，才想到了一角起编法，既美观又实用还经济，是其他地方中间起编法所不能及的，这样编织的席分为上边和下边。”

为了让我们了解刘家编席的独特性，老汉请大婶搬来一张刚编好的苇席，现场讲解哪是上边，哪是下边，经过他的一番讲述，我也搞明白了一些苇编知识：刘氏苇席的上边是炕沿，用的都是好料，露出来既好看，又结实耐用；下边靠近炕里边，铺上被褥看不到，就用差一些的篾片，上边虽摩擦多，但材质好；下边摩擦少，但材质差，这样，一张席在使用一二十年后里外也就全废掉了，扔掉一点都不觉得可惜。

编织的过程虽大致可以归为选苇草、破篾片、浸水、碾苇、编织、收角等几个步骤，但真正的编织过程，却是繁复和漫长的。

老汉带我来到过道门里，拿起苇草中的篾刀，一边操作一边给我们解释怎么使用。在老汉熟稔的操作下，根据苇草的粗细程度，一根根苇草被劈成三片或四片，比较细的就用劈刀一分为二。老汉说这就是破篾片。篾片需要用石碌碡进行碾压，经过碾压的篾片，变得柔软顺畅，去其叶后，再碾压一遍，这样才能编出柔韧不断的苇席来，最后选出粗细不等的篾片，用在不同的使用部位。因为苇席对湿度要求比较高，必须保持温润，篾片皮儿才会柔韧，于是，需要将经过两次石碌碡碾压后的篾片浸水，趁着篾片潮湿有韧劲的时候编席，既好拿捏，又不伤手。

刘家编席的技艺被刘大婶接了过去。犹记得去年来，见大婶编席的情景，四十多年的编织生涯，让刘大婶的编席技艺炉火纯青。一条条散发着清香而又有弹性的篾片，在刘大婶的手中来回穿梭，上下翻飞，看得人眼花缭乱。就在这样简单又有节奏的动作之后，成就了一件件实用的日用品，甚至是工艺品。

老汉说起苇编的行话来也是一套一套的，如：挑一压一法、挑二压二法、隔二挑一压一法、挑二压三再抬四法等等。所以编席的过程也是计算的过程，既能锻炼身体，又能活跃思维。老两口古稀之年，依旧头脑灵活，身体康健，也多亏这门手艺哩。

苇席编织中最后的一道工序就是折边，又叫窝边、撬边，也是最能体现席匠手艺高低的一项技艺。一般有焖茬席、舒茬席、压边席等。刘大婶拿着撬刀做着演示，她预留出篾片的回折尺寸，将多余的裁掉，将篾片往下回折进苇席内，然后用脚踩实，再用撬刀敲打平整。这样一张边角齐整，花纹紧密，光滑平整的苇席便诞生了。

我们回到屋里，老汉坐回到沙发上，眯着眼，呷着茶水，突然问我："你知道人们对苇席成品的要求吗？"

我想了会儿道："好看，结实？"

老汉笑了，眼角的皱纹都笑开了花，他不紧不慢地说："四边齐，席花密，尺寸足。所以，编好的苇席还要用石碌碡碾压，这样会更加平整光滑。”

我点着头，对这位老艺人的敬佩更甚。可在谈及手艺传承的话题时，老汉神色黯然，不无感慨地道：“真希望能有更多的年轻人把这手艺接过去，继承发扬下去啊。”

听到老人家说到这里，我的心也被深深地触动。如今，随着人类科技文明的进步，人们谋生的方式渐渐改变，编织苇席这一传统的技艺已少有人问津，收割芦苇，编织芦苇的那份热火朝天，希望不要仅成为一个时代的难忘记忆。

病房里的春天

“大妹子，你是哪里人啊？”住在同病房的3号阿姨打破了沉静，首先询问起母亲，左眼上贴着的白色纱布犹如一个白色的窗口。

“俺是广饶的。”母亲的回答简单明了，出于来而不往非礼也的客套，母亲问道，“大姐是哪里人呢？”

“不远，都是东营的，你家在南头，我是北边的。”她答，一张黑黝黝的脸上因为浮肿透着紧绷的光。

“是河口吗，姨？”我问。

“没那么北，俺是利津的。”她答道。

“哦。”我随口应着，对利津的熟络感一下子拉近了我与3号阿姨的距离。

“你们那地方好啊，都是全国百强县了，日子好过啊。”3号阿姨由衷地赞叹着，眼神里又掺杂上了些许羡慕。

“确实，广饶这些年发展得很快，老百姓的日子宽裕了很多，城乡改造让农村大变样，自从我父母的土地被征用后，他们算是彻底摆脱了‘面朝黄土背朝天，滴汗入土苦作田。春种秋收岁月紧，黄金是稻银为棉’的生活。你们利津现在也很好了，成了省垂直精准扶贫县，贫困的帽子也摘了，还是政府的举措到位，让老百姓看到了希望。我曾经去过利津两次，时隔一年，看到的景象却是大相径庭，说明咱国家始终把民生放在第一位啊。”我有点兴奋，教高中政治的说教习惯性地往外窜。

“可不咋地，现在这日子真是好哩。想想以前，那还叫日子吗，苦得没法。”3号阿姨神情肃然，右眼里闪动着亮光，面部因为浮肿撑开一道道的白杠杠，灰色的短发被白炽灯打出一片银光，一时陷入沉思，病房里安静下来。

“你做几只眼啊？”1号的陪护大叔再次打破了寂静，问母亲。看他的穿戴，言谈举止像个上过班的。

“嗨，俺这俩眼都得做，啥时候做，我说了不算，得看孩子的时间。”母亲看看大叔，最后将目光落到我身上。

“大叔，你是哪里人啊？”3号的陪护大姐开了腔。

“俺是滨州本地的。”1号陪护大叔回道。

“你陪护的是你什么人啊？看你们不像父子啊。”3号陪护大姐又问。

“做手术的是我小舅，他比我大七岁，”稍一停顿，他又自顾自地聊了起来，把大家心里的疑团一个个解开，“我舅的眼睛几年前就看不清了，听人说这边做白内障手术做得好，不用花钱，他很想来，打电话给我，让我陪他来做。俺大舅二舅都没了，就剩这一个舅了，他也没求过我啥，七十多的人了，开了口，我还能说啥，跟公司请了假就来了。我舅也是两只眼都不好，麻烦一回了，多住几天，一块给他做了，年龄大了，身子骨不经折腾。听你的意思，你们还得再来，是吗？”说到最后，他把话头抛给了我。

“我上班不好调课，医院周末不做手术，正好回家调养两天，再说，我父亲很忘事，也得有个照看的，家里一摊子事，出来总挂念着。下周复查的时候顺便再做另一只，这样也好请假。”我说。

“这样就是折腾点，不过也好，年轻人工作为重也是对的。我年纪大了，一般也不请假，一请领导就准了。”他笑着说。

“你这六十多了，还上班吗？”我问。

“退了，单位又返聘的，在家也没啥事，上班又累不着，干吧，趁自己还有用，哈哈。我舅不容易，一个人过，说来也挺苦的。多亏年幼时上过几年私塾，在村里当过文书。年轻时一股子的干劲，前几年，还在家养鸡养羊，村里给他申请低保，他说，把机会留给更需要的人吧，我还用不上。现在国家政策好，老年人享受各种补贴，生活不是问题了。”他答道。

几个人应和着，把倾注了十分敬佩的目光投给他，彼此之间再也不是形同陌路般的疏离感了。

“你舅真是不寻常！”我不由得发出一声感叹，并竖起了一个大拇指。

“我们这个年纪的人年小的时候都没少受苦，那时候的日子难过啊。俺刚来利津的时候根本就没地方住，俺爹就在沙滩边上挖了一个沙窝子，又搭接了个棚子，一家五口人就挤到一起，盖着一床破棉被。”3 号阿姨接起了话茬。

“大姐，姊妹几个啊？”母亲问。

“四个，只有大姐出嫁了，留在了河南老家。因为闹饥荒，我们一家人才逃到了利津，那时俺才十四岁，这一晃就六十年。

“刚来没多久，俺爹连累带饿，再加上冬天寒冷，得了痨病，走了，扔下我们娘儿几个叫天天不应，叫地地不灵的，苦熬岁月。

“都说死人的东西该扔，拿了晦气，那也要看啥时候。简单地给俺爹出了殡，俺娘说，你爹是被冻死的，死者为大，死了死了不能让他再受冻。于是俺娘把家里唯一的被子裹了俺爹，放到了河床上。

“到了晚上，西北风吹着响鼻儿，我们冻得睡不着觉，上牙下牙老打架，‘咯咯’地响，哆嗦着抱成一团，冷风从棉裤上开出白花的地方钻进来，俺娘因为伤心劳累沉沉睡去。俺二姐扯扯俺的胳膊肘，两个人爬出沙窝，摸索着找到俺爹的尸首，把被子从俺爹身上拖出来，一边拖一边念叨：爹啊，俺冷，你不会看着不管的，对吧，等日子好过了，俺给你做新棉被。把被子拖出来就披在身上回了沙窝。”

说到动情处，3 号阿姨用纸巾擦拭眼睛。3 号陪护大姐赶紧劝慰，提示刚做了手术的眼睛，3 号阿姨这才调整状态。

“后来呢？”1 号陪护大叔问。

“后来俺娘看到身上盖的被子，也没说啥。再后来，俺家分了地，一家人省吃俭用，辛勤劳作，我们姊妹俩出了嫁，日子也就慢慢地好起来了。二姐出嫁那年，她把一床新被子烧给了俺爹，告诉俺爹家里都很好，日子越来越好过了，让他就放心。大妹子，看着你像个有福气的，没经过俺受过的苦吧？”3号阿姨话锋一转，问母亲道。

“嗯，俺虽没逃过荒，但也经历过缺吃少穿的年月，一到青黄不接的时候，整天长在坡里，土地也真是神奇，长的东西能救人命，什么荠菜、苦菜、灰灰菜，抓到啥吃啥，榆树槐树也是宝，连树皮都扒着吃。唉——这说到命苦，俺婶子才是一个从苦人堆里挑出来的呢。她要是活着有九十二岁了，三岁那年闹饥荒，俺婶子被家里人用一个窝头换给别人，坐到一辆平板车上被推出村子。

“后被推到广饶，卖到一个财主家里，做了小丫头，无亲无故的，在夹缝中生存，别看俺婶子个头不大，生活中经历了诸多磨难，但她从不放弃，她坚信，只要能活命，会好的。

“俺婶子服侍那家人二十多年，自从高家小姐出世后，便成了她的贴身丫头。个头矮小的她在十几岁时，扛着比自己都高大的高家小姐到处跑，直到高家小姐出嫁后，她才跟俺叔结了婚，那年她二十五岁。

“俺婶子婚后生了五个孩子，俺是老大，还有个妹妹，相差十一岁，中间还生过三个孩子，却都在活到四岁时得了麻疹而夭折。俺还记得小二妹的样子。她叫秀，头脑聪明，能说会道的，长得也漂亮。一天晚上，突发高烧，折腾了一宿，天不亮就没了气息，身上起了一片暗黑色的痘痘，那时候管这种病叫黑痧子、白痧子。小二妹后来被俺婶子和俺叔用油筐抬出了家门，抛到了乱葬岗子。要放到今天，这病哪会死人啊。”

母亲有点哽咽，我赶紧说：“过去的苦日子就让它过去吧，看看眼前，政府关注老百姓的生活，关注老年人，乡村振兴使农村大变样，党的精准扶贫指哪打哪，效率之高，速度之快，无不令人赞叹。

现在的生活条件，和以前比，吃的穿的哪天不像过年。以前的老百姓最怕生病，生了病不敢进医院，一住院，家里就被掏空了。

“妈，你还记得咱村的大冰吧，死了十几年了。他家条件差，得病了也不敢跟老婆说，一直硬挺着，疼得地上打滚，他老婆让人抬他去医院，半路里，他又给跑回来了，说不能住院，一住院，剩下你们娘俩咋活。没出半年，人就没了。如果放在今天，有合作医疗作保障，还怕住院花钱错过最佳治疗时机吗？世界各国，有哪个国家能把老百姓的健康放到首位？也就是咱社会主义的中国！”

正说得起劲呢，1号病人推门进来，他脸上带着微笑，对他的外甥说：“这医院的大夫护士真好，说话和气，不笑不说话，我的眼睛做了手术，一下子清亮了，这医院水平很高啊。”

我问1号病人：“大爷，您光说大夫护士好，医院水平高，政府呢，好不好啊？”他用一只眼望向我，有点小抱怨地说：“你这闺女，怎么能说政府不好呢，没有政府哪有今天啊？医院不是也归政府管嘛，低保和养老补助那可是真真的钱票子啊。”

3号阿姨抢先说：“这可是真的，咱得好好感谢党和政府，养老补助金是政府给咱老百姓办的最实惠的事，俺村里上了年纪的都说，政府比孩子们考虑得都周到呢。”

母亲一扫脸上的阴霾，也笑着说：“那可不，老百姓有了合作医疗不怕住院了、老年人有了养老补贴不怕吃不上饭了，还有农村整改让老百姓生活的环境整洁、舒心了，天然气也进了家，还装了暖气，冬天不用生炉子，省得提炭打炭的麻烦，省得落得到处灰尘。离城里近的村子有的搬进了楼房，打工的打工，做买卖的做买卖，日子过得跟城里人一样。嘿，谁都没想到，会过上这样的日子，整天吃好的，喝好的，那只有逢年过节才能吃上的大鱼大肉现在想啥时候吃就啥时候吃，生活条件就像芝麻开花节节高啊。”

“咱的眼睛能重放光明，这不是又迎来了一个春天嘛。咱啊，就可劲地活吧，哈哈——”

秋天的孙武湖

周末，金风送爽，天朗气清，听说近来孙武湖水势大涨，便特地骑车带十岁的女儿到孙武湖玩。

一路上，风光无限，秋色撩人。路旁的草木郁郁葱葱，偶有几片被秋风扫黄的枯叶飘落下来，略显凄凉。小菊花的出现，让我不得不把那份悲悯暂且压下，转而把目光投向那处明艳靓丽的所在。心情一下子就变得明朗起来。看吧！如火的红，娇嫩的黄，绚烂的紫，缤纷的橙，一簇簇的竞相开放，在翠绿的草木丛中大放异彩，艳丽奔放。蜂蝶起舞，穿梭其中，俨然是一幅花草图，真是“一年好景君须记，最是橙黄橘绿时”。

途经景大村、莲花村、娘娘庙村，来到淄河大桥，桥下便是一望无际的孙武湖了。站在桥上，凉风习习，又有美景尽收眼底，舒服惬意极了。“妈，你看，这桥栏杆上还有人呢。”低头看去，那是桥梁上的人物浮雕。这些浮雕是极富地方特色的孙子兵法和三十六计的人物图，雕刻技艺精湛，栩栩如生。我用手去触摸这些人物浮雕，体会凹凸的质感。女儿也学我的样子一边摸着浮雕上的人物一边问我，桥栏杆上刻的是什么人。我开始给她讲孙武及三十六计的故事，女儿听得津津有味。我一边讲一边顺着桥往东走，不知不觉走到了桥东头的环湖路。我告诉女儿，三十六计的故事一时半会儿讲不完，回去给她买本书看。于是，开始继续欣赏起路边的风景。

湖面上碧波荡漾，湖水轻轻地拍打着岸边，湖面平静得就像一面大镜子，倒映着蓝天、白云、岸边的树木和远处近处的桥。两岸的垂柳拖着长长的秀发轻拂着水面，像是在与湖水说悄悄话，如此和谐，如此惬意。

转过一道弯，来到淄河大桥的对面，垂钓者分布岸边，湖面上划过几只红色的小船，船上的游客说笑着，一副意犹未尽的样子。心下不禁想起了白居易的《钱塘湖春行》里的诗句“最爱湖东行不足，绿杨阴里白沙堤”。

穿过一条小路，爬上石拱桥，对面的淄河大桥便呈现在眼前。远远望去，桥洞孔孔相连，在天、湖美景的映衬下，横贯东西，竟也有几分“一桥飞架南北，天堑变通途”的宏伟气势。

继续往西行，孙武湖的子湖渐渐显露出来。这里与孙武湖遥相呼应，而景色却另有一番味道。湖周围没有了围栏，取而代之的是坚固的巨型石块。岸上还修建了一个“水上人家”的小亭子，与周围的树木掩映成趣。亭子是绿的，树木是绿的，湖水也是绿的，满满的绿，给人一种一不小心就能溢出来的感觉，一定是因了湖周围的绿吧，才使这里的湖面比起孙武湖来更平更静更美。风吹起粼粼水波，偶有飞鸟掠过，更加深了子湖的静谧。我想，要是把“欲把西湖比西子，淡妆浓抹总相宜”的诗句描述这里的风景也是极贴切的。

春天的孙武湖是热闹的，到处花红柳绿，秋天孙武湖是安静的，除了绿，还有一点点的黄，果子挂在枝头，这一切如诗，如画，亦如歌。

网红桥上网红忙

周末下午，几个好友徒步孙武湖，还没到网红桥呢，就被桥上锣鼓喧天、人车穿梭的情景给震撼到了。

路两边的植被也被喧闹声振奋得异常精神，鸢尾花怒放着伸向远方，桃红柳绿交错着排列在路旁。隔着绿化带看去，湖水泛着蓝汪汪的光韵，微风荡起层层涟漪，吹皱了湖面，带着白色的光，就像一位红光满面的老人笑开了满脸的皱纹。

离桥一百多米，路边的车辆单边停放得整齐且无空位。衣着艳丽演出服的人从身边擦过，面带微笑，赶着去赴盛大的舞会般匆匆而行。路边的空地上是老头儿们的世界，清一色地围拢成几个阵营。站在不远处望过去，三五成群的老者正在棋桌上战得酣畅淋漓。几个人走到近处，瞅了半天，也不见走个子，也真耐得住性子。这里与十几米外的世界如此得格格不入，一个安静，一个喧闹，一个沉稳，一个躁动，竟然在这样一个场所里相安无事，各得其所，不由得赞叹起老者们大隐隐于市的那份安然与恬淡。

往里走，锣鼓声一浪接着一浪，震耳欲聋，心也被锣鼓声敲得震颤起来。眼前是晃动着的人影，胖的，瘦的，有大姐，也有大妈，都挪动着脚步，翩翩起舞。我们几个人分散于人群中，加入驻足观赏的队伍。

身着盛装的秧歌队穿红挂绿，腰系彩绸，手舞绸扇，跟着乐曲挥舞着，别说，还真的是整齐划一，有模有样。

相邻的是现代广场舞，因为节奏感很强，舞步跳跃的幅度比较大，所以年轻人居多，转跳之间，长发飞扬，每个人的脸上都洋溢着满足与快乐。就连围观的群众也是笑容满面，有蠢蠢欲动者跟着音乐四肢齐动，摇头晃脑，也有和我一样拿着手机捕捉镜头的。

穿过人群，来到桥上，两边因为人群聚集，竟然形成了一个不小的市场。卖花的，卖菜的，卖粮食的，卖油条炸串的，还有应季的服装鞋子，也算是品种齐全了。来的往的，买的卖的，人语声都被淹没到了各种曲调里。除了这份热闹，老年人的选择是在湖边走走，看看风景愉悦身心，回家捎点所需的东西，也算是各有所得。

如此各种的音调混合着各种香味融进春末夏初的微风里，融进欢快的旋律里，也融进歌里戏里。

桥对面便是唱家的天地，看吧，专业伴奏队，拉二胡的，敲小鼓的，还有弹扬琴的，音响话筒一应俱全，完全是专业水准。再看拿话筒的穿着朴素，貌似五十多岁的农村妇女，字正腔圆，唱得津津有味，一段《李二嫂改嫁》唱下来，赢得围观者一阵热烈的掌声。再往北，有人拉一个音响，用U盘或手机蓝牙播放伴奏，持话筒演唱，流行歌曲便与戏曲唱开了对台。

无论是观者还是演者都那么轻松自在，恍若置身桃花源，如果陶渊明老先生见此场景，又会做何感想？我想他定会被吸引，因为他所向往的“土地平旷，屋舍俨然，有良田美池桑竹之属。阡陌交通，鸡犬相闻。其中往来种作，男女衣着，悉如外人。黄发垂髫，并怡然自乐”的景象不是与现在的生活状态正好契合嘛。

回来时，遇一老者，于三轮车上置几只鸟笼，笼子里的鸟儿欢蹦乱跳，啁啾而语。老人见我们围观，自顾自地介绍起来。他在家中养有各种鸟儿上百笼，有买的，也有换的，每天光喂食换水就要两个小时，但却乐此不疲，遇上喜欢的依然还会出钱购买，老者对鸟儿的这种如痴如醉的样子，又让多少只鸟儿失去了原有的自由呢？

说到这里，你是不是也对网红桥产生了兴趣？网红桥上网红忙，人们在各自寻找着自己的快乐，走进丰富多彩的生活……

秋虫唧唧龙居夜

这是一个不一样的夜晚。

如果说在这次黄河口诗会的好几个不平凡的夜晚里，有一个夜晚会能给我留下别样感触的话，那就是它了。

不必说散步时发现的鲜红却酸涩的海棠果拉住了我行走的脚步，也不必说那园中关不住的绿色仿佛对我有更多的深情流露，单是在漆黑的夜色里七人徒步五公里，看夜色下的黄河，在大型货车行驶过麻湾浮桥后的波澜壮阔就令人惊奇不已。夜色、灯光、发动机的轰鸣、暗流涌动的黄河水，共同构成的立体画面，可以与电影画面相媲美，让第一次面对的我屏住呼吸，勾起了脑海中连绵的情愫缱绻。

我和雪无恙一直想到黄河看落日，但被天涯的一番话打消了念头，可当仰头望天，看着虽被树木遮掩的夕阳放射着奇异的光辉时，心中还是产生了些许遗憾。

吃过晚饭，夜稍晚。广饶的文友们都觉得饱腹后需要遛遛食儿方觉舒坦。于是，七人往外走，后有滨州的璎宁和宁夏来的文友彦妮（男）加入进来，大家边走边聊，兴致勃勃，时不时地碰撞出文人墨客特有的思想火花。

这儿属于龙居镇的黄河滩人工林海的深处，行进的路边没有路灯，四周漆黑一片，虫鸣四起加深着四下的静寂，幽深滋生的恐惧感深深浅浅地浮动心头，可这一点也没影响我们沿路伸向漆黑处的兴致。

说话声与路边草丛里的虫鸣交响，一种田园的诗情油然而生。抬头，一道风景映入眼帘，两边高高的白杨树之间呈现出一线的天空，也许是因为这里比较偏僻，附近没有工厂的缘故，就连过往的车辆都不常有，抑或是因了这漆黑的夜的缘故，又或许是时令使得秋高气爽，天高云淡吧，夜空中繁星闪烁。我贪婪地呼吸着秋天清爽的空气，望着星子们散发出清凉凉的光，身上顿觉少穿了一件外衣。

我对于这样漆黑如墨，树叶轻摇的乡村夜晚，可以说是久别重逢了。沿路而行，偶尔还会碰上往回折返的其他文友，在黑夜里出现又消失在背后的黑夜里，虽不相识但擦肩而过时都传达出一份友好。

行至游龙大道与008乡道交叉口时，在胡乱的话题里，雪无恙又念叨起黄河落日的憾事。来一趟不容易，这么多的文友更难凑一起，不成行，真的遗憾满怀。于是，在你一言我一语的鼓动下，西门红柿用手机查找黄河的位置，两公里，很近，加一点脚步就会轻松到达。我提议去看看夜色下的黄河，再错过就有点残忍了，经过商榷，最终成行。

脚步急，夜路难行。没走出多远的距离，璎宁因穿着偏带皮鞋，跟高，欺脚，已跟不上长途行走，与其同学彦妮跟众人招呼后，回转了。

漆黑的路，什么也看不清，模模糊糊，路旁的植物依稀可辨，杨树后面是一条不算深的沟，沟里杂草丛生，再往后就是庄稼地了。这时候的玉米棵子形成一道道的青纱帐，只见其头，不见其尾，在视野尽头与星空相接，浩瀚无边。生机无处不在，每一种草木都有静默的呼吸，活在自己的位置上，白也好黑也罢，就像此刻，遍地葱茏在黑里，暗暗涌动着力量。

道路狭窄，有车辆驶过，互相避让的车轮碾起柏油路边的黄河泥沙，松软的颗粒被扬起，灰尘在灯光的照射下清晰可见，笼罩住对面的我们。我用手掩住口鼻，灯光打在路面上，崎岖不平。七个人三两一行，我和雪无恙走在最前面，时不时地回头催促其他人。

“咱去干吗？天黑乎乎的，黄河肯定也是黑乎乎的，没啥意思啊。”钟声想打退堂鼓的念头在话语里表露无遗。

“这里有座桥，你在这里等我们回来，也许能等到小白小青呢。”天涯开着玩笑接下话茬，有意的促狭引来众人一阵附和的欢笑。笑声惊起树上的栖鸟，扑棱着翅膀急促地飞进稍远的黑暗里。

“去看看夜色下的黄河，感受一下黄河在夜间的喘息，必定会有不一样的感受！”我说。

话不停，脚步不止。路过一个大大的场院，狗吠声乍起，在这漆黑的夜色里声响格外分明。一片黑黢黢的林子，似乎是个园林，后来才知道，这里便是我们在招待宴席的餐桌上吃到的本地特色水果——香梨的种植基地了。

虽说走夜路脚步快，但两公里的路在暗黑的夜色里也有些漫长。天涯为了让途中增加点乐趣，出了一个题目，他说：“黄河是我们的母亲河，她孕育了华夏文明，在古代的诗词中，有不少写黄河的诗词名篇，咱们比赛看谁记得多，从我开始，‘九曲黄河万里沙，浪淘风簸自天涯。如今直上银河去，同到牵牛织女家。’”

紫雪飞扬思索一会儿接上：“派出昆仑五色流，一支黄浊贯中州。吹沙走浪几千里，转侧屋闾无处求。”

“‘黄河远上白云间，一片孤城万仞山。’‘白日依山尽，黄河入海流。’”我也不甘示弱，连珠炮似的来了两句。

雪无恙不疾不徐地道：“岸阔樯稀波渺茫，独凭危槛思何长。”

“解通银汉应须曲，才出昆仑便不清。”钟声紧跟其后。

“俺也来，‘黄河之水天上来，奔流到海不复回’，经典吧？”蔷薇也从后面赶上来。

“我也来一句，‘峰峦如聚，波涛如怒，山河表里潼关路’。”西门红柿的赶至，使七个人聚齐。

“快看，前面有灯光，好像是大坝！”紫雪飞扬手指前方说。

终于我们看到了大坝，在灯光指引下，沿斜坡爬至坝顶。左拐往前，不远处蓝地白字的竖版铁牌上的“麻湾浮桥”四个大字，在夜照灯的光线里分外鲜明，它的出现表明我们已到达目的地。

转过一道弯，是个下坡路，柏油铺就。继续向下再拐一道弯，一座桥隐约可见。桥上有几盏灯，发出白色的光，因河床阔大，灯光显得小而昏暗，周边的事物因此模模糊糊。远远的对岸，灯光闪烁，几柱光投射下去，河水流动着炫彩的霓虹，这就是书本上、影视中的母亲河吗？夜色里，黄河仍保持着固有的浩浩汤汤，平静地流淌着，它宽阔的河道无声地润泽着岸边的万物，只有给予没有索取。黄河如此气势浩大的裹挟和释放造就了东营这片年轻的土地。

三个男士通过台阶下到了低低的河边去，我们四个女人则冲向浮桥。站在桥上近距离地观赏黄河，感受着脚下铁板的振动，浮桥上有些许的不稳，不远处的德大铁路桥若隐若现，黑黢黢的轮廓横跨黄河，仍不失白天在同心圆目睹此桥的恢宏气势。黄河在脚下流淌，表面虽平静如常，却暗流涌动。星子们想照亮黄河，却被黄色消解，不见了踪影。心里的那种期待似乎要冲出胸膛，张开双臂拥抱住她，都无法表达对她的那种复杂情感，只是心中满满的激动、振奋，胸腔里有几个字蹦跳着冲出喉管，脱口而出“啊，黄河！”好像只有用这几个字才能把对黄河的那种深深地埋在心底的爱表达出来。

东营区龙居镇麻湾段的黄河是奔流入海的。这不由得让我想起了我们学习的主题“2019年东营黄河口诗会暨山东文学周”的标题“黄河入海，我们回家”，黄河是我们的中华民族的母亲河，经过九曲十八弯奔流入海，我们这些黄河儿女，在见到母亲河的这一刻，不正是回到家了嘛。

想掬一抔黄河水，去触摸她的柔软丝滑，清凉浑厚，感受水滴殆尽，掌心遗留粒粒泥沙。此时的她是那样的安静，任你怎么想象，都想象不出她暴怒下的情景，至于水患，又怎会跟她扯上半点关系？可在证据面前，又如何能洗得清。

曾经听利津的纪大夫说起过，因黄河东营段河道两岸堤距上窄下宽，加上堤多、闸多、险点多，黄河水患不断发生，给居民带来深重的灾难。每次决口，房屋倒塌，人畜死亡，庄稼淹没，损失无法用数字统计，当时有“洪水横流，庐舍为虚，舟行陆地，人畜漂流”的悲惨记载，严重破坏周边的生态环境。

黄河正觉寺决口遗址就在我们脚下大坝前方二百米远的地方，此刻，它静静地沉默在自我的生命里，只是我们又怎能忘记，1938年8月31日的洪水决口，冲毁了以此向东向南的大片田野庄稼地及村庄，洪水无情人畜遭殃，麻湾是一个真正的湾，汇集美好也汇聚灾难。曾有诗云“枯黄融汇泥沙汤，浩荡东海去，青葱又繁祥”。

黄河水顺着麻湾险工，侧过身放低自己托起浮桥，送行路人也送自己。一切适合回忆，但更适合风物长宜放眼量。此刻但愿只有我自己想起这段痛苦的历史，岸边的人们都有各自幸福安康的享受，黄河尾闾夜将与我们一起候日升。

突然，浮桥晃动起来，搅乱我天马行空的思绪。耳边传来雪无恙的惊呼声，身体也不由得摇摆起来，赶紧俯身抓住浮桥栏杆，待站稳后，开始寻找起根源。原来是一辆满载货物的大型货车从对面驶来，沉重的车身把浮桥压得一起一伏。方才顿悟了浮桥的含义，当地的朋友说过的一席话也适时地冒了出来：麻湾浮桥是采用15组承压舟，设计荷载双向通行的交通枢纽。

再看河水，随着货车缓缓向前，浮桥将压力传递给承压舟，承压舟的压力使得河水扩散，拍击汹涌成一道道的水流，最终汇成一股强劲的浪潮奔涌向前。我顺着潮水的方向看去，而此时，手机屏幕一亮，西门红柿发来一个小视频，正是潮水涌向岸边的场景，虽然黑暗里有些不着痕迹，但如果仔细分辨还是可以听出或看出些许气势的。我赶紧招呼其他姐妹，去岸边观潮。

与三个男士会合，七个人或蹲或坐，我则站着，眺望黄河与浮桥，万千思绪在此刻却只剩平静，静静地感受这奔流不息和无边的夜色。

再一次把注意力落在浮桥上是源自天涯的一番描述：你们看浮桥，是钢铁制作，是硬的，但因为间距，使它变得柔软，当车辆走在上边，它是以它的柔软来化解冲击。水顺从它，它也顺从水，它顺从车，车也顺从它，这样的逻辑让天堑变成通途，各自妥协各自坚持，用最大的共同，来完成一件事情，用一种结果来实现不同的个性。这样的方式也许才是过河的首选，就像此时源源不断的过河大车，晃晃悠悠中完成这一段的穿越，继续前行。

大家的话语交错碰撞，任思绪游动，我则想起了古人笔下的《望海潮》，柳永的“云树绕堤沙，怒涛卷霜雪，天堑无涯”，秦观的“奴如飞絮，郎如流水，相沾便肯相随”和“千岩万壑争流”。

西门红柿和天涯谈起了钱塘江大潮，谈起了“回头潮”“一线潮”“交叉潮”“冲天潮”。我又想起语文教材中的《观潮》，犹记得这段“那条白线很快向我们移来，逐渐拉长，变粗，横贯江面。再近些，只见白浪翻滚，形成一堵两丈多高的水墙。浪潮越来越近，犹如千万匹白色战马齐头并进，浩浩荡荡地飞奔而来；那声音如同山崩地裂，好像大地都被震得颤动起来。”

脑海中的画面不停地与眼前的黄河比较，对气势也有了不一样的理解。黄河安安静静地流淌就是一种气势，一种从容的气势，用自己的重溢出的一种气势，无法遮蔽无法阻挡，只能顺从地被它俘虏，沉浸其中。

“哎，有车来了，快看！”有人兴奋起来，三辆大型货车由对岸依次驶上浮桥，车灯摇曳，投射出数道光柱，在黄河水面形成光怪陆离的粼粼波光。随着车辆行驶，但见一道道的潮水分流而至，汇合后拍向岸边的岩石，一时间，哗哗声不断。

而此时，天上的星光依旧，身边的蛩声唧唧，远处的灯火若隐若现，黄河的两岸在黑夜里，气息稳稳。

这是一个再普通不过的夜晚，但因为我们与黄河的相见，又是那么的不同，成就了一个秋虫唧唧龙居夜。

黄河日出

晨起

晚上大约九点多，我们一行七人在欣赏了夜色下的黄河后返程，路上，我边走边想：既然出来了，就该尽情领略一下此处风光。私下跟雪无恙商量，她也正有此念头，于是，一拍即合。

我俩在看哪里的日出这个问题上起了小争议，是龙栖湖还是黄河？我很坚定地说："去黄河，看不到它的落日，我们就看它的日出。论名气，龙栖湖怎能跟黄河相提并论。"我这么一说，雪无恙也不再坚持己见。

我把明早看日出的提议一说，大家积极响应。

回到住处，楼下正巧碰上凯冰，她羡慕我们能有机会夜观黄河，并斩钉截铁地说明早一起看日出。

早上五点，睁开双眸，窗帘的一线缝隙里，似乎有隐隐的亮光透进来。顺手拉开窗帘，外面还有点黑，近处的植物黑黢黢的。稍一抬眼，眼前不由得一亮，那是织女刚刚织就的绸缎吗，将东南方天边的鱼肚白渲染得异彩纷呈，真是天公作美啊，这回黄河日出必定会让我们大饱眼福。

心下一阵狂喜，迫切想看日出的心情更是抵挡不住。振奋之余，赶紧给凯冰打电话，凯冰也异常激动地说："我马上就下楼！"又给雪无恙打电话，她和紫雪飞扬已经起来了。蔷薇听到动静，不用叫也开始穿衣服。怕惊扰夜作者的美梦，只给天涯发了个"去看日出了"的短信，便自顾自忙碌起来。

简单洗漱穿戴整齐，下了楼。刚出楼门，一股清爽的气息让我不禁打了个寒噤，掩面作欲打喷嚏状，却被对面竹林里的鸟叫声给硬生生地憋了回去。昨天我就对这片竹林赞赏有加，晨曦里的竹林葱翠欲滴，密密麻麻地站成三片。正要寻找啼叫的鸟儿，却只闻其声，不见其形，听啼叫的声音，猜想是麻雀。竹林里似有千只万只的麻雀在激烈地交谈，那声音，如贝多芬的《命运交响曲》一般，让人振奋。

“书宁，人齐了吗，齐了咱就走！”可能是太关注鸟儿们了，竟然没注意凯冰三人已经等在前方。

大概是我们的说话声惊扰了鸟儿们，一群飞起，向着东南方向急急而去，竹林这边仍有大群在齐鸣，从体型和鸣叫声，断定是麻雀无疑了。

人到齐了，大家往停车场走。紫雪飞扬说昨晚走夜路，穿的鞋子不合脚，竟然磨出了水泡，她让我们稍等一会儿，自己去后备箱里拿鞋子。

秋天的清晨，确实有点凉了，穿着短袖，凉气围拢着裸露的胳膊，汗毛孔不自觉地关闭起来，却已抵不过寒凉，那清凉的感觉瞬间传遍全身，随之用手去抚摸，想要通过摩擦获取些许温暖。车门锁开了，索性快点钻进车里，一股暖流扑面而来，顿觉暖和了许多。因了节气，也因着黄河及其滋养着的大片湿地，空气清新，湿度很大，车子上竟也蒙了一层薄薄的水汽。

紫雪飞扬换鞋的工夫，凯冰从口袋里掏出卫生纸，打开车门去擦拭后视镜，擦了一个，又跑去另一边擦，生怕紫雪飞扬看不清路。凯冰就是这样，在文学界，她是我们的大姐大，虽然名气很大，但丝毫没有架子，从一个个的细节里让你感受她的细心与温暖。

随着车辆启动，开启晨起之旅。

麻湾浮桥

比起徒步来，坐车是轻松愉悦的。在大家对黄河日出的期待中，我们又到了大坝。

将车子停好，下了坡道，抑制不住地激动，让我在不知不觉中加快脚步，想尽快跨过麻湾浮桥到对岸观看日出。

浮桥西岸位于利津县北宋镇，东岸位于东营区龙居镇，是连接东营、利津与滨州的便捷通道。

凯冰比我们走得都快，因为她也知道，日出是短时间的呈现，不能拖延。顾不上在浮桥上过多地欣赏，也顾不上强拉硬拽其他姐妹，我俩向着对岸疾步。脚下厚重的铁板随着我们的脚步发出沉闷的咚咚声，一道道均匀分布的铁棍在脚下凸起，硌着脚底板，时刻提醒着它的存在，想必这是令行驶的车辆放慢速度的关键所在了。

虽然走得急，但还是走马观花地扫视着晨曦里的麻湾浮桥和两岸风光。眼前的三层风光让我如花痴般驻足不前：天边泛着淡淡的红晕，与天空的蓝相互映衬，恍若置身仙境一般；远处有薄薄的水汽漂浮在黄河上空，朦朦胧胧的，给黄河蒙上了一层面纱，增加了些许神秘的气氛；浮桥右侧的景物，如高大的树木，高而瘦的电线杆，连同一根根的电线，毫无保留地将自己一股脑地投进黄河，映出一道道晃动着的光影。波光微动，击碎了倒影，随着水汽氤氲开来，迷醉在了晨光里。

空气是潮湿的，和着风迎面扑来，沁人心脾。浮桥左侧的德大铁路桥横跨在黄河之上，与天空衔接，镶嵌在粉与蓝的交汇处，只剩根根如竖线般的倒影在水中，宛如天空上设置的栅栏，在水波里跳跃着。

再看承压舟之间的水流，依旧稳稳地流动着，因水遇舟头，旋出菱形的水花，挤进承压舟间的水道，“哗哗”地向前。昨晚看不到的“暗流涌动”，现在却是一清二楚了。

回眸望向来时的路，视野里、河坝上的白杨树形成一道绿色的屏障，高高的立在上面，但依旧遮不住太阳。即使此时太阳还没跳出树冠，却已把无数道金光投射出来，使得周边的朝霞好似镶上了金色的光环，一切的一切，都宛如列队恭迎圣驾般诚惶诚恐起来。

车辆的经过让我再次感受到浮桥的晃动，可能是白天视线好的缘故吧，头竟然有点晕眩。

黄河日出

我们在浮桥上走了大约一百多米，方才到达对岸。

看了看两边的地势，右侧的河岸比较平缓，且无其他障碍物，只是，想看日出还需往前方走一段距离，才能领略黄河日出的真正风采，而要进到里面，首先需要跨过一条一米多宽的壕沟。壕沟是新挖的，两边堆着昨天刚掏的泥土。

我瞄了一眼壕沟，跳过去，应该没问题，于是第一个跃了过去。壕沟对面的沙土被我踩过后结实了很多，后面的姐妹跳过来后不至于像我一般灌一鞋的沙土。看着凯冰轻松跳过壕沟后，两人一起走向河岸的深处。

河岸上除了泥沙，就是丛生的杂草，再往上便是堤坝，想看日出只能选择泥沙堆积的河岸。

河岸有七八米宽的样子，临近水边三四米的地方泥沙潮湿，一看就不能靠近，只能在相对干爽的泥沙处驻足。

脚下松松软软，在上面行走如履薄冰，唯恐一不小心湿了足，被困在泥沙里不能自拔，搞得狼狈不堪。

我边走边仰头看日出，此时正是看日出的最佳时刻，虽然太阳刚刚露出树冠，但光线已经有些耀眼了。东边的天空放射出金色的光芒，河面上也是金光闪闪，河中央出现了一道金光，平铺在水面上，自然天成，耀人双眼，夺人心神。此时的我激动不已，赶紧招呼凯冰，

“快看，日出！太美了！”迫不及待地拿出手机，将旭日与黄河框到一起，将这最震撼人心的美好时刻捕捉下来。

曾经看过很多次日出，印象最深刻的就是泰山的日出。那是二十多年前，我登上泰山，有幸在日观峰，欣赏泰山日出之壮丽景象。今天想起，仍历历在目，回味无穷。有诗云：登临绝顶东方白，混沌初分，紫气氤氲，翘首凝神怨乱云。金丸腾跃云天赤，喷薄红盆，万象乾坤，一览群峰景慑魂。泰山的日出非常奇特，太阳宛若一颗珍珠在云海里跃动，又似一个顽皮的孩童一蹿一蹿地跳出云层，渐渐地越来越大，最后喷薄而出。虽然这两处日出没有可比之处，但它们却有着一个共同的特点，那就是在观赏后的震惊与赞叹，赞叹之余，还对自然界机缘巧合地把如此神奇瑰丽的景观捧到人前，不禁由衷地感到庆幸。

我走到离浮桥几十米处，择一处平缓处想拍组照片，手里端着手机，摆出姿势，左脚站稳，右脚跨出一步，刚要拍，突然，我的身体失去了平衡，右脚在刚触及泥沙的时候，突然哧溜一下向右侧滑了出去，我“哎哟”一声，反应还算敏捷，左手抓稳手机，身体蹲下，重心放到左腿上，右手往后一撑，虽然没摔个仰面朝天，但也没逃脱屁股沾地的境遇，而此时凯冰的“小心！”刚刚落地，我迅速离地站起，屁股右侧一阵凉爽，哈哈，这回是真的湿身了。用手摸了摸屁股，有巴掌大的泥沙印记。我笑着对凯冰说：“要看黄河日出还真得付出点代价呢，哈哈！”

“小心点，别往里走了。”凯冰说。

“嗯——”

拍了一组照片后，我还是不满足于小范围的拍摄，于是又向着河岸深处走去。

河岸上的泥沙被黄河水冲刷得坑坑洼洼，越靠近水的地方越是平坦，水分少、地势高的地方则出现了断层、塌陷。这里少有人来，我小心翼翼地走着，感受着黄河的沧桑与厚重。走出一段距离回头看看，泥沙上一串脚印深深浅浅，我想过不了多久，它们就会淹没在黄河水的冲刷里。而此刻，我站立的地方因时间稍长，有点下陷，脚下渗出水来，是携带泥沙的水，我赶紧拔出脚来，白鞋上已沾了一层湿湿的黄沙，一双深浅不一的脚印就这么暂时留在了河岸上。

抬头望去，河岸深处的日出景象比之前更阔了，再往深处更加泥泞，阻碍了我前进的脚步，于是，折返。

走在返程的麻湾浮桥上，抬头望向对岸，发现在昨晚夜听黄河的岸边，有五个人影晃动，仔细辨认，竟然是天涯他们。

再走近些，确认了还有雕弓、璎宁、西门红柿，小芽芽，隔得老远用手搭成喇叭状高声呼喊，并摆手示意让他们到桥头会合。

引黄渠

两队会师，十个人一起到坝顶，商量着再去同心圆看看。大家刚要上车，不知谁喊了一嗓子，“你们快看下面！”于是，众人齐朝下看。

今天真是运气爆棚，一个赛一个的奇异景象层出不穷。听过童话故事的人，肯定会被故事里美妙的场景所吸引，而此刻眼前的场景有过之而无不及。

阳光被分散成一束束泛白的金光，铺洒在大坝下面的树上和茂盛的草上。草们支棱着镀了光的叶子，擎着比自己都重的露珠，像树一样骄傲地站立着，一棵，两棵，十棵，百棵……

毛有子们个个都孕育饱满，不得不将腰身弯成拱形，但依然一副喜笑颜开的样子。那片枯黄的树叶迎着光，竟然也活了过来，翻卷着的边儿，似乎也想挣脱小草的羁绊，向四周伸展。

我也跟随着下到坝底，沿着一条羊肠土路往深处走去，抬眼处，竟然飞奔而来了一匹黄骠马，可能是奔跑得太急，浑身冒汗，然而这汗水竟然有了香气，让我把持不住，冲了下去。伸开双臂，近距离地呼吸着，感受着它的气息。

这里应该就是西门红柿说的引黄渠了。这条水道宽约五十多米，从两岸茂盛的树木中蜿蜒而来，气势雄浑，奔涌向前，在阳光的照射下，引黄渠里的黄河水宛如披了一身铠甲般熠熠生辉。

一个美人站在了晨光里，身披霞光，长发披肩，头发表层镀了一层金黄的光芒，合着草的绿，身后的水汽，栏杆，石板，树木……美人戴着墨镜，正款款向我走来。璎宁笑靥如花地看着我，她是被我的傻样给逗乐了。

绿毯绕佟家

中巴车在黄河大坝上跑了许久，后转入乡村路段，几个弯路下来便听有人惊呼："佟家到了！"

佟家位于东营市南宋乡，一路走来，我已经在"百里黄河铺锦绣，农家烟火俏东津"的风光里与灵魂私语。佟家，一个灵动美丽的寻常村落，一块坐落在母亲河臂弯里的人间福地。七百年来，凤凰城的佟家人，日出而作，日落而息，犹如一幅画卷，演绎着黄河滩区农家田园生活。佟家村是黄河口为数不多的，历经河患、战乱、拆迁而保存下来的典型房台古村，是电影《高家台》取景地之一，建有黄河佟家艺术馆、"快行慢游"休闲体验长廊和"四季佟家"水上乐园等景点。漫步村中，其"十步一塘、百步一湾""日行河底夜宿台"的独特人文景观，顿时让人产生强烈的震撼和无穷的回味。

隔着玻璃窗欣赏着外面的景物，树木、村庄、杂草、田野都急速地一闪而过。忽然，路边出现了一片绿，绿冲击着我的视线，排山倒海般向我压来。那是水面上漂浮的一层被称为"绿藻"的植物，随着水势蔓延着铺散开来，仿佛是哪位能工巧匠，在水面上刷了一层的绿漆，又像一面绿意盎然的地毯，柔软，舒适，让人情不自禁地产生躺在上面的想法，不用说，后果定是挂一身支离破碎的绿衣。

这样想着，不禁对自己的想法哑然失笑。

绿毯上插着一根根或直或曲，或粗或细的白杨树干。再往上就是伞状的树冠了，树影洒在绿毯上，斑驳陆离，好美！我屏息凝神，欣赏着大自然的作品。一边的云峰喊起来："哎，姐，快拍照啊！"车里骚动起来，我这才忙不迭地打开相机，在车即将驶离的时候抓拍了两张照片。

正在惋惜没能在"绿毯"地带驻足时，中巴车似懂我般地停了下来，大部分人跟着队伍左拐下坡往佟家村方向走去，只有我们几个人原地踯躅不前，缘由很简单——身边有两方绿毯将我们牵绊。

我在近处的一个水塘附近徘徊，试图寻找一条能下到水塘边的路，以便能更近距离地拍摄绿毯。土路下边是一米多深的沟坡，杂草丛生，芦苇、柳树不规则地分布着，围成一个不规则的水塘。绿毯近在咫尺，可没有捷径，更没有坦途，最终欲望战胜了一切，下坡踏过杂草的羁绊。可还是因为水塘边上杂乱的树木横在视线里，不能拍出纯净开阔的照片而遗憾。

爬回到路上，些许泥土和杂草回馈似的傍上了我的鞋子和裤脚，顾不上理它们，暂且让我与绿毯再亲近一会儿吧。往前走，紧挨着刚才的水塘还有一个水塘，这里好似更阔一些，水面平平的，周围没有杂草，只有树木，而且一条不足一米的小路顺在水塘边上，能如此近距离地欣赏美景对于我来说自然是求之不得的。

令人奇怪的是绿毯中央的几棵小树似乎是因了什么都失去了生命的绿意，萎缩成了枯树穹枝，我心里一紧，不会是这些绿藻的缘故吧？正疑惑间，云峰给了我最好的解释：这种植物是绿藻的一种，没有根，漂浮在水面，属于富氧植物，寿命短、繁殖快，在浅水区有泥沙的地方容易生长，是水里小鱼小虾的食物，待水位升高后会自然减少，少量的绿藻不仅不会对水质产生影响，还会起到改良的作用，但过多的绿藻则会让水下植物动物因为缺氧导致死亡。

云峰的一席话让我豁然开朗，不由得联想到了最近水生植物生长比较多的原因，这是因为前段时间雨水过多，导致大片良田受灾，造成周边地带地势较低的区域产生积水，泥水的淤积为绿藻的繁殖提供了良好的条件。绿藻在适宜的环境中肆意疯长，覆盖整个水面，阻断阳光和氧气溶解，水里自然会缺氧，动植物不死才怪。那么此时的绿藻不是美景，而成了一种污染，因积水变质（即水中的腐败）还会产生一种淡淡的腥臭。也曾在网络上看到过绿藻蓝藻污染湖水的报道，好在，佟家村这里的水塘是临时的积水区，水下也没有什么鱼虾类的动物，过不了多久随着水分的蒸发，水塘将不复存在，至于绿藻也不过是昙花一现罢了。

走在佟家村的乡村土路上，路边的枣树，喇叭花，矮墙，红色砖瓦房，在我眼前一一飘过，仿佛回到了三十多年前的外婆家，亲切而有活力。再次出现了一个绿藻漂浮的水塘，然而此时我既没有了初见它时的激动，也没有了不愿待见的念头。绿藻虽小，且生命短暂，却用顽强的生命力彰显了它的强大，使我不得不对生命产生了敬畏之情。

伫立良久，转身，迈着轻快的脚步走近佟家。

◎ 第四辑

谷穗

看着女儿稚嫩的脸庞上那坚毅的表情，
宛若一枝铿锵玫瑰，
顿时幸福的成就感传遍全身。

鞭策前行

俗话说“活到老，学到老”。

有时静下心来想想这半辈子遇到的人和事，在人与事的交织中受到教育，不断学习，不断成长，从而积累丰富的阅历。总结得出：教育不过有三种，即家庭教育、学校教育和社会教育。

家庭是孩子的第一学校，父母是孩子的第一任老师，家庭教育的好与坏将直接影响孩子的一生！我的父母都是普普通通的农民，他们不懂教育，但却在我学生生涯最关键的时候，推了我一把，让我的人生发生了转变。

记得那是 1985 年暑假后开学的第一天，也是公布升入新的年级名单的一天（那时候，成绩不好会被留级的）。

中午回家，我心里就像揣着一只小兔子，踯躅在家门口，不敢进门。犹豫了半天，最后还是给自己打了打气，方才慢吞吞地进了院子，我发现，自己竟然是最早一个到家的。母亲正忙着做午饭，见我进门，面色平和地问：“放学了？”随后的一句话，把我的心吊到了嗓子眼“考上了吗？”

我低头支吾着回答：“没——有——”偷眼看母亲，刚才还一脸平和的脸一下子就变长了，嘴唇紧抿，一副严肃的面容。就在母亲刚要张嘴训斥我时，救星来了。二姐背着书包进到院子里，我那紧张的心稍稍安稳了一下，对二姐表示感谢。母亲把同样的问题也抛向二姐，二姐也是如我一般垂头而立，小声说着“没有”。母亲的脸阴沉得吓人，压抑着内心最后一道怒火。最后一个炮弹投进院子里，弟弟脚腕上似拖着千斤重物，挪到我们跟前。母亲极力地压制着怒火，语调依旧沉重且严厉地询问结果，得到的却是如出一辙的“没有”。

“咋就这么有出息啊，一个个的，都吃瞎了这饭，还有脸回家呢，啊！”母亲的脸由红到紫，终于忍无可忍地爆发了，嘴里一边不住地数落着：“我叫你们不好好学习！”一边用眼四处踅摸，目光最终落到墙角的笤帚上，抓起来，翻了个儿，手提笤帚苗，将笤帚把儿对向我们，开始横扫三个打败仗的“兵”。

我一见形势不好，撒腿就跑。这还被笤帚疙瘩扫到了屁股，尽管只沾了一点，还火辣辣的疼，可见母亲的怒火有多旺。接受了母亲雨点般笤帚疙瘩的二姐和弟弟又是什么滋味呢，只有他们自己清楚。

这样挨了一顿打，在 1986 年的升级考试中，我们姐弟仨的成绩在班里都是前两名，学习上再也没有让母亲操心过。

后来，又发生了一件事，而这次推了我一把的是父亲。

1994 年高考放榜后，我去教育局查看成绩，结果如那天的天气一样，很灰，正在我不知何去何从时，听同学说我的分数可以报名上电大。

回家跟家人商量，父母也不知道怎么办，我便自作主张到教育局填报电大的志愿表。在选择专业的时候，我是真的迷茫了，谁知道那些看着高端的专业，毕业后能干啥呢。挑来挑去，最后填了工商管理和公关。

我骑车刚进家门，父亲也正巧从外面走了进来，一进门便问：“你报的啥专业啊？”

我刚说完我报的专业，父亲便命令我：“回去，都改成师资班！”

我犹豫不决，站在原地没动。父亲突然怒目而视，用他那洪亮而又严厉的声音喊：“还不快去！”我实在惧怕父亲的威严，骑上车第三次到了教育局，把原来的表格抽出来，又重新填了一份，把两个志愿都写成师资班，交上后，一颗心方才落地。

事后，我才知道，父亲是咨询了当老师的小叔，得知师资班毕业后包分配，为了让我有个“铁饭碗”，帮我做了一个影响我一生的抉择。就因为父亲的这次逼迫，我与教师这一行业才结下了不解之缘。

所以说，孩子的学习不能放任自流，家长的引导和教育也是至关重要，鞭打也不失一个好办法，有了压力，人才会有动力，有了动力，还愁不往前走吗？无论是孩童还是少年，在面对迷茫时，有人往前推一把，就会成就一个不同的你，演绎不一样的人生！

仲夏之夜

暑期的第一天，刚上初中的女儿说晚上要去看喷泉，还约了小伙伴青一起。

吃过晚饭，伴着丝丝缕缕的小风，我们来到广场。广场上已经聚集了很多人，有的散步，有的看孩子，人声嘈杂，有意无意地等待着喷泉的开始。

过了一会儿，音乐响起，声音由低到高，喷泉两边的投射灯也开始幻化出了光影，红黄绿交叠，投向远方，喷泉慢慢地从泉眼里冒了出来。孩子们高兴极了，牵着手一蹦一跳地跑向喷泉，在人缝里穿行着，欢呼着。我则围着喷泉跟随着孩子们的脚步，且行且看。

喷泉是多变的，有时像蝴蝶扇动着翅膀，似在等待随时起飞；有时如波浪，这边起那边伏；有时好似仪仗队，排得整整齐齐；有时宛若星星，点缀着夜空。满池的地灯映照着喷泉，五颜六色，煞是好看。

随着音乐的起伏，喷泉开始由柔美变得不安分起来，一根根水柱拔地而起，有时密密地交织着，有时各行其是，在音乐的起伏里彰显着个性。喷泉在霓虹灯光的交织中放射出如彩绸般的光芒。那高射几十米的水柱被风吹得像雾，又像雨，小的像火炬，大的如瀑布，被风吹散的水雾宛如一排排的音符越飘越远。水雾落到人身上，顿觉一阵凉意袭遍全身，不禁打了个寒噤，双臂不自觉地抱到一起，胳膊上顿时起了一层鸡皮疙瘩。

跟随着孩子们的脚步，不知不觉来到广场的东南角，这里围着一群人。走近细看，原来是一个十来岁的小姑娘在出售小商品。小姑娘热情地招呼着客人，报价，拿商品，很是熟练。再看地上，东西还真不少，有闪光棒、折扇、玩具手机、水枪、面具、孔明灯，还有纯净水和几种饮料。

羽和青钻进人群，竟然兴奋地和“小老板”说起话来。说了几句，羽便转身向我走来。这时，不远处有个两三岁的小男孩正在疾跑，脚下被什么东西绊了一下，摔倒了。我刚要上前，只见女儿抢先一步，蹲下身子，把小不点扶起来，问小家伙：“磕到没有？和谁一起来的呀？”小家伙明显吓到了，指了指后面跟上来的一位五十多岁的妇人，说：“奶奶。”女儿抱起小不点，向奶奶的方向走去，把孩子交到奶奶手里，才向我走来。

“哎哟，俺闺女长大了，做得好！”我毫不吝啬地伸出大拇指。“妈，你不是经常教导我嘛，能帮人一把就别袖手旁观嘛，举手之劳的事，没啥，呵呵！”羽轻描淡写地说，说完，话头一转，拉着我的手，“妈，你带钱了吗？”

“干吗？我们不是说好了，出来不能乱买东西的嘛。”我一想就知道女儿肯定是禁不住诱惑，赶紧拿话堵她。

羽有点着急地解释道：“妈，不是的，你听我说，那个卖东西的是我同学，家里很困难，她想通过自己的劳动为家里缓解压力。我想买样东西，帮帮她。”语气中带了请求的味道。

我想了想，说：“你想帮助你的同学，妈妈支持你，不过，换作你是她，她买你的东西，你会怎么想？”看她不说话，我接着说：“人都有自尊心，你直接去买，她会不会觉得是种施舍而自卑呢？”

“哦，也是，那怎么办？”羽一时没了主意。

“你看你同学的生意还不错，她正需要帮手，你是玩还是去帮忙啊？”

羽眼前一亮：“嗯！我明白了，以后再玩也行的，先去帮她的忙要紧。”随即又说：“哎，对了，妈，我同学不认识你，待会儿你就破费一下去买点东西，虽然帮不上啥，最起码让她因为卖了东西而感到快乐啊。”

“这个嘛，当然可以了。”

得到我的许诺，羽一脸的满足，再次钻进人群，和青言语了几句，便开始帮着同学做起了生意。

看着仨孩子有招揽生意的，有拿商品的，有收钱的，忙得不亦乐乎，我倍感欣慰。

等到喷泉结束，我走近货摊，拿起两根闪光棒，微笑着问道：“闪光棒真好看，小姑娘，多少钱一根啊？”

正在忙碌的羽和青抬头微笑地看着我。

“小老板”说：“阿姨，这两根十块钱。”

我付了钱，偷偷地向两个孩子打了个手势，转身离开。

不一会儿，两个孩子跟了上来，兴高采烈地从我的手里拿过闪光棒，羽走到我前面很认真地对我说：“谢谢，妈妈！”我的心一阵柔软，用手轻轻抚摸了一下孩子们的头顶，语气柔和地说：“不客气，你们俩都很棒！”孩子们相视一笑，青说：“姨，我们商量好啦，有时间再来帮忙。”

“好，我支持你们！实际上，你们还可以用其他方式帮助她。”听了我的话，两个孩子开始动起脑筋来。

“对呀，她喜欢看书，但又没钱买，我把我的书借给她看，反正咱家有很多书，够她看好长时间了。”羽兴奋地说。

“我把生日时大姨给我买的新书包送给她，还有纸笔。”青也不甘示弱。

我不住地说好，告诉她们慢慢想，然后一手一个，牵着她们往回走。

不知不觉间，我们已离开了喧闹的喷泉广场，“只要人人都献出一点爱，世界将变成美好的人间……”的歌声依然会时断时续地传到我的耳朵里，看着身边的两个孩子，嘴角不觉弯起了弧度……

贴心小棉袄

十七岁的女儿除了身高，形容样貌与我很像，这种很像皆源于周围人的评说。

一次，我带女儿去参加娘家嫂子孙女的婚宴，到酒店一楼大厅后，迎宾的嫂子就热情地打招呼，看着我身边的女儿说："哎呀，这闺女这么大了，跟你是一模一样啊！"

还有一次，在朋友圈里，晒了几张女儿的照片，引来好多人的点评。同事说："闺女直接是你的盗版。"同学说："这是你年轻时代的照片吗？"还有人说："你看看那脸直接是你的翻版。"更有甚者说："书宁保养得这么好啊，如此年轻。"说得我都不得不相信，我们娘儿俩的相似度竟如此之高。

女儿身高 173cm，在身高上，她经常以蔑视一切的眼神瞧我，我就借机往她肩膀上一靠，说："正好！"

女儿大了，随着阅历的丰富，还懂得了幽默。生活上，经常会说一些笑话逗我开心，偶尔还会动手拍拍我，挠挠痒痒。在学校里，借我给她送饭之际，也跟我谈论在学校的事情，有时是关于学习的，有时是关于同学交往的，也有自己心理方面的。我喜欢娘儿俩像朋友一般的相处方式，无话不谈，即使有矛盾，也会在短时间内自我化解，一笑了之。

女儿会的东西很多，她会唱歌，早在十岁那年就取得了全国声乐考级十级的证书。课业之余，还会学一些歌曲，她最喜欢的歌手是许嵩，还学习了几首英文歌曲，例如《泰坦尼克号》的主题曲 *My Heart Will Go On*，还有 *Fools*、*Shape of You*、*Something Just Like*

This 等。另外，她利用课余时间还自学日语，通过网络听录音学习日语歌曲，只要有她在，我随时可以点歌，虽然我五音不全，但耳朵没毛病，听得兴致勃勃。她还通过抖音视频，学习跳舞，偶尔也会踢踏一段给我看，还真是像模像样的呢。

喜欢吃甜品的女儿喜欢上了做糕点。初二那年暑假，就缠着我给她买各种器具和食材。器具有烤箱、微电子秤、蛋糕模具、电动打蛋器、硅胶铲等；食材有吉利丁片、动物奶油、低筋粉、抹茶粉、可可粉等，最终她做出了蛋糕、果冻布丁、曲奇饼干。我最喜欢吃她做的蛋糕坯，软软的，香甜适度，跟蛋糕店里的没啥区别。

喜欢养小动物的女儿特别喜欢狗。每次外出，看到各种狗都会惊呼，而且都能直呼狗的品种。她最喜欢金毛，一种体型不大不小，浑身金色毛发的聪明狗。女儿自小养过的动物不计其数，鸡、鸭、兔、鱼、乌龟、龙虾、荷兰猪、仓鼠、花栗鼠等等；也养过狗，但时间都不长。一是因为楼上养狗不方便；二是不想让她花费太多精力；再者，女儿很重感情，经历过两次荷兰猪的死，都让她泣不成声，悲痛欲绝；最重要的是，我很怕麻烦，不想给自己找事做。但她一有机会，就在我耳朵边上吹风，让我养一只狗，都被我严词拒绝了。

最令我感动的是女儿的懂事。一次，周六下午，女儿休息在家，我带她去义乌商城买东西，刚进市场，女儿把胳膊往外一撑，道:“来，挎好了，别走丢喽！”我一笑，乖乖地将手伸进去，心里惬意极了。每次去超市，抑或是逛市场，女儿都会跟我抢着去提东西，有时候甚至命令式地说：“来！都给我！”孩子大了，有时真的很暖心。

女儿，我的贴心小棉袄，希望你一生平安快乐！

成人礼，让你的青春有迹可循

今天，看到同事发的新作《父母，你在我眼里是最美》，以纪念前几天学校为高二学子举办的成人礼大会，有一段是这样写的：

总有一种仪式，
实现人生的幸福与自豪的梦想；
总有一种仪式，
饱含着父母师长的期盼和嘱托；
也总有一种仪式，
铭记学生一生不会忘却的青春。

看完整篇，要写点什么的念头在我脑海里更加强烈。不为别的，为了我家的小棉袄，也要留下点回忆。可能，现在记忆深刻，但一年后，几年后，多年后呢？记忆总是会一点点地消失殆尽，趁热打铁，让瞬间变为永恒，让女儿的青春有迹可循。

2018 年 5 月 6 日，作为高二学生家长的我应邀参加了广饶一中二校区为 59 级全体同学举行的主题为“青春，成长，感恩，责任”十八岁成人礼暨母亲节庆祝大会。

早在几天前，班主任蒋子鹏老师就在 9 班家长群里发出了邀请函，为了让家长能快速找到座位，蒋老师让孩子们站在参加会议的位置，拍了照片，发到群里，届时，家长和孩子坐在哪里就一目了然。

大会在庄严的国歌声中拉开了帷幕，首先学生家长发言，然后总校的韩校长致辞，接下来就是家长和学生互动环节。

第一步，家长为孩子加冠。所有的家长和学生都不约而同地站了起来，且面对面。我含着笑，把博士帽用手撑开，女儿的身高，高出我半个脑袋，为了不让我太费劲，她主动屈膝弯腰。我把博士帽给她戴到头上，帮她整理好碎发，并把穗头的两根线分开挂到帽子的边角上，这样，穗头就不至于左右滑动了。做完这些，娘儿俩相视一笑，在别人还没做好的情况下，我伸出双臂，说："来吧，臭丫头，抱一个！"就在拥抱的那一刻，我心里百感交集，喜悦及酸涩涌上心头，眼泪在眼眶里打转。正在此时，女儿松开抱着我的双手，调侃道："哭！你是不是要哭！"然后双眼盯着我看，我强忍着没让眼泪流下来，笑着说："我才不哭呢，我要笑着看你长大。"随即，硬生生地把眼泪给憋了回去。

几分钟后，家长和孩子互换信件。女儿让我合上眼睛，当我睁开眼睛的时候，一支康乃馨伴随着女儿欢快的"噔噔噔"声奇迹般地出现在我的眼前。女儿郑重其事地说："母亲节快到了，祝老妈节日快乐！"我接过康乃馨，粉红粉红的，被塑料包装纸裹着，透着朦胧的娇艳。我笑了，像所有的母亲接到孩子的礼物一样，幸福地笑了。

接着，女儿又像变魔术般拿出一个信封，信封上的封口处粘了一朵手工折叠的紫色小花，背面粘着四个同样是手工折叠的不同颜色的爱心，依次是粉色，蓝色，紫色，橙色，很漂亮，我知道女儿是很用心地准备了这个礼物。

打开信封，里面厚厚一沓。在女儿的指导下，先依次略看了一遍：摆在最上面的是一颗折叠得非常精美的大爱心，上面用黑笔写着"母亲节快乐！！"前三个字在上，后面的另起一行空两个字写在下面，围绕着五个字用红笔点缀着五颗心，一颗在左，四颗相连在右，蛮好看的。说到这里，你可能会问，这颗心是用什么颜色的纸折的啊，怎么还画了红心呢？

我再也按捺不住了，道出了这个疑问："哎，羽，这心咋是绿的，没用红色的呢？”

“哎呀，我就知道你会问这个事儿，红色的都给同学了，而且，都是我给他们叠的，人家要，总不能给绿色的吧。哎呀，你就凑合着吧，给你的是最漂亮的，嘿嘿！”

“哦，这样啊，好吧，那我勉强很满意喽，哈哈！”

接下来就是一张标着“序言”字样的小纸片，后面依次是练字纸，感恩家书，新添小书。我看一时半会儿也看不完，就拿出早就准备好的一本精致笔记本（写信这个任务是班主任早就布置好的，不过是我把写卡片改成了写信而已，我觉得，成人礼是孩子一生的转折，寥寥几句话，不足以表达我对孩子的那份希冀之情）递给女儿。

我对女儿说：“现在咱俩一起看信吧！”

在女儿打开笔记本的同时，我也抽出了《感恩家书》，仔细看起来，现把女儿的家书呈现如下：

致亲爱的妈妈：

转眼间我就 18 岁了，即将步入令人紧张惶恐的高三生活，真是风水轮流转啊，我们每个人都会经历这么一段令人毛骨悚然而又刻骨铭心的时光。

你说过，高中时期的友情是最纯洁，最难忘的，我记住了，而且十分重视，导致做什么都有点束手束脚。尽力表现一个完美的自己，可是一切都不怎么尽人意。初中时的阅历到高中根本就是毫无用武之地，这里不再是原来的一方乐土，而是鱼龙混杂。不谙世事的我游走在其中，感觉好累，在一副命名为“完美”的躯壳中苟延残喘。嘿嘿，说得有点过了，反正过去之所以是过去就是区别于现在和未来的，我放飞自我了。别人都看着我很天真，但三毛说过：“天真的人，不代表没有见过世界的黑暗，恰恰因为见到过，才知道天真的好。”适应小小的校园算得了什么，社会才是最锻炼人的学校。

望向前途，一片渺茫，像浓雾中触不到阳光，像黑夜里迷失了方向，想做的事没有能力，你想让我做的，我却没有兴趣。可能真的不到高考出成绩都不知道自己选什么专业，真的是理想很丰满，现实很骨感啊。

妈妈，你那突如其来的一场病让我猝不及防，我没有可以求助的人，很焦虑，很心急，很无助。从那之后，我也不知道为什么，突然就上进了，我觉得再不努力学习就永远赶不上了，所以我害怕了，决定一改往日作风，向上游，不管后面面临的是什么，努力过了，至少不给自己留遗憾！

挺好的，挺充实的，也挺开心的，挺知足的，就这样吧，一切都挺好的，所以，你也要好好的。

青春如果有翅膀，我一定会翱翔！

你的贴心小棉袄

2018 年 5 月 5 日

看完，抑制不住的泪水像开了闸门的水奔涌而出，孩儿啊，妈妈好心疼，也很欣慰，终于“拨开云雾见青天，守得云开见月明”。我确信，一切都会好起来的！

女儿见我情绪激动，忙抱着我安慰，用手掌轻拍我的后背，耳语道：“哭啥？来，跟我重温你写给我的寄语，我看了也好感动呢。”

我抹了把眼泪，平复了一下情绪，和女儿坐下来，一起翻看我写给女儿的十八岁寄语。

打开扉页，上面竖着写有“致十八岁的你”几个字样，翻开第二页，便是正文了：

女儿，虚岁已满十八的你，是个大姑娘了！

十八岁，是人生转折的重要关口，就像雏鹰在经历屡次试飞终于能一飞冲天一般，你也要直面人生，走向社会，摸爬滚打，自力更生，去迎接属于你的成就、幸福、鲜花和掌声，肩负一方职责，贡献社会了。

女儿，面对生活，面对外界的伤害、欺骗和谎言，记得擦亮你的双眼，用坚强、智慧、勇气迎接挑战，用真诚和善良与人交往，用创新和拼搏对待工作，做一个积极向上，敢于担当的人。常怀感恩之心，孝敬师长，闯出属于自己的一方天地，这是你肩上的重担，也是你推卸不掉的责任。在这个过程中，你可以平凡，但不要平庸。

女儿，记得要爱自己，珍惜自己的身体，爱惜自己的健康，爱惜自己的名誉、思想和品质。多读一些好书，尽管时代发展变化，读书始终能够让你找到一份宁静，找到你人生发展需要的动力。有圣贤之书相伴，就像与圣贤之人交谈，知识会让你充满力量。

女儿，记得要交几个真挚的知心朋友，他们可以与你推心置腹，可以快乐着你的快乐，痛苦着你的痛苦。当然，你对他们亦是如此，只有用真心换来的友谊才是最长久的，真正的朋友一定是“君子之交淡如水”的。

十八岁，花一般的年龄，令人羡慕的青春妙龄。这是一个不一样的日子，你将步入成人行列……请允许我带上祝福陪伴你，成为你成长道路上最坚强的精神依靠，做你最贴心的朋友和最亲密的伙伴。无论你长到多大，无论你今后去了哪里，无论你遇到了什么样的困难，都要记住：妈妈永远都深深地爱你，都会全力支持你！为你的今天喝彩，为你的未来祝福！

爱你的妈妈

2018 年 5 月 4 日

看完信，大会进入庄严的宣誓环节，看着女儿稚嫩的脸庞上那坚毅的表情，宛若一枝铿锵玫瑰，顿时幸福的成就感传遍全身。

我们手牵着手，并肩走在从“成人门”到“成才门”之间的红毯上，灵光一闪，“前途似锦”四个字从脑子里蹦了出来，用在这里真是恰如其分。几个同事为我们拍照留念，我依偎在女儿的怀里，幸福地笑着，心里灌满了蜜糖。

随后，便是自由活动时间，签字仪式，同学合影，集体合影占满了手机相册。

接下来的两天里，家长群里热火朝天地分享着照片，我把有关女儿的照片整理到QQ相册里，创建了一个个人相册，起名成人礼，以供随时翻看。

十八岁的成人礼大会结束了，这次大会，吹响了新高三冲锋的号角，激励着每一个新高三学子上进的心。

十八岁的成人礼，我让你的青春有迹可循！

我被闺女炒了鱿鱼

考务室里的人越来越多，脑子里滚动着“第八考场”，三楼东二教室，三楼，又是三楼，上次监考也被安排在三楼，没中，这次会不会跟闺女一个考场呢？

有人把试题袋搬进考务室，我找到第八考场的试题袋，在搭档陈老师的协助下，开始粘贴条形码。贴着贴着，无意间，看到条形码上赫然出现了熟得不能再熟的名字，心下一紧，手里继续着工作，心里却也翻腾起来：这次果然被“砸中”了，不知道语文这两个半小时的监考历程会带来什么样的效果，管它呢，先看看这家伙的反应再说吧，能有机会给闺女监考也是人生一大幸事。

抱着试题，爬到三楼，站在第八考场的门口，以前面对别人家的孩子，总是能板起面孔，现在却有种异样的感觉，嘴角抑制不住地弯出了弧度。一眼就扫到那张熟悉的面孔，“嘭”四目相对，感觉有火花“刺啦刺啦”迸射，女儿急忙俯下身子，用食指放于唇间，偷偷地做了个手势，示意我不要跟她说话。我一边拿眼神扫完全场，一边想：谁想跟你说话，美得你，哼！然后装作若无其事的样子把试题放到讲桌上，开始分发草稿纸和答题卡。

距离开考还有五分钟时，我把试题分发下去，接了杯水端着往教室后面走，尽量避开点，否则我会控制不住地老去看她，小坏蛋还不得翻我白眼啊。

两个半小时的时间好漫长啊，我坐在后面，时间久了，就想站起来活动活动有些僵化的躯体，为了不影响学生，尽量站在原地暗自抻拉筋骨。

离考试结束还有四十多分钟的时候，一阵尖锐的“吱——吱——”声在教室前面响起，学生们都抬起头，四处踅摸，我也坐不住了，到前面寻找声音的来源，最终往返几次也没能找到，没办法，只能等考试结束后再说。

终于等到考试结束的铃响，我走出教室，女儿跟着我并肩而行，刚出门，女儿就急不可耐地抱怨：“老妈，你给俺监考，压力山大啊！”

我心里虽不舒服，但考虑到她的感受，主动让步说：“那下一场我和别人调一下，可以吧？”

她立马由阴转晴，笑着说：“这样子啊，好极，嘿嘿！”

“今天我中午值班，要不要一起吃饭？”我向她发出邀请。

“不了，我和同学吃！”被拒绝的我一脸蒙，还没醒过神来，那家伙说完，一转身便挤进人群不见了踪影。

我心里闷哼了一声，“没良心”的东西，就这样把你老妈给炒了。

妈，俺输了

孩子的成长无时无刻都牵动着家长的心。现如今，我家女儿也上大二了，可高中时期女儿身上发生的事情每每想起都会让我深有感触，尤其是两年前的那次拔河比赛更是让我记忆犹新。

我站在连廊处，目视来往的学生，时不时地看一眼学校门口，已经十二点多了，咋就没看到臭丫头的影子呢？

哎，那个背影好像是她，手里还拎着系着橙色绸带的通校证，对，应该没错。只是有点垂头丧气，少了平时走路时大步流星的气势。女儿距我两百多米，如果追，怕是来不及。急中生智，将两手搭在嘴边支成喇叭状，喊了一声“哎！羽——”还真管用，就一声，女儿回头了。我心想，这回耳朵好使。我边喊边打着手势，让她等我，显然她是看明白了，站在那边不动了。

我骑上车迅速到了门口，女儿一副无精打采的样子，蔫蔫地说：“妈，你不是值班吗？”我说：“我刚签上到，还有二十多分钟的时间，送你回去吧！”

“哦——”女儿应道，丝毫没有兴奋的表情，要是放到平常，早就咧嘴笑了，还会加上一句：这么好啊！

出了校门，坐在后座的女儿嘟囔道：“妈，俺输了！”

我心里一沉，对啊，今天上午她们班进行拔河比赛，昨天战况激烈，9 班以 2:1 的优势战胜了 7 班，昨天的女儿，眉飞色舞，兴致勃勃，一个劲儿地跟我描述比赛时的激烈状况，看来今天是遇到强敌了。

我宽慰她说：“没事的，有赢就有输嘛，又不是什么大比赛。”

“妈，俺输了——”背后传来嘤嘤的啜泣声。

我心里也跟着发酸，此刻说什么都显得那么苍白无力，只好岔开话题：“我给你炖了排骨。”无论何时，这丫头，一说起肉食，总是没有免疫力的，可这回失灵了。

“妈，俺输了——”语塞的声音传进耳朵，令我局促不安起来，我既无语又无奈，我知道她只是在诉说，倾诉心中的那种郁闷，我还是做个听众比较合适。

自从孩子上高中以来，集体的荣誉感第一次爆发得如此激烈，有集体荣誉感才会产生责任心，这点让我感到欣慰。孩子大了，之后还会经历更多这样那样挫折，甚至更残酷的事情，都需要靠她自己去面对风雨！

到了楼下，女儿的情绪稍有好转，我顺势开导她：“虽然在比赛上你们输了，但这次比赛对你们来说都是一次宝贵的经历，比赛结果不重要，有些东西比输赢更重要。你想，班级那么多，总得有个第一、有个倒数第一吧，就像考试一样，最后一名就不想考第一吗？关键是付出了努力，不留遗憾。”

女儿沉默了一会儿说：“妈，你这么一说，还真是，通过比赛，我感觉我们班的同学都不一样了，为了集体的荣誉，大家都拼了，手掌被搓得通红也不松大绳，我们班主任也丢掉往日的绅士风度，猫着腰，双手随着一起挥动，大声给我们喊加油，看那阵势，如果允许，他定会加入战团，奋力一拔。哎——只是费了九牛二虎之力，也没能打败 7 班，7 班太强了。”

“嗯！我理解你的这种感受，我上高中那会儿，集体活动比你们多，除了拔河还有很多比赛项目，比如运动会上的接力赛，歌咏比赛什么的，跟你一样，希望自己的班级能得第一，但是事情是不以个人的意志为转移的，其他班的同学也都很努力。经历多了，心情也就放平了，比赛结果固然重要，但过程也不容忽视，通过集体活动不仅加强了班级的凝聚力，还能收获比比赛结果更珍贵的东西，比如友谊，通过比赛加强了彼此之间的默契和信任，这些都是来之不易的。”

“是的，妈。”女儿顿了顿，接着说，“我懂了，你快去值班吧，我上楼吃排骨了。”

看着她脚步轻盈地上了楼，我的心也跟着轻松起来！

每一次历练都是一次成长，学习上，生活里，还有以后的工作中，只有经历了才会更懂得珍惜。孩子，不经历风雨，怎会见彩虹？

考前记事三则

吃瓜芯

晚上，玉凤送来四分之一的西瓜（我们两家住在一个楼道，孩子们是发小，有时候一个西瓜吃不了就分着吃）和一小兜樱桃，我们俩聊了聊孩子，她便下楼去了。我重返电脑前编辑自己的文章，借以等候女儿。

深夜十点下楼，骑车奔赴学校，接上女儿回家。刚进门，女儿一眼就看到餐桌上的西瓜，喜悦之情溢于言表。把背包一撂，伸手捧起西瓜向着瓜芯便啃，再抬起头时，两腮已挂了些许西瓜瓤和顺流而下的瓜汁。“啊，甜！过瘾！”看她那满足的样子，我就忍不住地给她浇凉水：“马上就睡觉了，你这一嘴下去，这块瓜你吃得了吗？吃不了明天还能吃不？”女儿这才正面评估了一下：“还真吃不了，要不你帮上两口呗。”

“瓜芯都被你啃没了，我才不吃呢，我要吃樱桃。”我故意拿话勾起她的注意，知道她是抵不住诱惑的。果不其然，女儿的注意力马上转到樱桃上，我立马制止，道：“先吃完西瓜，樱桃少吃几个，放冰箱里明天再吃。”

“嗯嗯，先来个黄的。嗯——好吃，就是有点软，再来个红的，口感不错，没有黄的甜，西瓜吃得更过瘾，嘿嘿！”女儿一边吃，一边自顾自地念叨，看来是吃爽了，如果你能看到她大快朵颐的情景肯定也会被感染，因为她像极了《西游记》里的某个人物，哈哈。

女儿开始用勺子挖西瓜瓤，时不时地往我嘴里塞一块，我就一脸嫌弃地说：“瓜芯都被你吃了，剩下的还能好吃嘛。”

“哪有，我吃的是靠边的好不好，这西瓜和前几天咱买的一样，都很甜，不信，你尝尝。”无法拒绝硬塞过来的西瓜，张嘴接住，算是堵了我的口。

好事来了

“妈，你太不用心了，人家潘子欣的妈妈每个月都给她记着生理周期的时间，你就不知道我啥时候来，我都有点怀疑我是不是你亲生的了。”

“哎呀妈呀，自打上次你点拨我，我就问过好几个妈妈，也就是小潘的妈妈用心。还有啊，就咱俩这模样没人会怀疑我们的关系吧，再者任谁说也绝对不会说我是你闺女吧，嘿嘿。别丁点大的事就上纲上线的，让人家笑话。你妈我年纪小时就从来没记过，自己的事自己去做，别自己不用心还反过来怀疑我是不是你亲妈，太伤感情了吧。”

“你就是不用心，这就高考了，你知道我哪天来好事啊？这要是考试来了，多烦心啊。”

“嗯，说的也是，要不这样吧，六月三号它不来，我去给你买药，吃几天黄体酮推迟生理期，不就得了。”

“行吗？”

“当然，你就不用操心它了，好好复习功课吧。”

“好吧。”

5月30日中午，我正在厨房忙活，听到敲门声，赶紧停下活计跑去开门，女儿一脚踩在平台上，另一只脚踩在下面的楼梯台阶上，一边哈着腰上气不接下气地说话，一边面带笑容地看着我，“妈，来了！”

我边说边带上门，故作惊讶状，问：“啥来了？”

“哎呀，好事来了！”

“哦，这下好了，放心了吧，来得正是时候，我刚买了黄体酮，它就来了，肯定是被吓得，呵呵！”

向青春致敬

按照惯例，周一早晨是广饶一中全校师生升旗的时间。

六月三号，二校区全体师生齐聚广场，举行 59 级高三学子最后一次在校期间的升旗仪式。

随着播音员“进行第一项：升国旗，奏国歌！”的话音刚落，五星红旗在国歌声中冉冉升起，随风飘扬。注视，倾听，直至音乐结束，国旗置顶。

我曾站在旗杆下参加过无数次升旗仪式，内心却从来没有像今天如此异样。

人群里有人说：“这是高三最后一次升旗了，对孩子们来说具有特殊意义呢。”

“进行第二项，国旗下讲话！”

讲话的是一个让人听到她的名字就不能忘怀的女孩，女孩名飘扬，不知道是组织者有意为之还是巧合，她的声音好听，俨然是播音员的腔调。讲话的内容充满了希冀与祝愿，也不乏向青春致敬，献礼青春之词。

听着看着想着，不觉踮起脚跟望向 59 级 9 班的方向，但只能看见排头，女儿的身影更是无法分辨，不知道女儿此时有何感想？

中午，饭桌上，我将手握成拳头伸到女儿嘴边，访问式地问道：“请问常俏羽同学，你对今天早上升旗有什么想说的吗？”

“一开始也没什么，就是被‘最后一次’戳了一下，心里的不舍开始泛滥。以前升旗也没啥感受，这马上高考，离开一中，再也回不到现在的教室，听老师们传道授业解惑，心里真的有些凉凉的。

我比别的同学还好些，随时可以进入校园，但物还是人已非，岂是一句两句能说得清的。”说完，眼中已是泪花闪闪，哽咽难言。“唉——说啥也没用，妈，我要用最好的状态向我的青春致敬！”

高考在即

感冒

下了班，签了退，我便骑车急匆匆地冲出校门，向东方丽景北门行去。

来到药店，向导医员询问有没有吃了不打瞌睡的感冒药（女儿感冒了，喉咙疼，头疼，家里买的999感冒灵颗粒吃了老犯困，高三学习紧张，又经常考试，她开始拒绝吃药），导医员想了想，转身从柜台里拿出一大包药说，这种纯中药的感冒颗粒吃了就不打瞌睡，于是我拿了这包药走出药店。看时间宽裕，又跑到锦湖买了女儿最爱吃的肉夹馍（纯瘦肉加甜椒），这才不疾不徐地往学校返。

到了教室门口，距离下课还有几分钟，便在教室外面静静地等待下课铃响。等候的过程是漫长的，哪怕只有几分钟。因为天热，靠近楼道的窗户开着半边，巧了，女儿就坐在靠窗的位置，一举一动尽收眼底。正在做试题的女儿，一会儿冥思苦想，一会儿下笔疾书，我拿着手机来了张偷拍。

下课铃一响，孩子们都纷纷站起，往教室门口走。我轻声冲着女儿喊了两声，她扭过头，眼睛一亮，从教室后门走出来。先询问女儿的感冒状况，嗓子还疼不，头感觉怎么样了，然后举起手里的药包，跟她说这次买的药都是纯中药的，不会打瞌睡，让她放心吃，别把病拖久了更麻烦。

女儿半信半疑地说：“真有这样的药？”

我说：“吃吃就知道了。”

把药交给女儿，随后我提着放肉夹馍的袋子在她眼前晃了晃，女儿鼻子尖，眼也快，一把抢到手里捧到鼻子下方，贪婪地嗅着，高兴地说：“谢谢老妈，嘿嘿！”

我叮嘱道：“吃完记得吃药啊。”

“嗯嗯，拜拜！”一边说着一边顺手拍了一下我的屁股，引来几个学生的侧目，我刚一抬手想还回去，女儿哧溜一下钻进了教室，露出个脑袋对我傻乐，哪有中午那副“妈，俺头疼”的病态。我讪讪一笑，心情一下子竟也轻松起来。

距离高考还有二十天时间，跟着孩子的脚步，我似乎也有点小紧张，面对女儿，好言好语，小心翼翼地伺候着，生怕哪句话不对，戳到她哪根紧绷的神经，让她大发雷霆，这样的事不是没有发生过。

前段时间，因为一句话，女儿跟我争论起来，说着说着，竟吧嗒吧嗒地掉起眼泪来。我一看不好，赶紧闭嘴。果然，高中的孩子不好惹，尤其是面对高三的孩子，说话一定要谨慎。事后，女儿跟我道歉，说自己太紧张，最后还警告我：以后注意点，别惹我，惹恼我，说啥你都得接着。哎呀妈呀，快点高考吧，让那紧绷的弦放松下来，否则这日子过得总是提心吊胆的。

高考在即，孩子们特别辛苦，我也是过来人，能深深地体会到孩子的这种紧张兮兮。高三因为紧张，睡眠少，身体机制调整不过来，一不注意很容易感冒。每天战斗在题海里，考麻了，做疲了。二模成绩出来后，孩子很兴奋，然而接下来的测试又让她愁眉不展，我试探着问：“要不要找老师给你指导一下，指指方向？”

“也行。”难得女儿同意，一节课的时间，让她茅塞顿开，找到了自己的短板，我跟她说：有啥问题直接找你们的任课老师就行，老师会帮你分析，找到问题的根源，比你自己闷着强。女儿点着头说：老觉着不好意思。女儿说的也有道理，想想自己那会儿不也一样，羞于启齿。这回，还是我来助力一下吧。

高考在即，孩子们开始谈理想。有的很有主见，以后学习什么专业，毕业后做什么，心里早有打算。可我家女儿却还是一头雾水，找不到方向，我曾多次试探，让她学师范，人家就是不松口，医生也不干，想想我都替她急。很多人说：说啥也白搭，分数出来就知道报啥了。也是，那就拭目以待吧。

高考在即，假期很长，考完试干点啥。我说先学驾照吧，女儿说想学舞蹈和吉他。于是，开始找驾校，便宜的不到两千，但后期的报名费，体检费，现场练习都要另外交钱，麻烦；贵的三千五六，还离家很远，说是包过，但考虑到学车还是学得认真点好，既是对自己也是对别人，更是对生命的一种尊重；又问了一个不到三千的，离家近，几个孩子一起学也有个伴，考试练车统一安排，省心。舞蹈和吉他等孩子考完试再问也不迟。

女儿还有一个意愿——打工，这个我不反对，甚至觉得孩子大了，也该锻炼锻炼，不过好多事情加到一起，如何规划？

高考在即，事很多，但又虚无缥缈，无从下手。有句话说得好“车到山前必有路”，还是做好当前事，把闺女伺候好，至于以后的事，到时候就知道了。

小主驾到

“老妈，给我拿内衣！”

“老妈，校服！”

“老妈，袜子！”

一大早，臭丫头就对我不住地发号施令，躺在被窝里两眼微闭，全然一副作威作福的架势，就差在“老妈”后面加个“子”了。我是脚后跟打屁股蛋儿，忙得那叫一个不亦乐乎。

先把早饭摆到餐桌上，一边往卧室走一边想：哼，熊孩子算是把准我的脉了，瞧把你嘚瑟的，暂且让你享受几天，高考完了看我还听你摆布不。从衣柜里拿出女儿的内衣、校服和袜子乐颠颠地送到女儿床前，和颜悦色地道："小主，请更衣！"

"嗯，老妈退下吧，我自己来就好了。"

"喳，那您可要快点了，时间紧，早膳已经做好了，一会儿老奴送小主去学校。"

"嗯，这自然是极好的，汽车就免了，坐两轮电动摩的就行了。"

"喳。"

"哈哈——"娘儿俩的笑声让清早的空气也跟着欢快起来。

吃过早饭，嘱咐女儿带好学习用品，我便先行下楼，把电动车从车库里推出来，好不容易才见女儿慢吞吞地下了楼，赶紧从口袋里掏出卫生纸擦干净后座，对她说："小主，请上车。"女儿一屁股坐到后座上，把电动车压得上下一忽闪，来了一句："起驾！"我顺势道："得嘞！"

电动车向学校行驶，娘儿俩利用短暂的几分钟聊起了天。

"哎，羽，要是现在让你全通，你觉得怎么样？"我问。

"还是半通吧，一是早晚在学校我能管住自己，回家早上不愿起床，光想偷懒；二是也不好老麻烦你晚接早送的，很辛苦，偶尔'奴役'一下，还是蛮享受的，嘿嘿。"

"没事，这段时间任主子差遣。不过，你说的也有道理，那你做决定吧。"

"那就维持现状吧。"

说话间，不知不觉就到了教学楼下，女儿下了车，一边在书包里翻腾一边说："我的生物试卷呢，咋没有啊，哎哎哎，放电脑桌上忘拿了，第三节课老师检查。"说完拿哀求的眼神看着我。

我白了她一眼："一会儿送你班上。"

女儿两脚离地，伸开双臂搂着我的脖子道："老妈最好了，么么哒。"

习惯

三模考试后，学校安排高三学生回家休息一天，养足精神准备大战。

晚上，为了让女儿紧绷的神经放松一下，特邀其操场散步。散步回来，女儿在前我在后，把门关上，顺手按了一下门口处的灯开关，哎，怎么黑了，女儿送来嘲笑声：“你是不是傻了，一个人习惯了吧！”

我讪笑着又按了一下开关，灯再次亮起后，自我解嘲道：“是呢，真傻了，习惯真是一个可怕的东西，能让光明瞬间消失，哈哈。”

第二天，我从冰箱里拿出昨天刚买的牛肉，想做个西红柿炖牛肉给女儿吃。把牛肉洗净切块，看着菜谱把准备好的食材一股脑地放进砂锅，小火慢炖，炖了足足两个多小时，等孩子进门，我才把牛肉盛到盘子里，女儿一边吃一边说：“妈，你这牛肉切得有点小了，再大一点就好了。”

“是吗，那下次切大点，味道怎么样？”

“还凑合吧。”

我说：“嘴这么叼，高考完了你做给我吃啊。”

“没问题。”

“哎，羽，你说我这炖了两个多小时，这肉咋还这么紧呢？中间我尝过一次，多炖了一个小时，口感都差不多。”

“你啥时候放的盐？”

“一开始就放了呀。”

“完了，让你做瞎了。我不是跟你说过炖肉不要早放盐嘛，放盐早了，肉就紧固了，再炖也不烂乎，”稍微顿了顿接着说，“没记性，就你这脑子，唉，白瞎了你这个人喽。”然后用手指头点着我的手背语重心长地说：“想着啊，老妈，想着，不能按你炒菜的习惯来炖肉，我咋有你这么个不长心的妈呀。”我自知理亏，不再说话，任由她说去。

“不过也不是很差劲，虽然没那么烂乎，还是不难嚼的。”最后她又补一句，也没忘给我颗甜枣吃。

哧——

女儿的感冒一直没好，这两天又加重了。我能做的就是给她买药，但臭丫头在学校不按时吃，致使病情时好时坏，为了监督她按要求吃药，快点好起来，晚上我就接她回家，早晨再送她。

中午，看女儿病怏怏的，没有精神，我心疼娃，跟她说：“晚上我早接你回家吧，回来好好睡一觉，明早吃了饭我再送你去学校。”

“我也想好好睡一觉，那你晚九点来接我吧。”

“嗯！”我应道。

晚九点我如约而至，下课铃响过后，学生们出出进进，穿梭不断，我两眼不眨地看着，一分钟，两分钟，三分钟……都快上课了，还不见女儿的踪影，不会是忘了吧。

爬上楼看是啥情况。

到了三楼9班门口，孩子们有的伏桌苦读，有的在交谈，放松一下紧绷的神经。我踅摸着女儿的身影，在中间位置看到了背起小包的她，正在和同学聊得热火朝天呢。有同学提醒她（虽然我只认识他们中几个，但9班的孩子都认识我了），过了一会儿，她才走到门口，说：“妈，我觉得现在好多了，想放了学再走。”

“那我几点过来？”

“十点十五。”

“好，我在楼下等你。”

晚十点多，我提前出现在教学楼下，女儿也准时出现，两人边走边聊。

“羽，今天我的那篇《我被闺女炒了鱿鱼》在凤凰城发表了，得到李老师的认可，他说帮我投到报纸上。”

“是吗，老妈真棒！”

出校门口，两边还有等待学生的家长，正玉眼望穿地看着校园里走来的寥寥几人。校门口新加了两条减速带，加上原来的那条，就成了小学时期的“大班长”。过最后一条时，我手底下不小心加大了电门，电动车一个起伏，震动了一下，坐在后面的女儿“啊”了一声，我忙问：“咋了？磕到哪了？”

“你慢着点嘛，我都没防备。”女儿抱怨道。

“磕到哪了？”

“哎呀一会儿再说。”女儿欲言又止，似乎有什么难言之隐。

等拐了一个弯，女儿才说：“我的军裤没有弹性，一出汗就贴到身上，拽都拽不动，你一个猛劲，它就哧——”

“啊，这下凉快了，哈哈！”我再也憋不住了，一边笑一边说，“不要了，反正还有一条，再穿一周就‘退伍’了。”

“嗯，俺班一个男生的裤子也是哧了，自己还不知道，后来上厕所才发现，借了一件上衣系到腰里，挡起来，一晚上都没上厕所。”

“哈哈，小主的生活真是丰富多彩啊。”

夜色阑珊，灯光绰绰，娘儿俩的说笑声在这温馨的夜色里回荡。

高考记事三则

好运

六月七号，高考第一天。

一大早，催女儿起床，给她拿好衣物，走进小卧室。睡眼惺忪的女儿微睁双目，嘟着嘴，翻了个身又不动弹了。为了让她快点清醒，我开始给她做全身按摩，从头到脚舒服了的女儿皱着眉说：“妈，肚子疼，可能昨晚冻到肚子了。”我心一紧，问：“你是不是紧张得肚子疼？想上厕所吗？”女儿说：“不是紧张，也不拉肚子，就是小肚子疼，凉凉的。”我这才放心，倒了一杯热水让女儿趁热喝，几口热水下肚，让她平躺在床上，两掌对搓，待手心发热后，迅速捂到她的小腹处，如此三次，又按了一会儿她左手手背，待其好受一些，这才再次催促着让她穿戴好。女儿的起床气很大，我让她在床上盘腿坐一会儿，稳稳心神。

几分钟后，女儿从卧室走出来，洗漱完毕，到阳台上拿袜子，拿着一白一黑两双袜子，问我穿哪个颜色的。我暗自好笑，还说自己不紧张呢。告诉她：“哪个都行吧。”只见女儿将袜子一并扔到床上，哪个离得近就穿哪个，最后小黑中了头奖。

下楼驱车去学校，路上，女儿开始给我脑补，还用启发式的教学模式给我讲有关遗传的知识。

路本就不长，当一个生物“课题”讲完，二校区实验楼业已在面前。这时，女儿伸过一只手，我会意，将一枚注满爱的加油吻印在了她的手背上，另一只亦是。

本来想吃过早饭，给她一个熊抱的，一着急，没顾上，现在在车上，也只能用这种方式赋予力量以获得心安。

看着女儿转身疾步走进楼宇的背影，我暗自祈祷：羽，祝你好运！

抱抱

六月八号，高考第二天。

高考两天，中午都因忙活着做午饭，没能去接女儿回家，遭到女儿两通电话的责问，第一天是："妈，我这高考，你都不来接我，让我自己骑车回去吗？"今天是："妈，你今天还不想来接你闺女回去啊？唉——服了你了！"

但每次回家，我都有小惊喜送给她，让她那进门时的冷眼瞬间融化。作为她妈，我就有把住女儿脉络的本事，嘿嘿！当然，这与女儿的善解人意也分不开。

下午一点半，闹铃响起，我从迷迷糊糊的状态里醒来。穿戴整齐，娘儿俩同时从卧室门内露出脑袋，四目（哦，不对，是八目）相对，嘴角上挑，异口同声："走！"

高考已过去大半，只剩一科英语了，绝大多数考生揪着的那颗心在综合考试结束后归于平静，下午的考试将是轻松自如的。

送女儿进了实验楼，我没离开，而是静静地等候在楼门口，最后一科，我要给她一个大大的拥抱，看着她走进警戒线。

学生们陆续走出实验楼，门口两侧身着红色T恤（寓意红红火火）的英语教师们用击掌、拥抱、口喊加油等多种方式鼓励着学生，孩子们脸上洋溢着轻松的笑容，他们知道，考完这科意味着什么。

来了，来了，看着女儿从大厅里缓缓走来，先是和英语老师拥抱，我急忙穿越到她面前，大声说："嗨，俏羽，来，抱抱！"女儿是真的没想到我会一直等候着她，嘴角上扬的弧度更大了，张开双臂，紧紧地抱着我，我亦紧紧地抱着她，耳语道："好好考，加油！"

“嗯——”说完，松开双臂，跃下台阶，背对着我挥手离开，走进队伍，走向考场……

妈，俺舍不得

考试终于结束，一直守在实验楼的我，在等待女儿归来，和她一起收拾教室里的书籍。

走进教室，屋里乱哄哄的，孩子们的说话声，搬桌子推凳子声，摞书声，此起彼伏。女儿领我到了她的书桌前，一个不大不小的塑料箱，里面的书已经冒了尖；书包沉甸甸的，已经无法再往里加塞什么；桌子上的一摞书静待搬移；一个方便袋也被一堆杂七杂八的东西撑得鼓鼓囊囊。我俯身开始收拾，最后背上书包，一只手里提上带子，又搬起桌子上的那一摞书，只留给女儿一个箱子便挤出教室，下了楼。出了楼门，将东西放到电动车上，向几十米外的科技楼走去。此时的校园里，因了特殊考生还在加试的缘故，家长们还未涌进校园，高三的学生此时或忙于收拾东西，或在开最后一个班会，只有很少的几个人在校园里稀稀拉拉地走动着。

我把书带到科技楼下，又搬到三楼办公室，后折回实验楼，等待女儿开完班会，将剩余的物品一并搬到办公室。

终于将所有的东西搬到了三楼，女儿看着眼前的已然成为废品的书籍，蹲下身子开始在书堆里扒拉，扒拉了半天，也没找出什么来。过了一会儿，抬起头孩子气地对我说：“妈，这些都要卖了吗？”

“对啊，留着还有用吗？”

她继续扒拉着，再仰面对着我时竟然泪眼婆娑，语气哽咽，停顿了一会儿才说：“妈，俺舍不得卖——”随之痛哭失声。我赶忙拿了纸巾给她拭泪，我知道这是高考后的失衡心理作怪，就拍着她的后背说：“你想留，那就不卖了。”

最后，女儿从书堆里挑出几本笔记留作纪念，方才释然。

买单

6月9日，不到六点，我便对着小卧室喊："起床了！"以催促女儿，别误了去体检的车。

"我早就醒了。唉！妈，本来想高考完了，睡他个几天几夜，结果昨晚玩嗨了，睡得很晚，可今天一大早就醒了，还特精神，你说怪不怪？看来习惯真的是很可怕。"

"作息习惯不是一时半会儿就能改过来的，你快穿好衣服，我做饭，吃饱了，教练差不多就到了。"

七点不到，教练准时等候在小区门口，看女儿上了车，叮嘱几句，眼看着车消失在视线里，方才回转。

八点半左右，女儿发来消息："我们到了，妈，你知道有多少人排队吗？"

"多少人，很多吗？"我问。

"很多——吗——？三百多，我的妈呀，这得排到啥时候啊？"女儿道。

"也不算很多，我们体检的时候，光广饶的就有好几车，再加上其他县区的，还有市里的，也是好几百人。既来之则安之，耐心等待吧。"我安慰道。

"那好吧，只能如此了。"女儿无可奈何地说。

中午，女儿打电话过来了："妈，烦死了，好多插队的！这高考刚结束你就让我见识了啥是社会。你知道嘛，现场乱七八糟的，都快打起来了。也不知是谁报了警，警察都出动了，这会儿，秩序才好点。"

“是吗？你吃饭了吗？”我避重就轻地问道。

“吃了，下午还得排队，你得为我今天的遭遇买单！”女儿开始无厘头起来。

“买单？你多大了？哎呀，都十八了耶，这都成年了，社会的历练才刚刚开始，以后经历的事情会越来越多，没有谁会为谁的经历买单，酸甜苦辣咸，只有自己去品尝。当然，你可以把你的喜怒哀乐分享给我或你的同学朋友，但最后给你买单的还是你自己，不是吗？你想，我能替你去排队吗，我能替你吃饭吗？”我丝毫没有妥协的意思，在这样的问题面前，只有理直气壮地讲道理，才更靠谱，反正高考结束了，怕你何来，嘿嘿！

“哦——”女儿支吾起来，显然是无话可说了。

“不过，你今天确实很辛苦，回来我给你做好吃的。”我不遗余力地使出撒手锏，想要调动她的情绪。

“嗯，好的。”女儿的语气立马缓和下来。

下午三点，电话再次响起：“妈，体检完了！”女儿向我汇报，之前的抱怨一扫而空。

“查完就好了，青呢，查完了吗？”我也轻松了很多。

“还没，我在等她，估计一会儿就好了。”

“妈，你在哪？”四点多，女儿又打来电话。

“我在孙武湖边徒步，你回来了？”我故作没事人一般。

“嗯，你也不在家等我。”女儿明显是进门没看到我，有些失落，估计是嘟着嘴发出的抱怨。

“我出来走走，一会儿就回去，你也累了，躺着休息会儿吧。”

“行吧。”显然，她对我躺着休息的建议还是很赞同的。

走了一会儿，我便辞别朋友，骑车直奔义乌菜市场。履行承诺，买了一斤小龙虾、几种水果，匆匆回家。

一进家门，女儿便从卧室里冲出来，一副气势汹汹的样子，我一看这阵势，忙笑脸相迎，把盛着小龙虾的塑料袋举过头顶，摇晃在我俩之间，“啊，小龙虾！”我侧过脸，看到女儿喜笑颜开，这才把袋子放下，道：“交给你了，自己做去吧。”

“好，我去百度，做一道迷倒众生的小龙虾。”女儿乐颠颠地去干自己要做的事情去了。

我心想：哈哈，臭丫头，在美味面前，买个单，那不是小意思嘛。

三斤排骨

随着的猪肉价格的飙升，排骨的价格更是居高不下，想想就有点咂舌。

在饮食上，女儿可谓是无肉不欢，几天不吃就馋得要命，可猪肉猪排贵呀，只得隔一段时间买点给她解解馋。

前天，我到义乌菜市场买了三斤排骨，五斤鸡腿，请店家给剁成了小块，花去我一百五十大元，竟然心没横，牙没咬。提着回家，赚了个满怀的拥抱和一句“妈妈真好”的腻赞。

肉买回来了，谁来做呢？我跟女儿说：“你做的比我做的好吃，还是你来做吧，做好了，我给你姥姥姥爷送点去。”

女儿一听就不高兴了，嘟嘟着嘴跟我理论起来。“怎么每次都这样啊，本来就不多，还得分一份给别人，我都吃不够。”

我一听也不高兴了，道：“这么贵的东西，解解馋就得了，你还想成顿的吃啊？”

“我就想成顿的吃，上次你买的排骨一大半给他们拿去了，我就没吃够，你要是再分，你自己做，我不吃了。”女儿开始蛮不讲理，把东西一扔，一脸的委屈，带着怒气从厨房出来，剜了我一眼回卧室了，随着“哐当”一声，卧室门被甩上，与此同时，我扔给她的那句“爱做不做，不吃散伙。”也被房门软绵绵地弹了回来。

坐下来细想，确实，一个月前的事还记忆犹新。也是三斤排骨，可能是排骨经过翻炒杀了身子的缘故，三斤排骨只做了一大盘的糖醋排骨，我尝了两块，取出一半给父母送去了，女儿最终吃到的也不过七八块，但这也动摇不了我的决定。

相持了一会儿，我冲着房门道：“羽，你说的别人那是我爸我妈，如果我老了，你做好吃的给孩子，会不会分点给我呢？”

我的话音未落，房门在我面前开了，女儿出现在我面前，带着一脸的歉意朝我抿了抿嘴，“妈，我错了，我太自私了，只考虑自己，”沉默了一会儿，又说，“你老了，我肯定会给你养老的，孩子不懂事，我就像你一样教训他。好了，别生气了，笑一个，嘿嘿。”

我为她的突然转变感到欣慰，笑着道：“嗯，你姥爷上次还夸你呢，我忘了告诉你了，说你做的比饭店里做的还好吃呢。”

女儿坐到沙发上，揽过我的头说：“这次我不做糖醋排骨了，清炖，放点土豆，就不怕不够吃了。今天做怕来不及了，我在家没事，明天中午做吧，提前炖上，姥姥姥爷牙口不好，炖得烂乎乎的给他们吃。这样好不好？”说完转身往厨房走。

我也屁颠屁颠地跟着进了厨房，帮忙打下手。

早上，我给母亲打电话，告诉她中午送排骨给他们吃。

我下班回家，厨房里忙碌的身影让我心里暖暖的，锅里热气升腾，抽油烟机呼呼作响，一缕清香直钻鼻孔，不由得又吸了两鼻子。女儿听到关门声扭过头跟我说：“排骨马上就好，我们带着去姥姥家陪他们一块吃。”

排骨炖好了，女儿熟练地往锅里撒了些香菜末，将咕嘟咕嘟冒着热气的排骨盛到保温桶里，抬眸时，与我看她的眼神相撞，两人龇牙一笑。

饭桌上，女儿给每个人都夹了一块排骨，说：“吃吧，够吃。”

我的眼里似蒙了一层水雾，连眨了几下眼睛，方才清明。

后记

关于这本书散文集的命名，我思考了很久，最终决定命名为《禾艿》，禾，取禾苗之意，是谷类植物的总称，包括水稻、小麦、燕麦、玉米、高粱等，其成长的过程宛如人生；艿，既有乡土、草根、芳香之意，又有乡土岁月之感。我想这个书名能够与我的文章中氤氲的乡土气息，与我想表达的乡土精神相契合。

全书共有四辑，分别是麦花、豆苗、禾艿、谷穗。以我的家乡山东省广饶县为背景，以时代发展为线索，记录了我的成长过程与人生感悟。

麦花篇主要是回忆那时那人那事。种过庄稼的人都知道，小麦扬花仅有三天，第一天花开在中部，呈现黄色；第二天开在根部，花色是黄白相间；第三天开在上面，花色是白色。花开过程犹如人生，从幼年、中年到老年，又似一个家庭里的祖孙三代。我的父母、祖母、外祖母，是我生命中重要的人，影响着我的过去、现在与未来，他们三代人不同的人生经历也能够展现出时代变迁中，乡村生活条件及生活环境的巨大变化。改革开放四十年来，在党的正确领导下，中国人民摆脱了贫苦，幸福指数不断飙升。曾经的小女孩业已奔五，曾经的中年妇人也步入古稀之年，那曾经历经人事沧桑的老人早已睡在地下三十载……

豆苗篇书写的是我的成长经历，从小学、初中到高中，课堂上的捣蛋鬼，生活中的家务活，一桩桩，一件件，都深深地留在了我的记忆中，我像画画般将之描绘出来，也许能勾起70后们的集体记忆。

俗话说“人吃地一生，地吃人一口”，土地养育人一辈子，人对土地的感情自然也是深厚的。禾艺篇则主要围绕乡村及城区的生活抒发人生感悟，突出地域特色，彰显山东省广饶县随着时代的发展，呈现出的新风貌，与麦花篇形成鲜明对比，让历史意识与文学创作融合在一起。

谷穗篇主要是记录我与孩子的生活点滴。谷穗是农作物里结出籽粒最多的一种，它努力汲取养分打造出累累的硕果，再把成果毫无保留地贡献出来，不奢求人们的一丝感激，这样的品质与母亲对孩子的全心付出毫无保留的爱有异曲同工之处。在一个人的成长过程中，家庭教育尤其重要，父母作为孩子的第一任老师，更是起着至关重要的作用。大人孩子通过相互碰撞，相互磨合，使亲情愈加浓烈，让教育在生活点滴中得到升华。

古人云：读书破万卷，下笔如有神。写作水平的提高，固然不一定读万卷书，但只要多读书，思想便会丰盈；只要多笔耕，笔端便会如泉涌。写作更多的是一种感受，当你学会大大方方地投入大千世界的怀抱，世界必将回馈给你更灵动的文字。我的笔法还有些稚嫩，语言也不够流畅、优美，欢迎广大读者提出宝贵意见。

当一个人学会了独自面对自己，学会了思考人生，学会了面对宇宙和未来，并将其表达出来，这是个人成长的声音，这是生命拔节的声音。我将一如既往地用笔记录下自己的所见所闻所感，希望会更好！

尹桂宁

2022 年 3 月